Marc Kayser Der Schatten aus dem Ramper Moor

W0467061

Marc Kayser, geboren und aufgewachsen in Potsdam, volontierte bei der *Süddeutschen Zeitung*, schrieb unter anderem für *Die Zeit* und *Die Weltwoche* in Zürich. Er veröffentlichte zwei Polit-Thriller im Heyne Verlag, einen Kriminalroman bei Hinstorff, war Mitautor dreier Sachbücher. Neben seiner Autorentätigkeit arbeitet er als Interviewer und entwickelt Formate für Buchverlage und Filmproduktionen. Zuletzt erschien bei Bild und Heimat *Die Rache des Petermännchens. Ein Schwerin-Krimi* (2017). Mehr über den Autor auf: *www.marckayser.com*.

Marc Kayser

Der Schatten aus dem Ramper Moor

Ein Schwerin-Krimi

Bild und Heimat

ISBN 978-3-95958-201-8

1. Auflage
© 2019 by BEBUG mbH / Bild und Heimat, Berlin
Umschlaggestaltung: fuxbux, Berlin
Umschlagabbildung: © picture alliance / Arco Images GmbH
Druck und Bindung: GGP Media GmbH, Pößneck

Ein Verlagsverzeichnis schicken wir Ihnen gern:
BEBUG mbH / Verlag Bild und Heimat
Alexanderstr. 1
10178 Berlin
Tel. 030 / 206 109 – 0

www.bild-und-heimat.de

Der Inhalt dieses Buches ist ein Produkt meiner Phantasie. Jede noch so winzige Ähnlichkeit mit lebenden oder verstorbenen Personen ist unbeabsichtigt und wäre rein spekulativ.

Für KKK

Die Hölle ist leer, alle Teufel sind hier.
William Shakespeare (1564–1616), *Der Sturm*

Teil I

1

Schwerin, eine Privatwohnung

Der junge Mann, der auf seinem imposant breiten Bett in seinem Schlafzimmer im Schneidersitz saß und mit einer Fernbedienung hantierte, war ein Typ Herzensbrecher und das nicht ohne Grund. Er war großgewachsen, hatte einen kahlrasierten Schädel mit einer gesunden Bräune, eine muskulöse, sportliche Figur und war bekleidet mit eng anliegenden, schwarzen Chinos und einem weißen Sporthemd, das einen Blick auf seine durchtrainierten Schultern und Arme freigab. Der stopplige Dreitagebart und seine großen, hellen Augen verliehen seinem markanten Gesicht etwas Draufgängerisches.

An der weiß gekalkten Wand über seinem Bett hing ein unter Glas gerahmtes Plakat mit dem Satz: *in dubio pro libido.*

Jetzt drückte er auf der Fernbedienung einen Knopf. Das Bild des Videos auf seinem Bildschirm stand still und zeigte eine augenscheinlich männliche Person, die im Wasser des Schweriner Sees wild mit den Beinen strampelte, dabei die Arme hochgerissen hatte, umgeben von vielen Geldscheinen, die in einiger Entfernung von ihr auf dem Wasser wild verstreut dahintrieben. Ein aufgeklappter Koffer schwamm friedlich neben der Person. Die Silhouette der Stadt Schwerin und die ihres Doms waren deutlich zu erkennen. Der Timecode des Bildes zeigte einen Tag im April vor zwei Jahren.

Der Mann ließ das Video rückwärts laufen. Dann stoppte er

und drückte erneut den Play-Knopf. Zu sehen war das Steuerhaus eines Fischerboots, in dem ein anderer, sportlich wirkender Mann das Ruder fest umschlossen hielt, über ihm ein Funkgerät, das vom Dach des Steuerhauses dicht vor seinem Mund hing. Neben den Armaturen lagen zwei Polizeiwesten und zwei Polizeipistolen sowie zwei Handys und eine Tafel angebrochene Schokolade. Jetzt hatte sich der Fokus der Kamera auf den Mann gerichtet, der auf dem Bett im Schneidersitz saß. Zu sehen war, wie er selbstgefällig in das Objektiv grinste. Er war gekleidet wie ein Fischer auf Capri: Streifenhemd, wasserdichte Hose, Stiefel. Nun schwenkte die Kamera zurück auf den Steuermann am Ruder, der jetzt nach dem Funkgerät griff und hineinsprach: »Basis, hier Katharsis 1. Wie lautet der genaue Befehl?«

»Rammt ihn mit ›Viktor‹, dann aufnehmen und verhaften. Wir übernehmen ihn in Seehof am Ufer. Dort warten schon zwei Streifenwagen.«

Jetzt fing die Kamera ein kleines Boot mit einer offensichtlich sehr kleingewachsenen Person ein, die versuchte, vom Ufer aus das offene Wasser des Schweriner Sees zu erreichen. Wer nicht genau hinsah, könnte auch meinen, es sei ein Kind.

»Wasserdrohne aussetzen«, sagte der Steuermann.

»Ausgesetzt«, erhielt er zur Antwort.

Der junge Mann streckte sich auf seinem Bett jetzt weit nach vorn. Er zoomte mit einem Knopf auf seiner Fernbedienung die Bilder jetzt näher heran. Die Schaluppe mit der Zielperson kam nur sehr langsam voran. Der Motor hatte nicht annähernd die Kraft der Wasserdrohne, die sich der Person unsichtbar und auf sie als Ziel programmiert näherte. Als ob der Flüchtige ahnte, gleich gerammt zu werden, warf er das Ruder herum. Doch es nutzte ihm nichts mehr. Die Drohne krachte wie ein Torpedo in den Bug des Kahns, der daraufhin schwer zur Seite kränkte. Der Insasse verlor das Gleichgewicht, griff noch geistesgegenwärtig nach dem Geldkoffer, kippte dann aber zur Seite und stürzte in den See.

Der junge Mann auf dem Bett knipste das Video an dieser Stelle aus. Das Zimmer war auf einen Schlag noch dunkler, als es ohnehin schon gewesen war. Die Vorhänge vor den beiden Fenstern schluckten die mäßige Helligkeit dieses verregneten Tages noch um ein Vielfaches. Der angebliche Fischer aus dem Video warf sich der Länge nach auf sein Bett, drehte sich auf seine rechte, der Schlafzimmertür abgewandte Seite, verkrallte eine Hand in sein Kopfkissen und starrte an eine leere Wand. Es schien, als sei der junge, sportliche Mann, der äußerlich der Typ eines smarten Verführers war, ein Depressionskranker ohne den Glauben an den nächsten Tag.

Ganz in sich gekehrt, noch immer versunken in den Einsatz im Ramper Moor, dämmerte er langsam in eine Art Halbschlaf. Er rollte zurück auf den Rücken und begann, leise zu schnarchen.

Er bekam nicht mit, wie sich etwa dreißig Minuten später beinahe unhörbar die Tür zu seiner Wohnung öffnete, zwei Personen so vorsichtig wie Katzen auf Beutezug über den kleinen Flur in sein Schlafzimmer schlichen und für den Bruchteil von Sekunden an jeweils einer der beiden Bettseiten verharrten. Eine der beiden Gestalten hielt eine Art Inhalationsmaske in der Hand, die andere eine Pistole.

Blitzschnell drückte einer der Eindringlinge dem jungen Mann die Maske aufs Gesicht, aus der sofort ein leises zischendes Geräusch entwich. Der andere hatte dem Schlafenden währenddessen den Pistolenlauf gegen die Halsschlagader gepresst. Ihr Opfer erwachte und zuckte zusammen, aber lag auf dem Bett wie gelähmt bei dem Gedanken an das scheinbar Unmögliche.

»Ganz ruhig!«, flüsterte der Mann mit der Pistole zu ihm fast so freundlich wie zu einem unruhigen Kind, »denn sonst erschieße ich dich.«

2

Schwerin, Polizeiinspektion, Notrufzentrale

»Es gibt einen Toten«, sagte eine Stimme am anderen Ende der Leitung. Sie klang fest, ihre Lautfarbe ließ eher auf einen Mann als auf eine Frau schließen.

»Kommando Theo Sander! Verfolgen Sie die Spur des Löwen!«, rasselte die Stimme in die Leitung, dann brach die Verbindung ab. Das Programm auf dem Monitor der diensthabenden Polizistin der Notrufzentrale 110 öffnete ein Fenster von der Größe einer Streichholzschachtel. Ein Kartenausschnitt mit einem Pfeil und ein schmales Textfeld wurden sichtbar. Gebannt starrte die Beamtin auf die Nachricht: »Übertragung Datenleitung. Verifizierung Stadtmitte, Johannes-Brahms-Straße, verschlüsselter Privatanschluss, keine Kennung möglich.« Mit der Maus dirigierte sie die Sprachaufzeichnung auf Anfang. Sie hörte genau hin. Sie dachte angestrengt nach, kam aber zu keinem Ergebnis.

»Verdammt«, fluchte die Polizistin, wuchtete sich von ihrem Stuhl hoch und eilte aus dem Raum. Ein Toter und Spuren von Löwen? Und wer, bitte sehr, war ein *Kommando Theo Sander*? Das klang in ihren Ohren nach einem unheimlichen Vorgang, den sie dringend melden und mit ihrem Vorgesetzten besprechen musste. Ihre Tür schlug laut und vernehmlich zu.

3

Die Nachricht eines mutmaßlichen Gewaltverbrechens erreichte Eva Lindenthal nur wenige Minuten später. Die Kommissarin der Abteilung für Gewaltverbrechen der Schweriner Polizeiinspektion war soeben von einer Bootsfahrt auf dem Schweriner See mit ihrem Lebenspartner Paul zurückgekehrt. Eva Lindenthal war eher zierlich; ihr Gesicht hatte etwas Mädchenhaftes, mit klaren blauen Augen, Sommersprossen auf der Nase, einem energisch wirkenden Kinn und gleichmäßig geschwungenen Lippen. Es wurde von schwarzem, lockigem Haar umrahmt, durch das sich erste silbrige Fäden zogen, und zeigte zugleich auch etwas Verwegenes mit harten Zügen.

Sie fröstelte und zog ihren Schal noch fester um den Hals. Auf ihrem Mantel saßen die Wassertropfen wie angeklebt, und an den Spitzen ihrer derben, braunen Lederschuhe pappte Schmutz der Straße. In der Luft des noch so jungen Maitags lag der Geruch vermoderter Blüten. Die grellen Laternen tauchten den nassen Abend in ein diffuses Licht.

Die aus Betonplatten zusammengesetzten Wohnblöcke entlang der Straße mit dem wohlklingenden Namen erschienen ihr vertraut. Sie war als Kind oft bei ihren Großeltern zu Gast, die in ebenso einem Plattenbau wohnten, und sie hatte es genossen, mit lautem Singen durch das Treppenhaus zu gehen, weil es so schön hallte. Wenn sich jemand am Gesang der kleinen Eva störte, dann die Frau aus dem dritten Stock, Tür links. Sie erwartete das kleine Mädchen schon mit in die Hüften gestemmten Fäusten, wütend blitzenden Augen und vor Ärger verzerrtem Mund. Doch Eva beeindruckte die Furie aus Stockwerk drei wenig: Sie flötete fröhlich: »Tag auch!«, schlüpfte an der Alten vorbei und verschwand schnell in der Wohnung ihrer Großeltern in der vierten Etage.

Auf ihrem Weg bewegten sich ihre Gedanken über ihren romantischen Ausflug mit Paul wie flackernde Funken eines Holzfeuers. Ihr standen die letzten Stunden vor Augen, als würde alles noch einmal passieren:

»Wirf mir das Tau rüber, Eva.«

Etwas steif von der Kühle, machte die Kommissarin einen ungeschickten Schritt. Erschrocken schrie sie auf.

»Vorsichtig«, warnte er. »Nicht, dass ich dich noch aus dem Wasser fischen muss.«

»Der Fischer aus der Bibel hieß Johannes, nicht Paul«, lachte sie.

Er drohte ihr schelmisch mit dem Finger. »Heiraten wir?«, fragte er sie unvermittelt.

Der Musiker und die Kommissarin waren zwar seit mehr als drei Jahren ein Paar; aber immer wieder sorgten langwierige und schwierige Fälle dafür, dass sie sich nur in unregelmäßigen Abständen trafen und sich deshalb nur sehr zurückhaltend aufeinander einließen, was sie nicht benennen konnten und vielleicht auch nicht wollten. Ihr Freund Paul lebte nach einem anderen Rhythmus. Als Violinist im Orchester des Mecklenburgischen Staatstheaters in Schwerin hatte er seinen festen Platz. Proben wechselten mit Auftritten, Notenarbeit mit Recherchen nach neuer Musik.

Sie hielt kurz inne, blickte auf sein blondes, feuchtes Haar, sein mit schon einigen Fältchen durchzogenes Gesicht, seinen buntgemusterten Schal. Sie beschloss, ihm eine ehrliche Antwort zu geben. »Ich kann mir mit dir alles vorstellen. Allein mein Job …« Doch trotz dieser Einschränkung strahlte er sie an.

Paul legte seinen Arm um ihre Schultern. Er roch ihr Parfüm. Ihre Lippen berührten sich leicht. Seine Augen glänzten. »Nach Hause?«, flüsterte er ihr ins Ohr. »Zeit für Wein und danach …«

Sie griff nach seiner Hand und zog ihn sanft hinter sich her vom Steg.

Ihr Handy vibrierte. Schlagartig nahm ihr Gesicht einen anderen Ausdruck an. Pauls Mundwinkel machten einen Satz in Richtung Kinn.

»Polizeimeisterin Rohde«, hallte ihr eine energische Frauenstimme entgegen. »Ein Notruf auf der 110. Jemand hat einen Toten gemeldet. Wir haben den Quadranten, aber nicht die genaue Adresse.«

»Das soll die Feiertagsschicht übernehmen«, sprach sie etwas unsicher ins Telefon.

»*Sie* sollen die Adresse finden und dann sofort dorthin. Anweisung von ganz oben«, sagte die Polizeimeisterin jetzt strenger.

»Wie bitte?«, fragte die Kommissarin gereizt.

»Schwerin-Mitte ist verifiziert. Johannes-Brahms-Straße. Viel Erfolg.« Die Dame legte auf.

»Wir haben einen Toten«, sagte sie zu ihrem Freund. »Ich muss in die Inspektion.«

Bevor Paul etwas sagen konnte, legte sie ihre rechte Hand über seinen Mund und blickte ihm tief in die Augen. »Wir schaffen das«, sagte sie. »Du und ich. Wir müssen geduldig sein.«

Die Kommissarin bog mit schnellen Schritten von der Lessingstraße in die Johannes-Brahms-Straße ein. Noch war sie mit ihren Gedanken bei Paul, doch aus der Ferne sah Eva Lindenthal die flackernden Blaulichter eines Polizeiwagens, der einen kleinen Teil der Straße und einen Hauseingang abschirmte. Gäbe es ein Gedankenschafott, dachte sie, dann war es jetzt mit einem scharfen Messer heruntergerast und hatte sie von der Erinnerung des Tages vorerst abgetrennt. Etwas atemlos trat sie an den ersten Beamten, der hinter der Polizeiabsperrung stand, heran, grüßte knapp, zeigte ihren Dienstausweis, schob sich an ihm vorbei und stieg die Treppen in den zweiten Stock hinauf.

Der junge Mann, der scheinbar so friedlich auf dem Bett lag, als schliefe er, war so kalt wie Schnee. Seine Gesichtshaut hatte eine bläuliche Farbe, er war vollständig bekleidet bis auf seine Füße, die seltsam verquer zueinander lagen. Auffällig war sein kahlrasierter Schädel, wie man ihn gelegentlich bei Hooligans oder Skinheads sieht.

»Hi, Bernhard, ist das unser Notruf-Toter?«, fragte sie den anwesenden Gerichtsmediziner, ein dünner, kleiner Mann mit einem vorspringenden Kinn, Hakennase und vielen kleinen Fältchen auf der Stirn. »Scheint so, Eva«, sagte er. »Seit mindestens acht Stunden tot. Erst einmal keine äußeren Einwirkungen von Gewalt.«

Er gähnte. »Verdammt spät für einen Einsatz«, sagte er etwas grantig. Ihr war klar, dass es sein Job war, Tag und Nacht einsatzbereit zu sein. Aber auch Chefpathologen hatten einen Sinn für Feierabend.

Der Gerichtsmediziner schob das Sporthemd des Toten vorsichtig bis zum Hals hinauf. Dann öffnete er dessen Hose und zog sie ihm bis auf die Knöchel nach unten.

»Keine Würgemale, keine Schlagblessuren. Sehen wir in den Mund …« Er zog die Lippen des Toten auseinander, griff ihm beherzt zwischen die Zähne und beförderte die Zunge zutage. Es waren deutlich hellrote Schleimhautblutungen zu sehen.

»Ich tippe auf einen akuten Sauerstoffschock. Möglicherweise ein schnell wirkendes Gift, das die Sauerstoffbindung an den roten Blutfarbstoff, ans Hämoglobin, abrupt blockiert und somit den Sauerstofftransport. Vielleicht Kaliumcyanid«, sagte der Pathologe mit einem hörbar lauten Atmen. »Im Wasser schnell löslich, im Alkohol eher träge.«

»Tippen Sie auf Mord?«, fragte Eva Lindenthal.

»Vielleicht auch selbst herbeigeführt. Eine Vergiftung dieser Güte kann leicht auch durch Einatmen mittels Inhalator erfolgen. Blausäure braucht nur fünfundzwanzig Grad Umgebungstemperatur, verdampft und diffundiert sehr leicht durch Zellmembrane.«

»Ist das eine sichere Anamnese?«, fragte die Kommissarin.

»Sicher bin ich nach Untersuchung von Gewebeproben, seines Urins und des Mageninhalts.«

Der Gerichtsmediziner wandte sich an die Männer der Spurensicherung, die ebenfalls weiße Wegwerfanzüge aus Vliesfasern trugen, um keine Spuren zu zerstören.

»Sie sollten mal nach Stäubchen weißer Kristalle, nach einem Inhalator oder einem Wasserglas mit Giftresten suchen«, wies der Pathologe sie an, klappte seinen Instrumentenkoffer auf und nahm ein Skalpell heraus. Vorsichtig entnahm er aus den Fingerkuppen des Toten mehrere Proben. Er stach mit einer Kanüle in den Bauchraum der Leiche und zog eine gelbliche Flüssigkeit heraus.

»Die Nieren untersuche ich in der Pathologie«, sagte er. Dann zog er ein kleines Notizbuch aus dem Innern seiner Schutzkleidung und kritzelte etwas hinein. Als er die Proben sicher verpackt hatte, strich er der Kommissarin sacht über die Schulter.

»Da scheint uns ein alter Fall wieder einzuholen«, bemerkte er leise.

»Verdammt, ja, wenn der Anrufer kein Trittbrettfahrer war.«

»Und was ist Ihr wahres Gefühl, Eva?« Der Pathologe gab ihre Schulter wieder frei.

Eva Lindenthal suchte seine Augen. »Ein miserables«, antwortete sie ehrlich.

»Wir sehen uns«, sagte er, lächelte aufmunternd und verließ dann schnell die Wohnung.

Die Kommissarin fröstelte beim Anblick des toten Mannes, der so friedlich vor ihr lag, als schliefe er nur einen Rausch aus. Sie schätzte sein Alter auf Mitte zwanzig. Sie musterte konzentriert den Raum, vermaß ihn geradezu mit den Augen. Sie entdeckte eine Fernbedienung, wandte sich dem Bildschirm zu und berührte ihn. »Kalt«, murmelte sie.

Ein Spurensicherer trat an sie heran und wies auf den Monitor.

»Nehme ich gleich mit«, sagte er. »Vielleicht hat er Videos oder andere Daten von seinem Handy darauf gespiegelt. Ich sehe keinen DVD-Schacht.«

»Guter Hinweis. Und haben Sie Ausweispapiere oder Kreditkarten gefunden?«, fragte sie ihn.

»Noch nicht«, erhielt sie zur Antwort. »Wir suchen noch.«

»Alle Kommunikationsmittel einpacken, die Sie finden. Diesen Bildschirm hier, die Fernbedienung, Computer, soweit vorhanden, Laptop, Handy, Videos ... und durchsuchen Sie alle Schubladen nach verwertbarem Material. Ich will auch, dass Sie nach persönlichen Briefen suchen. Räumen Sie seine Badapotheke aus. Drehen Sie alles auf den Kopf, was uns hilft, einen Selbstmord von einem Mord zu unterscheiden.«

Sie fingerte ihr Handy aus der Innentasche ihres luftigen Mantels und drückte auf einen Knopf. Sie lauschte.

»Ach, Mensch! Paul, mein Liebling, unser Abendessen wackelt etwas. Ich habe hier eine Leiche voller Gift. Kann ich dich später nochmals erreichen?« Sie hörte kurz zu.

»Das schätze ich so an dir. Danke. Ich liebe dich.« Sie trennte die Verbindung. Inzwischen schienen die Spurensicherer etwas entdeckt zu haben.

»Wir haben einen Dienstausweis des Landeskriminalamts.«

Eva Lindenthal zuckte zusammen. »Verdammt!«, zischte sie und fragte: »Wer ist er, welcher Einsatzort?«

»Leon Schacht. Siebenundzwanzig, seit drei Jahren im Dienst«, erhielt sie zur Antwort. »Gehört zur mobilen Sondereinsatztruppe in Rampe. Müsste sich eigentlich wehren können.«

»Müsste, sollte, könnte ...«, knurrte sie. »Erkennen Sie Gift, wenn es vor Ihnen steht?«

Der Beamte zuckte leicht zusammen. »Ich meine nur ...« Weiter kam er nicht.

»Finden Sie etwas Verwertbares, das übliche Programm. Und denken Sie an die Wünsche des Pathologen. Ich fahre zurück in die Inspektion. Halten Sie mich auf dem neuesten Stand. Ich organisiere seinen Abtransport in die Pathologie.«

Eva Lindenthal winkte lahm mit einer Hand und rauschte aus der Wohnung des Mannes, der noch immer so aussah, als warte er auf ein Morgen.

Unten, vor dem Hauseingang, telefonierte sie erneut.

»Kommissarin Lindenthal am Apparat. Ich möchte noch heute einen Termin bei Alexander Klink.« Sie lauschte, dann reagierte sie auf die Ausführungen der anderen Seite mit harscher Stimme. »Nein, nicht erst morgen vierzehn Uhr, sondern heute, und zwar in der nächsten Stunde! Sie haben einen Mann verloren. Das dürfte Sie doch interessieren, oder?«

Auf der Straße durchfuhren sie mehrere kalte Schauer. Der kühle Maiabend kroch ihr nun doch unangenehm unter den Mantel, und die Erfahrungen der letzten Minuten waren ohnehin kalt und abstoßend gewesen.

4

Rampe bei Schwerin, am nächsten Tag

Die Ansiedlung Rampe war ein eher unspektakuläres Örtchen mit einer hübschen Seelage, einer Handvoll Häusern, einer Straßenkreuzung und einer gut ausgebauten Straße nach Schwerin. Eine unscheinbare Umgehungsstraße führte direkt vor die Tore des Landeskriminalamts, eines Handwerksbetriebs und des Diakoniewerks mit Behausungen für sozial gestrauchelte und andere hilfsbedürftige Menschen. Warf man einen scharfen Blick durch den Waldgürtel am Rande des Geländes, konnte man das Wasser des Schweriner Sees in der Sonne funkeln sehen.

Soeben rollte der Audi A6 der Kommissarin auf die Sicherheitsschranken vor den LKA-Gebäuden zu. Sie zeigte ihren Ausweis und durfte passieren. Ihr Termin war nicht nur wegen des Todes eines Polizeibeamten prekär, er war auch vorhersehbar kompliziert, weil Gegenwind aus der Behörde zu erwarten war. Immerhin war ein Mitarbeiter der Abteilung 2, in der die Mobilen - und Sondereinsatzkommandos gebündelt waren, möglicherweise von fremder Hand gestorben. Schließlich herrschte unter den Spezialkommandos noch immer der Kodex, dass man an Informationen nur das Nötigste herauszugeben pflegte. Egal ob eine befreundete Polizeibehörde wie die Schweriner Inspektion oder ein Kommissar-Kollege ermittelte oder nicht. Lindenthals Vorgesetzter Timmermann, Chef der Abteilung Gewaltkriminalität, ein aalglatter Typ und Freund des Landesinnenministers, hatte sie telefonisch dann auch vorgewarnt.

»Wir arbeiten zwar bei der Aufklärung von Gewaltverbrechen zusammen«, hatte er gesagt, »aber diese Geschichte könnte für Sie als Polizeikommissarin eine Nummer zu groß sein. Zumal hier ein alter Fall erneut eine Rolle zu spielen scheint. Wissen wir denn schon, ob es Mord war?« Eva Lindenthal hatte reagiert wie immer. Sie hatte ihn ausreden lassen und dann nüchtern entgegnet: »Wissen wir nicht – und: War's das?«

Timmermann hatte daraufhin grimmig wiederholt, was er schon oft zu ihr gesagt hatte: »Denken Sie daran, dass Sie mich mal ablösen wollen. Auf dem Weg nach oben gibt es eine Menge Stolpersteine.« Lindenthal hatte erwidert: »Ja, das Leben besteht aus vielen kleinen Druckpunkten, Uli« – und hatte aufgelegt.

Ja, sie wäre unaufrichtig, würde sie nicht zugeben, dass sie gern einen Schritt weiterkommen würde in ihrem Job. Andererseits genoss sie die Freiheit, die sie hatte. Das Büro in der Inspektion sah sie selten von innen. Sie war eine Frau, die Straßen liebte, keine Korridore. Und seit sie mit Paul zusammen war, hatte sie schon genug damit zu tun, ihm auszureden, mit ihr für immer zusammenzuziehen. Eva Lindenthal bestärkte ihn eher darin, seine Karriere als Violinist im Orchester des Staatstheaters in Schwerin weiterzuverfolgen, während sie Gewaltverbrecher überführte.

Doch so einfach war die Sache nicht. Paul war nicht nur etwas jünger als die Kommissarin, er war auch sehr viel romantischer veranlagt, zumindest was die Liebe anbelangte. Auf ihrer Fahrt nach Rampe hatte sie sich an ein Abendessen vor einigen Monaten im Restaurant des Rudervereins am Südufer des Schweriner Sees erinnert. Sie hatte gerade mit den Ermittlungen zu einem Kindsmord begonnen, ein gemeinsamer Norwegen-Urlaub stand allerdings vor der Tür, und Paul kam nach einem Glas Wein mal wieder auf die Idee, gemeinsam eine Wohnung zu suchen und ein trautes Leben zu zweit zu führen.

»Paul«, sie hatte viel Schmelz in ihre Stimme gelegt, »wir kennen uns jetzt seit mehr als einem Jahr. Ich finde, es läuft gut so, wie wir es uns organisiert haben. Wir sehen uns ein-, zweimal die Woche, oft am Wochenende, wir haben wirklich guten Sex, wir können gut miteinander reden, die Chemie stimmt. Warum also eine gemeinsame Wohnung? Offen gesagt …«, sie hatte eine kurze Pause gemacht, »... offen gesagt, würde ich mich vor dir genieren, wenn du von meinen Kämpfen und Zweifeln, die mein Job mit sich bringt, zu viel mitbekommst. Ich fürchte mich tatsächlich davor, dass du es unattraktiv findest, wenn ich abgekämpft, müde und lustlos ins Bett falle, während du vielleicht auf Zärtlichkeiten hoffst.« Der Kellner hatte eine neue Flasche Wein gebracht. Sie hatten sich schweigend zugeprostet und jeweils nur einen kleinen Schluck getrunken. Paul hatte an ihr vorbei auf den See geblickt, während Möwen um ein Stück Brot stritten, das ein Vogel soeben von einem weiter hinten platzierten Tisch ergattert hatte.

»Warum vertraust du mir nicht?«, hatte er sie gefragt. »Glaubst du, ich würde dich zu sehr einengen?«

Die Kommissarin hatte mit ihren Händen unter dem Tisch eine Raute gebaut. Ihre Fingerspitzen hatten dabei immer wieder gegeneinander getrommelt. Sie liebte Paul, sie liebte seine Nähe, und sie liebte den Sex mit ihm. Doch sie liebte ihren Beruf, auch wenn der sie derart einnahm, dass für ein Privatleben kaum noch Raum war. Streng hatte sie zu ihm gesagt: »Mit Vertrauen hat das nichts zu tun. Eher damit, dass ich bereit bin, dich zu lieben, aber nicht in der Lage bin, meinen Alltag mit dir zu teilen. Dafür bin ich vielleicht auch nicht geschaffen. Oder besser: noch nicht geschaffen. Auch ich entwickle mich weiter und möchte die Zeit haben, mich auch weiterentwickeln zu können.«

Während sich die Kommissarin ihren Gedanken hingab, trommelte sie immer wieder mit ihren Fingerspitzen auf das Lenkrad ihres Audis. Jetzt blitzte ihr durch den Kopf, wie Paul und sie nach ihrer Ansage an ihn hastig ihre Gläser geleert und vor sich hin gestarrt hatten. Ein merkwürdiges Knistern hatte in der Luft gelegen, wie kurz vor einem Gewitter, wenn die Natur plötzlich angespannt still wird. Doch Paul war klug genug gewesen, sich emotional nicht zu entladen. Er hatte lediglich ihr Glas nachgefüllt, ihr zugeprostet und gesagt: »Ich liebe dich.«

Heute war vieles anders. Paul wohnte, wie momentan auch, unregelmäßig, aber dafür eine längere Zeit mit ihr unter einem Dach. Er hatte ein Konzert vorzubereiten, las sich in die Noten ein, übte.

Die Kommissarin verließen ihre Gedanken an Paul ebenso schnell, wie sie gekommen waren. Sie parkte ihr Auto vor dem Zugang zum Hauptgebäude der Behörde. Ihr Handy klingelte. Die Gerichtsmedizin. Das dünne Männchen mit dem vorspringenden Kinn und der Hakennase war in der Leitung. Eva Lindenthal kannte den Pathologen seit Jahren. Er war stets loyal gewesen und hatte sie schneller mit Informationen versorgt, als er eigentlich müsste. Und: Sie teilten beide ihre Abneigung gegen Ulrich Timmermann, Lindenthals Chef, den sie nur den »Lackaffen« nannten.

»Ich habe Cyanwasserstoffreste gefunden. In seiner Mundschleimhaut. In seiner Blase werde ich von dem Zeug noch mehr finden. Entweder war es Zyankali in kristalliner Form, das er durch den Magen aufgenommen hat, oder er hat giftige Blausäuredämpfe mittels Inhalator durch den Mund eingeatmet. Ich kann mir nicht vorstellen, dass er es sich selbst eingeflößt hat.«

»Warum nicht?«, fragte Eva Lindenthal. Sie wusste zwar, dass es ihr Job war, herauszufinden, ob es Selbstmord, Mord oder nur ein tragisches Versehen war, dennoch: Der Pathologe war gewieft, sie verließ sich gern auf sein Urteil.

»Weil es ein ekelhafter Tod ist. Und ich kann mir nicht vorstellen, dass sich ein so junger Mann mit Blausäure ins Jenseits befördert. Es sei denn, er hat erfahren, dass er todkrank ist.«

»Oder er ist zur Einnahme des Gifts gezwungen worden, oder es hat ihm jemand ins Getränk gemischt, wollte ihn also töten.«

»So würde ich das eher sehen«, sagte der Pathologe.

»Wie wirkt Zyankali?«, wollte die Kommissarin wissen. »Ich mache gleich meinen Ritt auf dem Besen zu den LKA-Typen, die sind sicher ganz scharf darauf, zu hören, was eine Frau ihnen zu sagen hat.«

Sie erntete ein Lachen als Antwort, und dann: »Hier die Kommissarin einer Polizeiinspektion, dort Beamte eines Landeskriminalamts … ich verstehe genau, was Sie meinen, Frau Kollegin …« Er machte eine kurze Pause, als sammelte er sich.

Eva Lindenthal lächelte fein. Sie mochte den Pathologen. Sie kramte einen kleinen Notizblock samt Schreibgerät aus der Tasche, denn sie wusste, dass Wissen sich nur dann nicht verflüchtigte, wenn man es schwarz auf weiß nach Hause trug.

Er sagte: »Das Perfide an Zyankali ist die Blausäure, die bei der oralen Einnahme unter Wirkung der Magensäure freigesetzt wird. Besagte Blausäure bindet sich – ähnlich dem Kohlenmonoxid, nur eben viel stärker – an das Hämoglobin, den Sauerstoff übertragenden roten Blutfarbstoff. Kurzum: Der Tod durch Zyankali ist ein inneres Ersticken. Das kann sehr schnell gehen – muss aber nicht. Der Tod durch Gift kommt quasi wie ein leises Tier und schnappt schnell und erbarmungslos zu.« Er machte wieder eine kurze Pause. Die Kommissarin ließ ihren Stift derweil ruhen.

»Aber der Reihe nach«, setzte er fort.. »Zunächst einmal wird die Blausäure im Magen freigesetzt. Sekunden nach der Einnahme der Lösung hört die Zellatmung auf, was letztlich zu einer inneren Erstickung führt. Dann aber wieder gibt es Fälle, in denen die Blausäure sich Zeit lässt. Im Klartext: Bis die Sauerstoffzufuhr zum Gehirn abgeschnitten ist, vergehen zehn, wenn Sie Pech haben, zwanzig, dreißig Minuten, und in Ausnahmefällen bis zu einer Stunde. All diese Zeit verbringt das Opfer bei vollem Bewusstsein. Die Krämpfe, die durch die Wirkung der Blausäure einsetzen, sind zudem alles andere als schmerzlos. Mehr noch: Eine höhere Dosierung als die sowieso schon tödliche von 0,25 Gramm gestaltet das Sterben nicht angenehmer, sondern oft noch entsetzlicher, da Zyankali ätzt und den Magen zerfrisst. Ich glaube nicht …«, er legte wieder eine kurze Pause ein, »dass sich jemand selbst auf diese Weise vergiftet. Es sei denn, unser Mann hatte extreme persönliche Probleme. So was wie eine Depression oder eben eine tödliche Krankheit, wie Krebs …«

»Das werde ich hoffentlich gleich bei dessen Kollegen herausfinden«, sagte Eva Lindenthal.

»Haben Sie schon eine Spur oder einen Hinweis auf dieses ominöse Kommando?«

»Nein, noch nicht«, antwortete sie mit leicht zitternder Stimme. »Ist ja alles noch sehr frisch. Ich frage mich …«, nachdenklich pausierte sie kurz, »… ob wir damals irgendetwas übersehen haben.«

»Wenn ich mich noch richtig erinnere, verfolgte der Mörder ja eine perfide Strategie«, erwiderte der Pathologe. »Aber das ist ja nun auch schon zwei Jahre her.«

»Keine Strategie ohne eine Exit-Strategie«, sinnierte die Kommissarin. »Was wäre denn, wenn unser Täter von damals nur ein Werkzeug war, das lediglich benutzt wurde? Oder anders ausgedrückt: es in Schwerin nicht nur einen dieser Art Täter gibt?«

»Das klingt gewagt«, sagte der Pathologe schnaufend ins Telefon. »Das würde ja bedeuten …«

»… dass wir es möglicherweise mit einer gefährlichen Lage zu tun haben?«, fragte sie.

»Ja«, sagte er. »Gefährlich auch, aber vor allem: undurchsichtig, ungewöhnlich, neu. Schwerin ist ja keine Millionenstadt, in der sich ein Haufen Irrer versammeln kann, ohne dass die Öffentlichkeit etwas davon mitbekommt.«

»Ich muss leider enden«, sagte sie aufrichtig bedauernd. »Ich habe meinen LKA-Termin.«

»Gut«, sagte der Gerichtsmediziner verständnisvoll und legte auf.

Eva Lindenthal sammelte sich kurz und verließ dann ihr Auto. Vor ihr lag weithin sichtbar ein kasernenartiges Gebäude, in welchem ein Teil der Ermittlungsabteilungen untergebracht war. Ihm schloss sich ein zweigeschossiger, leicht wirkender Baukörper an, dessen breite, farbig eingefasste Fensterfronten wie die Zinken eines Kammes nebeneinander angeordnet waren. Sie wusste, dass hier die kriminaltechnischen Labore eingerichtet worden waren, und sie hätte gern einmal einen Blick hinein riskiert. Doch in die Alchimistenküche der Kriminalen kam man so einfach nicht hinein. Nicht einmal, wenn man Kriminaloberkommissarin einer Polizeiinspektion war. Nach den üblichen Ausweiskontrollen sah sie sich in einem der unzähligen Büros der Kaserne einem Mann gegenüber, der äußerlich nicht den Eindruck machte, als müsste man ihn nur von der Leine lassen, damit aus ihm ein polizeilicher Raufbold in Kampfmontur wurde. Er war ein drahtiger Typ mit gegerbtem Gesicht, lebendigen grauen Augen und dichten, kurzen Haaren. Sein Oberhemd trug er leger über seiner Jeans, dazu moderne Sneakers mit drei Streifen.

»Nehmen Sie Platz. Kaffee?« Kommandeur Klink lächelte sie freundlich an. Dann reichte er ihr die Hand, die sie auch annahm.

»Wir kennen uns ja bereits vom Einsatz gegen Theo Sander. Aber noch mal förmlich: Ich bin Alexander Klink, Leiter der Einsatzunterstützung. Mobile Einsatzkommandos, Sie wissen schon. Ich bin der, der dafür sorgt, dass jeder unserer Mitarbeiter gut vorbereitet seinen Job macht und möglichst heil wieder nach Hause kommt.« Er blickte sie bei seinen Worten sehr ernst an.

»Und ich bin Kriminaloberkommissarin Lindenthal, Abteilung Gewaltverbrechen in Schwerin. Und nein, ich nehme Tee. Kräutertee, wenn Sie haben.«

»Haben wir.« Er drückte auf eine Taste seines Telefons. Eine Frauenstimme meldete sich, der er Lindenthals Wunsch mit einer so öligen Stimme vortrug, als sei er der Besitzer einer Rotlichtbar.

Die Kommissarin schätzte sein Alter auf Anfang fünfzig, das seines Oberhemds auf nur wenige Tage. Das Gel in seinen Haarspitzen war vermutlich sogar nur wenige Minuten alt.

»Heil bleiben … soso …«, sagte sie. »War Leon Schacht immer

gut vorbereitet, und kam er immer wieder heil nach Hause, wie Sie es gerade ausdrückten?«

»Wollen wir uns nicht setzen?«, drängte Klink sie und wies auf eine lederne, beigefarbene Sitzgruppe, die mindestens so ausladend wie ein Garagentor und auch mindestens so schwer war.

Nein, sie wolle lieber stehen, sagte sie ihm, das sei nicht gegen seine fabelhaften Sessel gerichtet, aber eine Eigenart von ihr. Sie sagte ihm nicht, dass es Methode war, um physisch die gleiche Augenhöhe mit einem Gegenüber zu halten, mit dem sie weder befreundet war noch befreundet sein wollte. Er hatte sie dabei erstaunt angesehen und etwas schief gegrinst.

»Gehen Sie auch noch selbst an die Front?«, fragte sie und bemerkte selbst wie martialisch das klang.

Statt eine Antwort zu geben, schritt er zu einem in die Wand eingelassenen Schrank, öffnete ihn und präsentierte ihr sein gesamtes Arsenal: Kevlar-Weste, Combat-Stiefel, Helm, Handschuhe, Waffe, Schlagstock, Verteidigungssprays und technische Kommunikationsmittel.

»Meine Ausrüstung«, bemerkte er nicht ohne Stolz.

»Ich bin beeindruckt«, sagte sie mit einem ironischen Unterton.

»Ich komme sofort, wenn Sie mich mal brauchen sollten«, beteuerte er ganz ernsthaft. »Ich haue Sie allein oder mit meinen Männern aus jeder Situation heraus.«

»Ich habe es notiert«, antwortete sie etwas spitz, dachte aber sogleich, dass es immer gut wäre, einen bewaffneten Verbündeten für den Ernstfall zu haben. Sie selbst trug keine Waffe, obwohl sie eine ganz passable Schützin war. Beim Einsatz gegen Theo Sander waren die mobilen Einsatzkräfte des LKA von Nutzen gewesen, auch wenn sie am Ende in ihren Augen versagt und Theo Sander im Schweriner See haben ertrinken lassen. Und seit ihr Kollege Toni Kielmann nicht mehr im Sold der Polizei stand und damit prahlen konnte, dass er, wie er es beinahe enervierend oft ausgedrückt hatte, »schneller schießen als der Gegner furzen« konnte, war sie an der Verteidigungsflanke reichlich ungedeckt.

Der Tee wurde gebracht von einer schlanken Blondine, die mit ihrem eng geschnürten, mit bunten Blumen bedruckten Oberteil und einer weißen, weit fallenden Hose auch als vielgebuchte Animateurin eines *Robinson Clubs* hätte durchgehen können. Sie strahlte Eva Lindenthal mit dem Ausdruck einer zufriedenen Frau an. »Heute bringe ich den Tee, morgen fange ich einen Räuber«, scherzte sie und zeigte zwei beeindruckende Reihen fabelhaft weißer Zähne. Sie stellte die Tasse auf einem Beistelltischchen ab.

»Das ist Maria Baumann und immer zu Scherzen aufgelegt«, sagte der sportliche Kommandeur. »Sie ist soeben für meine Sekretärin eingesprungen, die in der Poststelle zu tun hat.«

»Kriminaloberkommissarin Lindenthal«, stellte sich die Kommissarin vor und schenkte der Frau ein Lächeln. »Ich danke für den Tee! Was genau tun Sie hier?«

»Ich koordiniere die Einsätze. Unsere Männer müssen ja wissen, wann sie wohin müssen.«

Baumann und Klink blickten jetzt auf die Kommissarin weder freundlich noch unfreundlich, eher wie Menschen, die lieber unter sich mit ihrem Wissen blieben.

»Kannten Sie Leon Schacht auch gut?« Eva Lindenthal beobachtete bei ihrer Frage das Gesicht der LKA-Beamtin sehr genau. Ihr schien es, als sei die Frau für einen kurzen Moment blass geworden. Die Beamtin blickte ängstlich auf ihren Vorgesetzten.

»Nur zu gut«, sagte sie schließlich.

»Wie soll ich das verstehen?«, fragte die Kommissarin.

»Ja, und ich erst?«, krakeelte Klink hintendrein.

Die Beamtin rang mit den Händen. Sie lehnte steif an der Wand neben der Sitzgruppe.

»Wir haben hier zusammen angefangen. Er war erst Tauchlehrer, später Fahrlehrer für Sportboote. Wir lernten uns auf der Polizeischule kennen. Er war ein guter Polizist, ein fabelhafter Kenner maritimer Details und ein ausgezeichneter Steuermann. Immer gut drauf, ein derber Spaßmacher, stabil, soweit ich die psychologischen Gutachten richtig interpretiere.«

Die Sonne, die durch eines der Fenster schien, war etwas gewandert. Es fiel nun ein scharfer Schatten, den die Kante eines Regals mit Ordnern erzeugte, auf die Wand, an der die Beamtin lehnte.

Eva Lindenthal, die mit dem Rücken zu einem der Fenster stand, wandte sich wieder an den Abteilungschef. Sie legte für ihren ersten Satz etwas Schmelz in ihre Stimme: »Ich bin Ihnen dankbar, dass ich in dem Fall ermitteln kann.« Dann sagte sie in härterem Ton: »Leon Schacht wurde heute Morgen in seiner Schweriner Wohnung tot aufgefunden. Die Nachricht kam über den Notruf herein. Wir wissen noch nicht, wer den Anruf tätigte. Mutmaßlich vergiftet. Die Pathologie hat Spuren von Blausäure gefunden. Unklar ist bislang, ob er getötet wurde oder sich selbst umbrachte. Man kann das Zeug nämlich auch inhalieren.«

Die Frau presste eine Hand vor den Mund. »O mein Gott«, flüsterte sie wie in der Szene eines mäßigen Hollywoodfilms. Der LKA-Kommandeur spannte die Kiefermuskeln an und mahlte auf seinen Backenzähnen.

»Sie schließen also einen Selbstmord noch nicht aus?«, fragte die Beamtin lauernd.

»Nein«, sagte Eva Lindenthal wahrheitsgemäß, »wie sollte ich? Allerdings …«, sie kaute kurz auf ihrer Unterlippe, »… will sich mir ein Motiv für einen Selbstmord nicht so recht erschließen. Sie sagen ja selbst, er sei stabil gewesen, immer gut drauf, die Gutachten …«

»Nuuun jaa«, sagte der Abteilungsleiter gedehnt, »was heißt das schon? Sicher erinnern Sie sich an den Fall dieses Torwarts … Wie hieß er noch gleich?«, wandte er sich an Maria Baumann. Die Beamtin zuckte mit den Schultern. Ihre Blicke fielen auf Eva Lindenthal.

»Robert Enke«, sagte die Kommissarin in ruhigem Ton. »Selbstmord, hervorgerufen durch eine handfeste Depression, angeblich unbeobachtet von seinem Umfeld.«

»Richtig«, sagte der alerte Klink und nestelte an seinem Hemdkragen. »Kann eine Depression nicht auch unseren Mann zu Fall gebracht haben?«

»Ausgeschlossen!«, entfuhr es der blondierten Beamtin verräterisch schnell. »Dafür kannte ich ihn zu gut.«

»Sie hatten also ein Verhältnis mit ihm?«, fragte Eva Lindenthal geradeheraus.

»So … so … kann man es nicht sagen … es war nur … etwas sehr kurzes, intensives.«

Die Augenbrauen ihres Abteilungsleiters schossen in die Höhe. »Das wusste ich gar nicht!«, bellte er.

»Ich finde, das ist auch die Privatangelegenheit von Frau Baumann«, warf die Kommissarin trocken ein. Sie nippte an ihrem Tee und sagte an die Beamtin gewandt: »Ist schon gut.«

Die Frau lächelte etwas gequält. »Brauchen Sie mich noch?«, fragte sie.

»Vorerst nicht, danke.«

Eva Lindenthal wandte sich wieder ihrem Gegenüber, dem Abteilungschef, zu. Im Hintergrund hörte sie, wie die Tür zu dessen Büro leise ins Schloss fiel. »Schacht wurde auf unserem Territorium gefunden. Ich könnte mir vorstellen, dass hier alle bei Ihnen mit den Schuhen scharren, was die Geschwindigkeit, den Stil und das Ergebnis der Ermittlungen anbelangt. Lassen Sie es mich so sagen, lieber Herr Kollege: Ich werde den Fall nicht abgeben, falls es einer wird. War es doch Selbstmord, dann liegt die Aufarbeitung allerdings allein bei Ihnen.« Die Kommissarin behielt ihr Gegenüber fest im Blick. Klink wich ihr nicht aus. Allerdings sah man ihm auf drei Meilen an, dass ihm die Ansage Lindenthals missfiel. Sein Gesicht hatte den Ausdruck eines Preisboxers auf der Verliererstraße.

Die Kommissarin nutzte die Zeit, die der Mann offenbar zur Erholung brauchte. Sie sagte: »Ein Anrufer hat uns einen Hinweis gegeben. Ganz sicher nicht ohne Grund. Er hat sich als ›Kommando Theo Sander‹ bezeichnet. Erinnern Sie sich an den Namen? Die Medien nannten den Fall damals *Die Rache des Petermännchens*. Und an den Einsatz auf dem Schweriner See? Als wir Sander in die Enge getrieben hatten und Leon Schacht mit einem Kollegen zunächst die schwimmende Drohne auf das Ruderboot Sanders steuerte, so dass es unterging und Sander mit ins Wasser riss?«

»Ja, da ging ein Haufen Lösegeld verloren«, antwortete der Kommandeur.

In Eva Lindenthal stieg Wut hoch. »Aber vor allem ging das Leben eines Mannes verloren, der die Dämonen seiner Vergangenheit büßen ließ. Theo Sander starb, weil Ihre Männer ihm beim Sterben zusahen. Auch ein Mörder hat ein faires Verfahren verdient.«

»Hören Sie schon auf!«, bellte Alexander Klink jetzt erneut. »Er war ein Kindermörder. Mein Mitleid hält sich in diesem Falle stark in Grenzen!«

»Es ist mir ziemlich egal, wo und wie Ihre Grenzen verlaufen«, sagte Eva Lindenthal unbeirrt. »Mich interessiert nur, ob diese Vorgänge in Ihrer Abteilung jemals aufgearbeitet wurden. Schließlich war Leon Schacht vor zwei Jahren gerade einmal fünfundzwanzig Jahre alt. Es wird für ihn kein alltägliches Erlebnis gewesen sein, einen Mann ertrinken zu sehen, ohne zu helfen.«

»Ja, wir haben darüber gesprochen«, erwiderte der Beamte. »Und wir waren unisono der Meinung, dass der Einsatz erfolgreich war. Und so sehe ich das heute auch noch.«

Eva Lindenthal bewegte sich vom Fenster, durch das die Sonne nicht mehr frontal hineinschien, durch den Raum zur Tür. Sie lehnte sich gegen den Rahmen und fragte: »Was wissen Sie über die Familie Schachts? Die Eltern? Wo leben sie? Wer informiert sie über den Tod ihres Sohnes? Übernimmt das Ihre Behörde als offizieller Arbeitgeber, oder überlassen Sie mir das Feld in Gänze? Es sollte mir recht sein.« Klink glotzte sie an wie eine Erscheinung.

»Feld in Gänze?!«, fragte er herrisch. »Wie meinen Sie das?«

»Wie ich es sagte«, erwiderte die Kommissarin streng. »Und weil wir gerade dabei sind: Kann ich die psychologischen Gutachten der letzten drei Jahre von Leon Schacht einsehen? Und zwar jetzt und sofort?«

Der schicke Mann blickte sie entgeistert an. Sie lächelte fein zurück. Sie würde sich hier durchsetzen, dessen war sie sich gewiss. Von den seichten Wellen des Wassers, die sich friedlich am Ostufer des Schweriner Sees zu einem ewigen Spiel vereinigten, bekam sie am heutigen Tag nichts mit.

5

Nach mehr als drei Stunden der intensiven Recherche in mit Persönlichkeitsbeschreibungen vollgeschriebenen Blättern war das Ergebnis für die Kommissarin ernüchternd. Was auch immer Eva Lindenthal in den psychologischen Gutachten über Leon Schacht zu finden glaubte – sie fand es nicht. Da sich jedes Mitglied der mobilen polizeilichen Sondereinsatzkräfte solcherart Überprüfungen, Befragungen und Tests regelmäßig unterziehen musste, zeigten die fortlaufenden Gutachten über den Beamten Schacht ein einheitliches Bild: Der Mann war geistig und körperlich fit, seelisch ausgeglichen sowie voller Einsatzwillen und Elan. Dass er sich selbst als Nichtwähler bezeichnete, keine feste Freundin hatte, nicht gern kochte, aber am Wochenende gern feierte, beeindruckte die Kommissarin eher wenig – es erinnerte sie vielmehr an ihre eigene Zeit als Twen. Und selbst das Gutachten über den Einsatz auf dem Schweriner See, bei dem Theo Sander – der Petermännchenmörder – ertrank, während Schacht am Ruder eines getarnten Polizeiboots stand, offenbarte der Kommissarin weder eine psychische Verwerfung des Beamten als Folge davon noch Reue oder Trauer. Schacht schien – ganz im Sinne der Behörde – durch und durch stabil gewesen zu sein.

Sie kehrte in die Polizeiinspektion zurück, wo sie bereits von Laura, ihrer Mitarbeiterin und Vertrauten, erwartet wurde. Laura war vor knapp drei Jahren von der Polizeischule direkt in ihr Team gestoßen. Sie war erst Mitte zwanzig, eine hübsche, hochgewachsene Person mit einem ausgeprägten Hang zu wild-bunten Armbändern, die aus Schnüren, Lederbändern, kleinen Federn und Perlen bestanden. Diese Art Schmuck hatte in der Arbeitszeit an ihren Handgelenken zwar nichts verloren. Sie trug sie dennoch. Vielleicht, um dem manchmal trockenen Büroalltag etwas Glanz zu verleihen.

Ohne Lauras Spürsinn und Fleiß hätte die Kriminaloberkommissarin den Petermännchenfall und die Rätsel darum herum vielleicht nicht so zügig gelöst. Es war Lauras Idee gewesen, sich in der Sagenwelt Schwerins umzutun, weil die ermordeten Kinder Masken trugen, die auf einen solchen Bezug schließen lassen konnten.

Laura war per SMS von Eva Lindenthal bereits vorinformiert. »Die Schachts wohnen in Hamburg, genauer im Stadtteil Altona, am Eingang zum Schanzenviertel, in der Nähe der Roten Flora«, referierte die junge Assistentin die Adresse, »und ich habe sie bereits kontaktiert. Ich blieb vage, sagte ihnen nur, dass wir im Zuge einer polizeilichen Ermittlung Fragen an sie hätten.«

»Und wie haben sie reagiert?«, fragte die Kommissarin mit einem leisen Vibrieren in ihrer Stimme. Durch das Fenster ihres Büros sandte die frühabendliche Sonne freundliche Grüße des anbrechenden Frühlings. Grellhelle Tupfer tanzten an der weißen Decke Tango.

»Eher zurückhaltend, aber nicht abweisend. Sie glauben, es habe mit der Arbeit ihres Sohnes als Mitglied einer polizeilichen Eingreiftruppe zu tun. Du kannst das Ehepaar Schacht morgen um elf Uhr in ihrer Wohnung treffen.«

»Gut gemacht, Laura«, dankte Eva Lindenthal ihrer rechten Hand. »Bitte recherchiere für mich, mit wem Schacht in den letzten Monaten E-Mail-Verkehr, Nachrichtenaustausch über die diversen sozialen Medien und Verabredungen hatte. Vielleicht findet sich bei ihm ein Kalender auf dem Mobiltelefon. Es ist bei den Fundsachen der Spurensicherung. Es war nicht ausgeschaltet und hat noch genügend Saft. Besorge dir ein Ladekabel, das für ein iPhone 8 passt. Außerdem brauchen wir eine richterliche Anordnung, dass wir Schachts persönliche Daten auswerten können.«

»Was ist mit dem LKA?«, fragte Laura. »Müssen die nicht ihr Einverständnis wegen irgendwelcher vertraulicher Informationen geben, die wir auf Schachts Handy finden könnten?«

»Vergiss es. Ich habe die volle Prokura. Die Behörde ist schon deshalb raus aus den Ermittlungen, weil die Staatsanwaltschaft eine neutrale Instanz für die Aufklärung wünscht.«

Laura hob die Augenbrauen. »Was verbirgt sich wohl dahinter?«

»Ich denke ...«, Eva Lindenthal machte eine kurze Pause, »die Staatsanwaltschaft möchte verhindern, dass etwas vertuscht werden könnte, falls doch Unregelmäßigkeiten im Leben Schachts zutage treten. Du weißt doch, wie es im Fall des Terroristen Amri lief, der am Berliner Breitscheidplatz zwölf Menschen umbrachte. Bis klar war, dass hier auch Behördenversagen im Spiel war, mussten sich die Ermittler monatelang durch ein Dickicht aus Heimlichtuerei, Verschleierungen und Schweigen kämpfen.«

»Ich verstehe«, sagte Laura kurz und strich sich ihr offenes Haar aus der Stirn. »Ich mache mich gleich an die Arbeit.«

»Gut, aber Moment ... da ist noch eine andere Sache: Setze unsere IT-Leute an die Auswertung des 110-Anrufs. Die sollen Umgebungsgeräusche herausfiltern, eine Stimmenanalyse machen, mit Soundkarteien vergleichen, das ganze Programm. Vielleicht kriegen wir heraus, von wo die Person anrief, welches Geschlecht sie hat et cetera, okay?«

»Geht klar, Chefin«, sagte Laura lächelnd. »Aber alles schaffe ich heute nicht mehr.«

»Musst du auch nicht. Leon Schacht macht nichts mehr lebendig, nicht mal eine durcharbeitete Nacht. Mach also bald Feierabend, es ist schon nach neunzehn Uhr.«

»Na ja, ich mache den Job nicht, weil ich den Tag rumkriegen will, sondern weil er mich erfüllt. Überstunden sind für mich also kein Thema. Hauptsache Urlaub mit Kai.«

Eva lächelte Laura beinahe zärtlich zu. Sie mochte es, wenn Engagement und Sympathie bei einer Arbeitskollegin zusammentrafen. »Grüß ihn von mir«, sagte sie abschließend und verließ das Büro.

In ihrer Wohnung angelangt, warf sie sich etwas abgekämpft, aber noch durchaus unternehmungslustig in ihren alten Ohrensessel, ein Erbstück der Großmutter. Er stammte aus den Zwanzigern und hatte dort, wo man mit dem Nacken, den Schultern und dem Kopf lehnt, wuchtige Auswölbungen, seine massiven Füße waren grazil geschwungen und aus braunem Holz. Seine Federn quietschten etwas, die Füllung hing durch, doch erst kürzlich hatte ihn die Kommissarin mit Leder in der Farbe *British Green* neu beziehen lassen. Sie konnte in ihm denken, schlafen und träumen. Paul und sie waren sich darauf schon oft sehr nahe gekommen, bis sie dann, der Bequemlichkeit halber, doch ins Schlafzimmer gewechselt waren.

Ihr Mobiltelefon klingelte. Timmermann, ihr Chef. Er saß ihr im Nacken, drängte sie, sich zu erklären, ob Schacht Opfer einer Selbsttötung oder eines Mordes geworden war: »Ich würde Sie ja in Ruhe lassen, aber die LKA-Spitze will den Fall Schacht so schnell wie möglich zu den Akten legen. Es sieht eben nicht gut aus, wenn sich ein Polizist das Leben nimmt oder noch sehr viel schlimmer: Opfer eines Gewaltverbrechens wurde. Das schreckt selbst den Innenminister auf. Und Sie wissen ja, wie der drauf ist: klare Kante, rauer Ton, schnelle Lösungen.«

»Mir fehlt noch die letztgültige Auswertung der Gerichtsmedizin«, sagte sie. »Wenn die da ist, weiß ich mehr.«

»Wann?«, drängte er.

»Morgen Mittag.«

»Höchste Eisenbahn, mehr Zeit gibt's nicht! Schönen Abend.«

Es klickte in der Leitung. Die Kommissarin starrte leicht angesäuert auf ihr Handy. »Lackaffe«, zischte sie leise.

Sie trommelte nervös mit zwei Fingerspitzen ihrer rechten Hand auf die Sessellehne. Wenn jetzt der Pathologe anriefe, dachte sie, dann wäre ich ein Stück weiter. Doch ihr Telefon schwieg. Sie ergriff selbst die Initiative und wählte die Nummer der Gerichtsmedizin.

»Wer stört?«, fragte es aus dem Hörer.

»Bernhard«, rief Eva erfreut, »gut, dass Sie noch arbeiten. Gibt es Neuigkeiten? Der Lackaffe nervt …«

Räuspern am anderen Ende. »Eure Spürhunde haben mir ein interessantes Detail mitgebracht«, sagte der Pathologe. »Ein zerknülltes Papiertaschentuch. Sie fanden es im Bad. Darauf getrockneter Speichel des Toten mit Spuren von Kaliumcyanid. Und …« – er pausierte.

Eva Lindenthal lauschte gebannt in den Hörer. Ihre Hände wurden feucht. Jetzt war sie auf die Einschätzung des Pathologen gespannt.

»Sie können von Mord ausgehen, Eva«, sagte der mit ruhiger Stimme. »Auf dem Taschentuch waren winzige Spuren einer fremden DNA. Ein winziges Schüppchen einer fremden Hand. Dieses Indiz spricht für ein Fremdverschulden. Und …« – wieder machte es Bernhard spannend – »… niemand, der sich selbst vergiftet, wischt sich danach den Mund sauber oder die Mundhöhle aus. Beide Einschätzungen dürften meines Erachtens reichen, um in einer Mordsache zu ermitteln. Zumal der geheimnisvolle Anrufer ja von Mord sprach …«

Eva war indes wie elektrisiert aufgesprungen, in die Küche marschiert, hatte im Kühlschrank nach einer Flasche Ginger Ale gelangt, aus ihrem alten Küchenmöbel ein Glas gegriffen, sich eingeschenkt und hastig einen Schluck getrunken. »Dem wir aber nicht sofort glauben wollten …«, brachte sie schließlich heraus.

»Aus gutem Grund, denn es hätte ja durchaus auch absichtlich eine falsche Spur sein können …«, ergänzte der Pathologe.

»Aber wo bekommt man denn heutzutage Zyankali her? Ich kenne das nur als schnelle Selbstmordwaffe von Despoten, denen man zu dicht auf den Fersen war.«

»Kaliumcyanid ist ja ein Gemisch. Praktisch verfügt jedes chemische Labor über solche Stoffe. Eine Suche danach, wer da wohl eins und eins zusammengemixt und daraus portionsfertiges Gift gebastelt hat, dürfte mehr als schwierig werden.«

Beide schwiegen kurz. »Sie haben mir sehr geholfen, mein Lieber«, lobte die Kommissarin schließlich ihren Kollegen und trank einen weiteren kräftigen Schluck.

»Gern geschehen, Eva.«

Sie trennte die Leitung und atmete dabei tief durch. Sie wählte Timmermanns Nummer. Nur die Mailbox. Sie sandte ihm eine SMS mit den aktuellen Nachrichten des Pathologen.

Dann ließ sie sich wieder in ihren Sessel fallen. Sie schlug die Beine über die Seitenlehne und kauerte sich zusammen. Ihr Freund Paul, der zurzeit bei ihr wohnte, spielte an diesem Abend ein Konzert im Schweriner Staatstheater. Vielleicht würden sie heute Abend noch ein wenig Zeit füreinander finden, sicher war sie sich aber nicht. Sie spazierte in die Küche, vermaß den Raum mit ihren Augen und schaute gedankenversunken aus dem Fenster. Von hier aus sah sie über die Altstadt Schwerins, die Türmchen des Schlosses und den weiten See.

Sie befiel ein ungutes Gefühl. Ein Polizistenmord hinterließ vor allem in der Öffentlichkeit schnell den Eindruck, dass die Polizei »die Lage« nicht unter Kontrolle hatte. Das musste sie verhindern. Sie trank hastig aus, nahm eine Dusche und schlüpfte in ihr Bett. Jetzt war Konzentration gefragt, sagte sie sich, und dazu gehörte genügend Nachtschlaf.

Als Paul kurz vor Mitternacht in der Wohnung Eva Lindenthals eintraf, lag die Kommissarin tief schlafend quer über dem Doppelbett und hatte sich beinahe vollständig enthüllt. Er hob sie vorsichtig auf die Seite.

6

Am nächsten Morgen

Der Wind, der durch ihr geöffnetes Fahrerfenster hereinwehte, verwirbelte ihr das Haar. Die Luft war mild und klar, und die noch junge Maisonne zeigte bereits Muskeln. Wenn Eva Lindenthal zu ihrer Verabredung mit den Eltern Leon Schachts wollte, musste sie, von der A1 aus Lübeck kommend, durch die Hamburger Innenstadt fahren.

Das drohende Unheil kündigte sich wenige Kilometer hinter der Autobahnabfahrt an. Sie hatte, beinahe ohne Stau, die blitzsaubere Innenstadt durchquert, als sich der Verkehr urplötzlich massiv drängte. Blaulichter zuckten auf. Sie schaltete das Radio an – und landete inmitten einer Livereportage über Räumungsarbeiten nach den 1.-Mai-Ausschreitungen auf der Reeperbahn und der Sternschanze. Der Maifeiertag war nicht nur in Berlin, Dresden, Leipzig und Köln, sondern auch in Hamburg der Tag der Demonstrationen. Aber für Arbeit, Gerechtigkeit oder gute Löhne war auch hier in diesem Jahr niemand auf die Straße gegangen. Vielmehr trieben die Menschen die Flüchtlingspolitik der Regierung und die Wanderungsbewegungen von Millionen Menschen aus der Dritten in die Erste Welt um. Der überwiegende Teil der Demonstranten, so berichtete der Radioreporter, hatte auf Plakaten und Transparenten Wortkaskaden der Solidarität und der Hilfegefühle für die Asylsuchenden enthüllt. Für Nervosität hatten bei Polizei und Staatsschutz Provokateure gesorgt, die eine angebliche Überfremdung Deutschlands durch die nicht enden wollenden Flüchtlingsströme aus den Kriegsgebieten in Syrien, Afghanistan und Somalia anprangerten und mit fremdenfeindlichen Parolen deren zügige Abschiebung forderten. Die Kommissarin sah Transparente mit der Aufschrift

»Deutschland erwache!« und »Schiebt die Bundeskanzlerin endlich ab!« auf der Straße liegen, auch Plakate linker Demonstranten, welche ihrerseits eine Abschaffung des Gewaltkapitals und der »faschistischen« EU forderten, lagen herum. Molotow-Cocktails waren offenbar geflogen, und nur ein paar Hundert Meter weiter hatte die Polizei das Hamburger Rathaus, den Fischmarkt und die Hafencity abgeriegelt.

Eva Lindenthal zuckelte wegen diverser Vollsperrungen ganzer Straßenzüge von einem Umweg zum anderen und hoffte, dass der Spuk vorbei war, wenn sie Hamburg nach ihrem Gespräch mit den Eltern des Toten wieder in Richtung Schwerin verlassen würde.

Die Lippmannstraße grenzte an den Florapark, in dem Skater, Kiffer, Punks und Dichter von Parolen sowie Denker übers Weltenunheil ihren eigenen Raum erobert hatten. Das war heute, am 2. Mai, natürlich nicht anders und schon gar nicht überraschend. Aus zwei ehemaligen Öltonnen loderten Flammen, während sich ein Pulk junger Menschen darum scharrte wie Heilgläubige um einen Schamanen. Einer spielte Gitarre, »Blowin' in the Wind«. Ein anderer zwirbelte sich an den Rastahaaren, während eine Dritte ihren jungen Hund antrieb, Männchen zu machen und Pfötchen zu geben. Ein leiser Dunst von Hasch lag in der Luft, der über den Platz waberte wie feuchter Nebel nach einer kalten Nacht. Eva Lindenthal registrierte all jene Beobachtungen aufmerksam und ohne Scheu. Ihr war so ein öffentlicher Platz, an dem sich sammeln durfte, wer sich sammeln wollte, lieber als sogenannte dunkle Ecken, die von der bürgerlichen Öffentlichkeit nicht nur bewusst gemieden, sondern auch gleich noch als kriminelle Räume stigmatisiert wurden.

Familie Schacht wohnte im dritten Stock eines Mietshauses in der Juliusstraße. Im Erdgeschoss das Lokal *Berliner Betrüger*, gegenüber dem Café *Unter den Linden.* Die Kommissarin klingelte, lauschte einen Moment, dann summte es. Sie stieß die schwere

Holztür auf und wich kurz zurück. Schwere Schwaden eines Küchengeruchs aus Frittierfett, Gemüsesud und Saucen schlugen ihr entgegen, die sie jedoch tapfer durchschritt.

»Kommen Sie rein«, sagte Marie Schacht zu ihr, eine Frau von Mitte fünfzig, adrett gekleidet, sachte geschminkt. Ihr mittellanges Haar hatte sie sich hinter die Ohren gesteckt, einen olivgrünen Seidenschal umgebunden, der wirklich gut zu ihrem sandfarbenen Kostüm passte. Sie roch ein wenig nach Rosen und Jasmin, wie die gesamte Wohnung.

»Ist Ihr Mann auch da?«, fragte Eva Lindenthal freundlich, während sie ihre Hand zum Gruß darbot. Frau Schacht ergriff sie und zog die Kommissarin in die Wohnung hinein. Der dunkle Flur endete nach nur zwei Schritten. »Nein«, sagte sie, »er lebt nicht mehr. Sie müssen mit mir vorliebnehmen. Es wird doch mit Leon nichts passiert sein?«

Frau Schacht wohnte in einer Eigentumswohnung mit hohen Decken, schönen Holzfußböden und restaurierten Kastenfenstern, vor denen ein schmaler Balkon angebaut war. Er war zur Straße hin ausgerichtet, so dass man von ihm einen weiten Blick hinüber zum Florapark hatte. Die Kommissarin verharrte kurz bei diesem Ausblick und sah, wie der Rauch aus den Öltonnen emporstieg.

»Setzen Sie sich doch«, sagte Marie Schacht. »Wollen Sie einen Kaffee?«

»Nein, danke, aber wenn Sie Tee haben? Das wäre sehr freundlich. Es tut mir auch leid, dass ich …« – sie kam nicht zu Ende, weil ihre Gastgeberin sie unterbrach und sagte: »… Sie mich stören? Nein, nein«, winkte sie ab, »wenn's was Wichtiges gibt?«

Eva Lindenthal folgte der Mutter des Toten in die Küche. Sie beobachtete jeden der Handgriffe der hübsch gekleideten Frau. Als der Tee aufgebrüht vor ihr dampfte und Marie Schacht sich an den Küchentisch gesetzt hatte, sagte die Kommissarin: »Ich habe keine guten Nachrichten über Ihren Sohn. Er lebt nicht mehr. Er ist höchst wahrscheinlich vergiftet worden.« Sie fixierte die Augen der Mutter. Die blickte erst ungläubig und dann verzweifelt auf die Kommissarin. Schließlich vergrub sie ihr Gesicht in beiden Händen. Ein lautes Schluchzen rollte wie die Welle eines Tsunami durch ihren Körper.

»Warum?«, flüsterte sie. »Warum?« Sie zitterte jetzt stark. Eva Lindenthal trat dicht an sie heran und legte eine Hand auf ihre Schulter. »Es tut mir sehr leid, Frau Schacht. Aber wenn Sie uns weiterhelfen können?«

Sie blickte jetzt auf ein durch Tränen verquollenes Gesicht.

»Ich wusste immer, dass irgendwann einmal etwas schiefgehen würde«, sagte die Mutter jetzt leise.

»Warum dachten Sie das?«

»Als Polizist lebt man gefährlich«, antwortete sie. »Und dann noch seine Freunde, diese Weltverschwörer und Besserwisser …«

»Wie meinen Sie das, und wen meinen Sie?«, fragte die Kommissarin hastig.

»Leon ist … war … schon immer ein Junge mit dem Hang zu Räuber-und-Gendarm-Spielen, zu Fabelwesen und Verschwörungstheorien. Wobei er immer der Räuber war, der noble Geist oder der Rächer, der die Welt retten wollte vor bösen Mächten. Ich habe mich sehr gewundert, dass er Polizist wurde. Früher hat er gesagt, dass Polizisten zum System gehören und es schützen. Und das lehne er ab. Und dann wurde er selbst zu einem.« Marie Schacht blickte zu Eva Lindenthal auf. Ihre Augen glänzten wie nasse Steine. »Wo ist er jetzt?«, fragte sie.

»In der Schweriner Pathologie«, sagte die Kommissarin. »Ich habe noch keinen Termin für eine Identifizierung durch Angehörige.«

Marie Schacht schwieg. Ihre Augen starrten auf irgendeinen Punkt an der Wand gegenüber.

»Was machte Ihr Mann?«, fragte die Kommissarin. »Wie war sein Verhältnis zu Leon?«

»Hamburger Hochbahn, Manager. Er koordinierte Einsatzpläne von Bussen und Bahnen. Sein Kontakt zu Leon war jahrelang gestört. Es war kein Verhältnis auf Augenhöhe, eher wie das von Rivalen. Beide waren sich, denke ich, herzlich egal.«

»Aber Sie als Mutter hatten ein gutes Verhältnis zu ihm?«,

»Ja«, sagte Marie Schacht. »Leon war ein guter, herzlicher und freundlicher Junge. Ich habe vieles von dem bewahrt, womit er sich als Kind und Jugendlicher beschäftigt hat. Wollen Sie es sehen?«

Die Kommissarin reagierte überrascht. »Sehr gern«, sagte sie. »Wann ist er denn ausgezogen?«

»Gar nicht«, sagte die Mutter.

»Gar nicht?«, fragte die Kommissarin verwundert.

»Er kam zwar nur noch selten nach Hause«, sagte Leons Mutter, »aber alles steht hier herum, als käme er jede Minute heim.«

Sie stieß die Tür, die nur angelehnt war, mit einer Fußspitze auf. Es war das letzte von vier Zimmern, die allesamt vom Flur abgingen. Es wirkte aufgeräumt und hell und war mit einem Doppelbett, einem dunkelblauen Plüschsessel, einem gut gefüllten Bücherregal, einem etwas fleckigen Holztisch samt Holzstuhl und einem orangefarbenen Teppich eingerichtet. An der Wand pinnte ein Poster des umstrittenen britischen Okkultisten und Sexualmagiers Aleister Crowley. Ein Mann, der im letzten Drittel des 19. Jahrhunderts geboren worden und 1947 gestorben war; ein Mann, der malte, schrieb, kokste, Heroin spritzte, Opium rauchte und wüste Sexualriten abhielt. Der sich selbst »Das Große Tier 666« nannte und in Großbritannien zur Jahrhundertwende als »bösester Mensch der Welt« verschrien war und 1923 von Mussolini aus Italien geworfen wurde, nachdem einer seiner Jünger in der Abtei umgekommen war, angeblich bei einem »magischen« Ritual. Aleister Crowley war für die Öffentlichkeit damals weitaus mehr als ein okkulter Guru; für die einen war er ein exzentrischer Intellektueller, für andere ein Teufelsanbeter, der Frauen und Kinder für seine Riten zu opfern bereit war. Über der Zimmertür Leon Schachts prangte Crowleys berühmter Satz: *Tue, was du willst, dies soll das ganze Gesetz sein.*

»Ich würde davon gern ein Foto machen«, bat die Kommissarin.

»Sie dürfen«, sagte Marie Schacht. »Aber Leon glaubte nicht etwa an den Teufel oder war ein Anhänger des satanischen Okkultismus von Crowley. Leon war als Jugendlicher eher ein Gothic-Typ. Er glaubte an Magie, Spiritualität und die Kraft der Welt.«

»Was heißt ›als Jugendlicher‹?«

»Er hatte viele Phasen. Etwa mit vierzehn pilgerte er beinahe jeden Abend in die Rote Flora und bezeichnete sich als Linksautonomer. Später rauchte er Gras, fuhr auf Festivals, auf denen er in seinem Alter eigentlich nichts verloren hatte. Irgendwann bekam er bei einer Demo gegen Nazis den Schlagstock eines Polizisten ab. Das hat ihn frustriert. Er wusste plötzlich nicht mehr, auf welcher Seite man stehen sollte, um Gerechtigkeit zu erfahren. Aber diese Links-Rechts-Schemata sind ja auch heute noch mehr als kompliziert …«

»Ab wann interessierte er sich für die Lehren Crowleys?«, unterbrach sie die Kommissarin.

»Das muss so mit siebzehn oder achtzehn gewesen sein. Er verschlang dessen Bücher und alles, was es aus dem Dunstkreis zu lesen gab.«

»Zu Aleister Crowley fällt mir Jungfrauenopferung, Tierquälerei und ein übermäßiger Hang zu unsittlichen sexuellen Übertreibungen ein. War er denn in dieser Hinsicht auffällig? Hatte er womöglich ein gestörtes sexuelles Verhalten sich selbst gegenüber?« Eva Lindenthal wusste, wovon sie redete. Als Jugendliche war sie fasziniert von den umstrittenen Wegbereitern der sogenannten freien Liebe. Sie war aber auch davon überzeugt, dass Sex

Machtausübung des anderen über sie selbst war. Deshalb hatte sie erst sehr spät »ihr erstes Mal«.

»Leon und Sex?«, antwortete Marie Schacht und lachte gekünstelt auf. »Das hätte ich sicher mitbekommen.«

»Das genau meine ich damit. Vielleicht benutzte er ja die Literatur, Meinungen, Ansichten und Ideologien Crowleys als Kompensation für eine Art asexuelles Verhalten? Hatte er zwischen vierzehn und achtzehn eine Freundin?«

»Nicht, dass ich wüsste«, antwortete Marie Schacht. »Es hat mich aber auch nicht weiter beunruhigt. Sie wissen ja, dass Mütter ihre Söhne äußerst ungern in die Arme einer anderen Frau entlassen.« Sie lächelte verlegen.

»Und als er älter wurde?«

»Ich denke nicht«, sagte sie. »Leon war kein Womanizer.«

»War er vielleicht schwul?«

»Eher nein.«

»Denken Sie, dass Mütter immer wissen, in welchen Betten ihre Söhne schlafen?«, provozierte die Kommissarin sie jetzt.

»Ich schon!«, sagte Leons Mutter scharf. »Wir haben uns alles erzählt. Ich war seine Vertraute.«

»Soso«, kommentierte die Kommissarin kurz. »Kommen wir mal auf die Primärinteressen Ihres Sohnes als Teenager zurück. Glaubten Sie auch an das Okkulte, an Sexriten und den Satan?«

Marie Schacht blickte an der Kommissarin vorbei auf einen imaginären Punkt an der Wand. Sie würde jetzt entweder lügen oder ihr etwas verheimlichen, dachte Eva Lindenthal sofort. »Ich glaube an magische Energien«, sagte Marie Schacht und glitt an der Kommissarin vorbei in den Flur.

»An die positiven oder die negativen Energien?«, fragte Eva Lindenthal nach.

»Sowohl als auch. Wie Sie wissen, gibt es eine Dialektik aus beidem. Die eine kann ohne die andere nicht existieren.«

»Geht es konkreter?«, bohrte Eva Lindenthal.

»Nehmen Sie die Menschen«, sagte Marie Schacht. »Die einen wollen das Gute, andere das Böse. Entweder man wird Polizist oder Verbrecher. Leon wurde Polizist. Ob er mit dieser Entscheidung immer nur Gutes bewirkt hat?« Sie machte eine Pause. »Ich weiß es nicht. In seiner Zeit als mobile Einsatzkraft war er an vielem beteiligt.«

»Das klingt ziemlich unkonkret«, sagte die Kommissarin. »Wohnt nicht auch jedem guten Menschen das Böse inne? Ist der gute Mensch nicht vor allem deshalb gut, weil er seine Obsessionen und bösen Niederungen unter Kontrolle halten kann?«

»Ich brauche jetzt Stille«, sagte die Frau spürbar abweisend. »Haben Sie noch weitere Fragen?«

»Einige«, sagte Eva Lindenthal, »aber vielleicht sollten Sie sich auf einen Besuch bei uns im Kommissariat einrichten.«

»Gut«, sagte Marie Schacht.

Eva Lindenthal fixierte sie jetzt scharf. »Sie sollten uns nichts verschweigen, was zur Aufklärung des unglücklichen Todes Ihres Sohnes beitragen könnte.«

»Stellen Sie die richtigen Fragen, und Sie bekommen Antworten«, sagte Marie Schacht.

Die Kommissarin lächelte jetzt säuerlich.

»Hatte Leon enge Freunde, deren Kontakte Sie mir geben können? Oder eine Freundin? Oder jemanden, der ihn so gut kannte wie Sie?«

»Nein, ehrlich nein. Leon hat über sein Privatleben selten gesprochen.«

»Das sagten Sie bereits«, antwortete die Kommissarin lapidar. Und schob sofort hinterher: »Sagt Ihnen der Name Theo Sander etwas?«

Es zuckte kurz um Marie Schachts Mundwinkel. »Nein, nie gehört den Namen. Gehen Sie jetzt. Ich will trauern dürfen.«

Marie Schacht machte einen Schritt auf die Kommissarin zu. Die blieb stehen, wo sie gestanden hatte. Und legte viel Strenge in ihre Stimme: »Wo waren Sie gestern zwischen sieben Uhr morgens und vierzehn Uhr am Nachmittag, Frau Schacht?«

Die Mutter des Toten rang kurz mit ihren Händen, aber zeigte dann ein Lächeln. »In meiner Praxis, Frau Kommissarin. Ich bin Heilpraktikerin. Das können meine Angestellten bezeugen.«

Eva Lindenthal rauschte verärgert aus der Wohnung. Sie ahnte, dass Marie Schacht log. Doch sie kam nicht dahinter. Noch nicht.

Vor der Tür vermengten sich die Gerüche von brennenden Holzscheiten, Cannabis-Dampf und einer kräftig gewürzten Suppe miteinander.

Aus der Stadt war sie wesentlich schneller heraus, als sie hereingekommen war.

7

Etwa zur gleichen Zeit in Schwerin

Der Mann, der sich soeben auf der Straße ein Taxi heranwinkte, sah aus wie Ende dreißig, machte einen sportlichen Eindruck, war großgewachsen und hatte eine gesunde, kräftige Gesichtsfarbe. Seine Haare standen widerborstig auseinander und gaben ihm einen verwegenen Ausdruck. Seine Bewegungen waren so geschmeidig wie bei einem Menschen, der gut in Übung war.

»Nach Mueß, zur Alten Fähre«, sagte er und versank leicht stöhnend im Gestühl der schon etwas betagten Mercedes-Karosse.

»Zur Ruine?«, fragte der Chauffeur. »Ist ja ein hübscher Ausflug nach dem Feiertag.«

»Ja, genau die.«

»Sind Sie einer der Investoren?«

»Ja«, sagte der Mann und lächelte leise in sich hinein. Er blickte sinnierend aus den Seitenscheiben des Autos.

Die Alte Crivitzer Landstraße führte, vom Autobahnkreuz A14 kommend, an weiten Feldern, kleineren Handwerksbetrieben, einem Feriendorf und einer stattlichen Anzahl an Einfamilienhäusern vorbei. Irgendwann traf sie auf eine Kreuzung, von der aus man zu Fuß bequem ans Südufer des Schweriner Sees gelangte. Versteckt hinter Bäumen, zugewachsen wie ein Baumhaus im Dschungel, fristete die Mueßer Ruine *Zur Fähre* ein jämmerliches Dasein. Das ehemalige Gasthaus, das einstmals zu den *Fuhrmannskrügen* gehörte und deren Wirte früher Fährleute und später Brückenwärter waren, bot mit seinen verdreckten Räumen und zerschlissenen Türen und Wänden immer noch genügend Bilder, um sich vorzustellen, dass hier einmal reger Betrieb herrschte. Nunmehr war es ein guter Ort für Menschen, die das Dunkel suchten und im städtischen Abseits finstere Pläne schmiedeten.

Zwar sollte die *Fähre* wieder neu aufgebaut werden, doch bis dahin war sie als verschwiegener Treffpunkt hervorragend geeignet.

Und so war es gut, dachte der Fahrgast, dass der Taxifahrer glaubte, er sei einer der Bauherren. Eine gute Tarnung. »Das dauert noch«, sagte er. »Aber wir arbeiten daran. Wir wollen ein Café, Ferienhäuser und Einfamilienhäuser bauen.« Der Mann gab einfach nur wieder, was er in der örtlichen Tageszeitung gelesen hatte.

»Ich hörte davon«, brummte der Chauffeur. »Wird auch endlich Zeit. So ein Schandfleck am Eingang zur Stadt ist unerträglich.«

Der Mann gab dem Droschkenfahrer ein wenig mehr als der Fahrpreis kostete, verabschiedete sich freundlich und verschwand dann hinter einem mit Spinnweben übersäten und allerlei Schutt verstellten, beinahe unzugänglichen Tor und betrat den einstigen Garten des Ausflugslokals. Er verband viele Erinnerungen an seine Jugend mit dem historischen Haus. Auf der weitläufigen Holzveranda mit ihren Kastenfenstern – wie sie heute niemand mehr verbauen würde – hatte er seinen ersten Joint geraucht und war beinahe über die Brüstung der Veranda gekippt. Und doch war es mehr als fünfundzwanzig Jahre her, dass hier rauschende Betriebsfeste oder Weihnachtsfeiern stiegen, Familien von der Stör mit ihren Kindern zum Eisessen kamen und die alten Leute des Städtchens hier stundenlang saßen, als warteten sie darauf, jünger zu werden.

Heute war das Gebäude von einem stabilen Bauzaun umgeben, der in einem Betonfundament steckte und von Menschenkraft allein nicht verrückbar war. Doch es gab eine sehr schmale Lücke zwischen zwei Zaunfeldern, durch die man auf das Grundstück und in die Ruine kam. Das wusste der Mann.

Und so schlich er vorsichtig durch wildwucherndes Gras und über knorrige Baumwurzeln bis zu jenem Zugang, bei dem man sich selbst sehr schlank machen musste, um hindurchzukommen. Die Fensterrahmen der Veranda waren zerschlissen, die Scheiben zerschlagen und dort, wo es noch Türen gab, hingen sie schief in ihren Angeln. Wind pfiff durch das zerbrochene Glas des Hauses, es ächzte und stöhnte in seinem Innern. Er hörte ein anderes Geräusch, das wie ein sachtes Pfeifen klang, und er spürte, wie der Windhauch rasend schneller Fledermausflügel gegen die Stirn strich. Er bemerkte ein leises Zittern des Bodens.

»Wer ist dort?«, fragte er gedämpft, aber hörbar.

»Ich«, flüsterte eine männliche Stimme zurück. »Komm hier herüber.«

Der Mann betrat vorsichtig das verfallene Gebäude, in dessen Innern mehrere Räume voneinander abgingen und sehr verschachtelt wirkten. Bauschutt, Müll und anderer Unrat bedeckten die Böden.

In einem dieser Räume lag ein Mann gefesselt auf dem Boden. »Lassen Sie mich gehen!«, flehte der Gefangene und rang angestrengt mit Stricken, die man ihm um seine Hände, Füße und Beine geschnürt hatte wie Schiffstaue um Poller am Hafen. Seine Augen waren mit einem schwarzen Tuch verbunden. Er sah absolut nichts. Nur Schwärze. Er lag in einem Haufen Müll.

»Was wollen Sie von mir?!«, fauchte er zum wiederholten Mal erbost. »Das wird für euch nicht gut ausgehen!« Doch er erhielt keine Reaktion. Er war allein in dem schmutzigen Raum, dessen Fenster hinter den zersplitterten Scheiben zugemauert waren. Die klackernden Geräusche, die er wahrnahm, kamen aus dem Lautsprecher eines kleinen Funkgeräts, das man ganz in seine Nähe auf den Boden gelegt hatte. Es waren Geräusche wie das Scharren von Schuhen auf Sand.

Er hörte, wie nur wenige Meter von ihm entfernt zwei Männer darüber verhandelten, was man mit ihm vorhatte. Die eine Stimme klang jung und kräftig, die andere alt und brüchig.

»Drück den Inhalator auf die Nase und den Mund«, sagte der Mann mit dem älteren Tonfall. »Das Gift wirkt schnell. Ich habe damit gute Erfahrungen gemacht.«

»Ja, dein Ausbruch aus Bützow war ein Coup«, erwiderte die junge Stimme.

»War ja von dir auch gut vorbereitet.«

»Wir dürfen nichts riskieren«, meinte der jüngere Mann. »Die Bullen haben ihre Ohren überall. Ich weiß, wovon ich rede …«

Der Gefangene hörte, wie sich ihm jemand näherte. Er bekam nicht mit, wie die ihm unbekannte Person auf ihrem Weg ein Fläschchen von der Art eines Asthmasprays aus der Innentasche ihrer Jacke zog, die Kappe öffnete und den unsäglich verdreckten Raum, in dem der wehrlose Mann auf der Erde gefesselt lag, auf leisen Sohlen betrat.

Er bemerkte ihre unmittelbare Nähe.

»Sie wollen mir nicht wehtun, oder? Sie müssen nichts von dem tun, was Ihnen Ihr Begleiter sagt.«

»Klappe halten«, antwortete ihm der Mann mit der jungen Stimme und trat ihm mit seinem Schuh kräftig in die Rippen. Der Gefangene zuckte zusammen. Er spürte das Atemröhrchen in der Nase, hörte ein zischendes Geräusch, dann fiel er in eine schwere Stille.

Das feine Rinnsal Blut, das ihm jetzt aus den Nasenöffnungen hinunter auf die Lippen tropfte, bemerkte er nicht mehr.

Sein Todeskampf dauerte nur wenige Minuten.

Der Mann, der vor nicht allzu langer Zeit aus einem Taxi gestiegen war, beugte sich über den Toten und strich ihm – beinahe entschuldigend zart – über das Haar.

»Verzeih mir«, flüsterte er leise. Dann wandte er sich schnell von dem Toten ab.

8

Eine knappe Stunde später

Lindenthals Assistentin Laura hatte es nur kurze Zeit später geschafft, ein Treffen der Kommissarin mit einem technisch versierten Radiomann zu organisieren, der zufälligerweise Nachtschicht geschoben hatte und ein ziemlich guter Bekannter ihres Freundes war. Die Kommissarin hätte auch das LKA und dessen fabelhaftes kriminaltechnisches Labor beauftragen können, Stimme und Umgebungsgeräusche des 110-Anrufers zu analysieren. Doch war sie zu eigensinnig, wenn es darum ging, nicht zu viele Informationen mit anderen zu teilen. Es reichte ihr schon, dass ihr Abteilungschef Uli Timmermann, der »Lackaffe«, versuchte, sie stets und ständig am Telefon nach dem neuesten Stand ihrer Ermittlungen auszuhorchen.

Der Technikerraum des Radiosenders Schwerin FM war mit Nussbaumholz getäfelt und ganz und gar schalldicht. Kabelverbindungen blieben unsichtbar, nur zwei Mikrofone, vier Lautsprecher und ein Zehn-Kanal-Mischpult verrieten, dass sich hier ein Studio befand, in dem ein Radiojournalist nicht nur Sprecher, sondern auch Discjockey war.

Der Techniker war ein Mann mit sandfarbenen Haaren, Brille und Vollbart. Er gab sich und der Kommissarin zwei Stunden Zeit, die Tonaufnahmen des Anrufers der 110-Nummer unter Radio-Kopfhörern zu analysieren. Beide saßen nebeneinander vor dem Mischpult und hörten sich die kurze Aufnahme wieder und wieder an.

»… verfolgen Sie die Spur des Löwen …«

Am Ende der langwierigen und anstrengenden Soundsession besaß die Kommissarin eine Liste mit Geräuschen, die sie und der Techniker glaubten, herausgefiltert zu haben. Lindenthal ordnete die Geräusche in Verkehr, menschliche Laute und Vogelstimmen auf.

In nüchternem Tonfall, der gleichwohl eine gewisse Erregung nicht verbarg, erläuterte der Techniker ihre Ergebnisse: »Die Person klingt eher weiblich als männlich«, sagte er zu ihrer Überraschung.

»Warum?«, fragte sie etwas pennälerhaft.

»Sie verstellt ihre Stimme, das höre ich an dem Vibrato ihrer Stimmbänder. Aber sie schafft es nicht ganz, hören Sie …«

Er drückte auf einen Knopf und fuhr die Audiodatei an eine bestimmte Stelle. Und tatsächlich: Die Stimme brach sich mehrmals in hohe und tiefe Töne, und zwischendurch waren Vibrationen zu hören, die eine unverstellt artikulierte, männliche Stimme nicht erzeugen würde.

»Netter Versuch«, bemerkte die Kommissarin.

»Aber wir haben es durchschaut«, sagte der Tontechniker. »Sie könnte das Mikrofon eines Headsets benutzt haben. Es könnten die Fenster eines Internetcafés oder eines anderen öffentlichen Raumes geöffnet gewesen sein. Nur so ist es möglich, dass wir sehr deutlich ihre Worte verstehen, weil sie mit ihrem Mund dicht am Mikrofon ist. Aber die Außengeräusche sind dadurch undeutlicher. Nehmen Sie dieses hier«, der Techniker drückte einen Knopf, um die Tonspur zurückzufahren, »das rhythmische Gurren, das könnten Tauben sein. Dann Geräusche wie ein aufgeregtes Flattern von Flügeln. Vielleicht steht ein Baum vor dem Café, oder ein Park ist in der Nachbarschaft? Oder saßen sie auf einem Fensterbrett und wurden aufgescheucht? Oder dieses hier: eine kaum hörbare, weil offenbar weit entfernte Sirene eines Polizei- oder Rettungswagens. Und dann die Autogeräusche … Und Wind … Hören Sie das feine Rauschen?«

Der Techniker setzte die Tonspur erneut zurück und strich sich hingebungsvoll über den Bart. Eva Lindenthal sah mit Bewunderung auf ihr Gegenüber. Dessen feines Gehör und Erfahrung besaß sie nicht. Beide vernahmen Geräuschbruchstücke an

Lauten, die sie für nicht zuordenbar hielt. Wieder setzte er die Datei auf einen bestimmten Punkt zurück.

»Klingt wie knirschender Sand«, sagte er. »Als würde jemand mit seinen Schuhen über Mörtelreste laufen.«

»Wir wissen, dass der Anruf aus der Gegend um Mueß kam«, bemerkte sie. »Da verläuft eine viel befahrene Straße in Richtung Innenstadt. Es gibt das Südufer des Schweriner Sees und eine Menge Häuser. Aber auch Ruinen.«

Der Techniker dachte kurz scharf nach. Seine Augen schienen irgendeine Maserung der Holzvertäfelung zu fixieren.

»Und eine ganz besondere Ruine am Straßenrand unter vielen Bäumen, in unmittelbarer Seenähe mit Wind«, sagte er zur Kommissarin gewandt.

»Die Alte Fähre«, murmelte sie kaum hörbar.

Der Techniker hob den Daumen. »Kein schlechter Ort für ein dunkles Geheimnis«, brummte er, und empfahl sich wortreich für ein nächstes Mal.

Die Schweigepflichterklärung unterschrieb er mit einem sonderbaren Kürzel. Sie war kaum aus dem Studioraum, als er nach seinem Handy griff. Während er mit einer Hand eher fahrig als sinnlich über seinen Bart strich, stand in seinen Augen ein rätselhaftes Funkeln.

Zurück in ihrem Wagen, telefonierte die Kommissarin mit dem Einsatzleiter für mobile Polizeikräfte. Nur etwa dreißig Minuten später schoben sich zwei Einsatzfahrzeuge auf der Bundesstraße 321 vor das verfallene Objekt. Die Kommissarin saß etwas müde, aber gutgelaunt in ihrem Auto und fuhr vorweg. Kurz blitzte in ihr auf, ob sie vielleicht doch dem LKA Bescheid geben sollte. Doch sie wollte gegenüber Alexander Klink, dem Führungsbeamten von Leon Schacht, keinerlei Rechenschaft über Art und Weise ihrer Ermittlungen abgeben. Sie hatte genügend Kraft und Selbstbewusstsein, einen möglichen Zugriff persönlich in die Hand zu nehmen. Sie bediente sich deshalb der Schweriner Polizei, die schließlich ebenfalls wehrhaft war, aber nicht so martialisch ausgestattet wie die Sondereinsatzkommandos.

Die insgesamt sechs Frauen und Männer des Schweriner Polizeikommandos stürmten zielsicher in die Ruine des ehemaligen Ausflugslokals und sicherten die ersten Räume. Tauben flatterten erschreckt aus ihren Nischen und stoben auseinander. Die Beamten fanden zunächst nichts – bis auf etliche Abdrücke und Schleifspuren von Sohlen auf dem sandigen Boden, Aschereste von Kippen und unfassbar viel Müll von Menschen, die hier über die Jahre campiert hatten. Lindenthal bat die Spurensicherer, jeden Winkel auf Blut, Speichel oder andere, eine DNA-Spur enthaltene, menschliche Überreste zu untersuchen.

»Frau Lindenthal?«, hallte es plötzlich durch die Ruine. »Wir haben hier eine männliche Leiche. Kommen Sie schnell!«

Dass die Kommissarin für den leblosen Mann nichts mehr tun konnte, wurde ihr nach einem kurzen Druck auf die Halsschlagader klar. Außerdem war die Leiche bereits in die Starre übergegangen. Sie fühlte eine tiefe Traurigkeit in sich aufsteigen. Zwar kannte sie die Identität des Toten noch nicht; aber ihr Blutdruck war augenblicklich angestiegen, und ihre Hände fühlten sich kalt und feucht an. Mit wackliger Stimme beorderte sie einen Krankenwagen zur Alten Fähre und unterrichtete dann Laura. Sie bat zunächst um Zurückhaltung gegenüber Abteilungsleiter Timmermann. »Ich will erst Näheres zu seiner Todesursache und seiner Identität wissen«, sagte sie zu Laura am Telefon, »und vielleicht noch ein wenig mehr zu den Todesumständen. Informiere unsere Spurensicherung und den Chefpathologen. Bei ihm wird gleich die Leiche eintreffen. Und wir beide sehen uns im Café gegenüber der Inspektion.« Dann legte sie auf.

Ihr Handy klingelte nur wenige Momente später. Eine Nummer des Landeskriminalamts.

»Lindenthal?«

»Maria Baumann am Apparat. Störe ich?«

»Nein, was kann ich denn für Sie tun?«

»Es geht um Leon, Sie wissen, ich mochte ihn sehr«, sagte die LKA-Beamtin leise. »Ich wollte nur mal hören …«

»Wie der Stand der Dinge ist?«, fragte Eva Lindenthal mit einer jetzt deutlich grimmigen Stimme. »Hat Sie Alexander Klink beauftragt?«

Pause.

»Frau Baumann?«

Es klickte in der Leitung. Das Gespräch war unterbrochen. Verwundert starrte die Kommissarin auf ihr Telefon – und entschloss sich, nicht zurückzurufen. Aus ihrer Warte hatte sie der Frau, die ein Verhältnis mit Leon Schacht gehabt hatte, nichts zu berichten. Außerdem hatte sie ein Alibi.

Nur einen Moment später rief Timmermann an, ihr Boss. Sie parierte.

»Warum sechs Polizeikräfte in Mueß?!«, zeterte er.

»Ein unbekannter Toter«, sagte sie mit etwas abgekämpfter Stimme.

Schweigen auf beiden Seiten für einen Moment.

»Das ist unschön«, sagte er schließlich etwas milder. »Und was sagen wir den Journalisten?«

»Dass wir unseren Job machen«, antwortete die Kommissarin trocken.

»Dafür kriegen Sie ja schließlich auch Ihr Geld«, schnappte der Abteilungsleiter zurück.

»Eben«, sagte sie und beendete das Gespräch. Sie fühlte Wut in sich aufsteigen.

Jetzt war auch der Krankenwagen vor Ort eingetroffen. Der Rettungsassistent sah sie fragend an.

»Bringen Sie ihn nach Ihren Routineuntersuchungen in die Gerichtsmedizin. Sie werden dort schon erwartet.«

Sie warf sich burschikos in ihr Auto und nahm Kurs auf die Innenstadt. Vor der Polizeiinspektion bog sie in eine Seitenstraße ab, parkte und schlängelte sich dann zu Fuß durch den Verkehr hinüber zu einem Café. Laura erwartete sie schon. Heute schillerten ihre Perlen am rechten Handgelenk besonders auffällig.

»Du weißt schon, dass du es mit deinem Schmuck nicht übertreiben solltest?«, sagte die Kommissarin mit Blick auf Lauras Bling-Bling.

»Ich weiß«, sagte Laura etwas kleinlaut. »Ich dachte, dass ich dich damit etwas ablenken kann. Die Stimmung ist ohnehin schon angespannt genug.«

Die Kommissarin ging darauf nicht mehr weiter ein. Sie sagte stattdessen. »Danke, dass du gekommen bist. Timmermann versucht, mir wegen des Einsatzes die Hölle heiß zu machen. Dabei hat er nichts weiter zu tun, als ein bisschen mit der Presse zu reden und mit dem Innenminister golfen zu gehen. Ich möchte dem Kerl jetzt nicht begegnen.«

»Verständlich«, sagte Laura weich und drückte den linken Oberarm ihrer Chefin. Die Kommissarin blickte düster auf ihren leeren Teller vor sich.

»Die Auswertung von Leon Schachts Daten hat ergeben, dass er intensiven Kontakt zu einer Gruppe namens ›Löwenkraft‹ hatte. Es gibt da …« Laura stockte, denn die Kommissarin war erregt aufgesprungen, setzte sich aber gleich wieder. Die Barkraft blickte irritiert zu ihr herüber.

»Das ist ja großartig«, sagte Eva Lindenthal. »Vielleicht ist das ja eine brauchbare Spur zu der ominösen ›Spur des Löwen‹, von der dieser merkwürdige Anrufer sprach.«

Tee und Kaffee wurden serviert, dazu Croissants.

»Bis wir die Identität unseres Toten von heute Nachmittag wissen, müssen wir uns um Schacht kümmern«, sagte die Kommissarin gereizt.

»Schachts Chats könnte man unter diesem Gesichtspunkt

vielleicht in verschiedene Richtungen deuten«, sagte Laura und nippte an ihrem Kaffee. Die Kommissarin blickte sie fragend an.

»Er hat sowohl Termine als auch Treffpunkte ausgemacht, sie aber verschlüsselt. Die Techniker mussten die Nachrichten erst dechiffrieren. Deshalb haben wir die Informationen erst seit heute Mittag.« Die Kommissarin zeigte einen gespannten Gesichtsausdruck. Sie tunkte die Spitze ihres Croissants in den Tee, den sie vorher mit Milch und Zucker verfeinert hatte.

»Schacht war aktiv in der Sexmagie-Szene unterwegs«, sagte Laura mit bedeutsamer Stimme. »Sein letztes Date, wenn ich es mal so nennen darf, hatte er bei einer Veranstaltung im *Best Western Seehotel* in Schwerin-Frankenhorst, das als Meeting für Heilpraktiker verschleiert war. Die Kollegen von der Sitte haben darüber ein umfangreiches Dossier. Die Veranstaltung lief völlig aus dem Ruder: Drogen, Sex, kollabierende Menschen. Aber wie wir heute wissen, war Schacht nicht anwesend, weil er schon tot war.«

»In seinem Zimmer hing ein Plakat von Crowley, dem selbsternannten Sexmagier«, sagte die Kommissarin sinnierend. »Seine Mutter hat gelogen, als sie sagte, dass sie von den erotischen Freizeitaktivitäten ihres Sohnes keinen Schimmer hätte. Außerdem ist sie Heilpraktikerin, das steht zumindest außen an ihrem Klingelschild. Sie kommt heute noch in die Pathologie und soll ihren Sohn identifizieren. Ich denke, ich werde sie mir bei dieser Gelegenheit mal intensiver vornehmen, als ich das in Hamburg getan habe. Vielleicht weiß sie ja etwas von dieser Veranstaltung!«

»Schon möglich«, sagte Laura.

»Warum hat uns der Mörder Schachts nur so viele Spuren hinterlassen?«, grübelte die Kommissarin. »Heute weiß jeder aus diversen Krimiserien, wie einfach es ist, technische Geräte auf digitale Hinterlassenschaften zu untersuchen.«

»Vielleicht Absicht?«, fragte Laura. »Vielleicht *sollten* wir seinen Laptop und sein Handy finden?«

»Aber warum?«, fragte die Kommissarin erneut. »Vielleicht sagen die Täter damit, ›es ist uns egal, wenn ihr wisst, dass wir es waren‹?«

Laura schwieg. Beide Frauen krümelten Teile der Croissants auf ihre Teller und den Tisch.

»Was für Namen tauchen in den Chats auf?«, fragte die Kommissarin schließlich. »Irgendjemand dabei, der für uns spannend wäre?«

»Nur Pseudonyme. Die E-Mails sind vor allem dienstlicher Natur.«

Die Kommissarin dachte scharf nach. Plötzlich kam ihr etwas in den Sinn. »Ist dir der Name Maria Baumann aufgefallen? Sie war mit Schacht liiert. Ich weiß zwar nicht wie lange, aber …«

»Jedenfalls nicht als Klarname«, sagte Laura.

Lindenthals Telefon klingelte. Die Spurensicherung.

»Wir haben da etwas«, sagte eine weibliche Stimme am anderen Ende. »Diverse Speichelreste auf dem Fußboden, Blutflecken, Haare. Proben sind auf dem Weg in die Gerichtsmedizin. Vielleicht ist der Tote zu Lebzeiten ja aktenkundig gewesen?«

»Keine Papiere, nichts?«, fragte die Kommissarin.

»Nichts, nur ein Haufen Abdrücke unterschiedlichster Schuhprofile. Nicht voneinander sauber trennbar.«

Die Kommissarin spürte, dass sie sich in einer Sackgasse befanden. Doch es musste weitergehen. Sie trieb sich innerlich voran. »Dann warten wir auf die Ergebnisse des Labors. Einstweilen danke.«

9

Am späten Nachmittag

Marie Schacht rauschte über den Flur der Polizeiinspektion so hastig, als wollte sie die Zeit überholen. Dabei wäre sie beinahe auf einen Kommissar geprallt, der entspannt mit einem Kaffee in der Hand aus der Küche geschlendert kam.

»Oh, verzeihen Sie!«, sagte die schnelle Dame und zupfte sich das Oberteil ihres beigefarbenen Kostüms zurecht. »Ich habe es etwas eilig. Wo finde ich Kommissarin Lindenthal?«

»Gehen Sie den Flur weiter hinunter, vorletzte Tür rechts. Aber klopfen Sie vorher an. Sie mag es nicht, von gehetzten Menschen überrascht zu werden.«

»Diesen Hinweis werde ich ganz sicher nicht beherzigen«, knurrte sie und machte sich auf den Weg. Der Kommissar blickte ihr verdutzt hinterher.

Eva Lindenthal saß mit Laura an einem kleinen Besprechungstisch, als die Türklinke sich bewegte und Marie Schacht so plötzlich im Raum stand wie der berühmte Eisberg vor der *Titanic.*

»Was …«, doch weiter kam Laura nicht.

»So, Frau Schacht, jetzt drehen Sie noch einmal um, gehen durch diese Tür, klopfen an und warten, bis jemand Sie hereinbittet.« Der Ton der Kommissarin war so hart wie das Klopfen eines Hammers auf Stein.

»Ich denke nicht daran«, sagte Marie Schacht keinen Deut weicher. »Ich habe wenig Zeit. Sie werden mich jetzt zu meinem toten Sohn begleiten, und dann reise ich wieder nach Hamburg ab.«

Laura sah unsicher von ihrer Chefin auf die Besucherin. Die Blicke der Kommissarin kannte sie. Marie Schacht stand kurz vor einer Verhaftung mindestens wegen Beamtenbeleidigung. Sie erhob sich, schritt auf die Frau zu, hakte sich bei ihr unter und sagte, während sie sie mit sich aus dem Zimmer zog: »Holen Sie sich erst einmal einen Kaffee aus unserer Küche, den Gang runter links. Ich hole Sie von dort ab. Ich halte das in Ihrem Interesse für eine wirklich fabelhafte Idee.«

Marie Schacht parierte mit konsterniertem Blick.

Laura kehrte in das Büro zurück.

»Haben wir ihre Stimme auf dem Diktiergerät?«, fragte Laura. Lindenthal nickte missmutig. Laura würde die Tonaufnahme noch heute dem Radiotechniker übersenden, damit er die Datei auf mögliche Übereinstimmungen zum Anrufer auf der 110 abgleichen könnte. »Komm, Eva, ärgere dich nicht! Wir lassen uns von dieser Person nicht den Tag vermiesen.«

»Nein … Du hast recht«, sagte die Kommissarin milde gestimmt.

Laura strahlte sie erleichtert an. Der Sekundenzeiger der Wanduhr im Raum der Kommissarin machte entspannt: »Klick …«

10

Institut für Gerichtsmedizin Schwerin

Das Gebäude am Obotritenring wirkte wie eine Mischung aus Kirche, Krematorium und Trutzburg für medizinische Spezialisten, die mit Leichen, Verbrechen oder ungeklärten Todesursachen ihr Überleben sicherten. Der diensthabende Pathologe war von Eva Lindenthal auf den Besuch Marie Schachts vorbereitet worden. Er hatte die Leiche Leon Schachts bereits aus der Kühlung gezogen und sie insoweit präpariert, dass dessen Mutter die Schnitte am Hals, Ober- und Unterleib nicht zu Gesicht bekam. Ein Helfer des Rechtsmediziners hatte den Toten mit den üblichen Schminkutensilien noch etwas hergerichtet. Marie Schacht warf nur einen kurzen Blick auf ihren Sohn.

»Er ist es«, sagte sie ruhig. »Decken Sie ihn wieder zu.«

Vor dem Obduktionssaal hatten zwei Polizeibeamte Stellung bezogen. Marie Schacht hob die Augenbrauen. »Ist das meine Eskorte?«, fragte sie die Kommissarin in schnippischem Ton.

»Die beiden Männer bringen Sie direkt in U-Haft, wenn Sie das wünschen«, erwiderte die Kommissarin kühl. »Es sei denn, Sie beantworten mir in der Inspektion noch ein paar Fragen.«

»Wenn es denn sein muss«, sagte die Frau blasiert, »ich hoffe nur, dass Sie mir jetzt die richtigen Fragen stellen.«

»Gut«, wandte sich Eva Lindenthal an die beiden Beamten, »behalten Sie die Dame im Blick. Wenn sie Dummheiten macht, legen Sie ihr Handschellen an. Ich habe noch etwas zu besprechen.« Marie Schacht blickte garstig.

»Bernhard«, sagte die Kommissarin zu dem Pathologen, »was haben wir zu der Leiche aus Mueß? Gleicher Befund? Ich habe wieder Blut an den Schleimhäuten gesehen.«

»Ich fürchte, ja«, sagte er. »Sein Mageninhalt und Reste von

Urin werden gerade im Labor untersucht. Aber der Schleimhautabstrich aus seiner Nase hat bereits starke Spuren von Kaliumcyanid bewiesen. Der Mann wurde auf die gleiche Weise umgebracht.«

»Verdammt!«, zischte die Kommissarin.

»Langsam wird die Sache wirklich dramatisch«, pflichtete Bernhard ihr bei. »Man könnte meinen, der Tote steht im Zusammenhang mit dem Tod Schachts. Gleiche Vorgehensweise.«

»Ja, es könnte sein, dass wir es mit einer Serie zu tun haben«, stimmte Eva Lindenthal ihm zu.

»Ich wäre nicht überrascht, wenn der Tote auch etwas mit der Ergreifung des Petermännchenmörders zu tun hatte.« Der Pathologe blinzelte, als sei ihm etwas ins Auge geraten. »Denn dann wird mir übel bei der Vorstellung, dass mindestens weitere zehn Beamte gefährdet sein könnten«, fügte er an. »Vielleicht sollte Ihre Mitarbeiterin Laura schnell die Namen aller an dem Einsatz gegen Theo Sander beteiligten Frauen und Männer herausfinden. Sie müssen gewarnt werden und Obacht geben. Wer weiß, ob hier jemand sein Mörderspiel gegen weitere Polizisten dieses Einsatzes treibt.« Er hatte bei seinen Worten eine wichtige Miene aufgesetzt.

Die Kommissarin blickte ihn düster an.

»Sie waren auch dabei«, sagte der Pathologe warnend. »Sie sind möglicherweise auch ein Ziel.«

»Ich weiß«, sagte Eva Lindenthal ruhig. »Ich werde auf der Hut sein.«

»Tragen Sie eine Waffe?«, fragte er.

»Ich?«, fragte sie so überrascht zurück, als habe der Arzt sie gefragt, ob sie auch eine Bombe bauen könne. Sie erholte sich rasch. »Ich habe eine SIG Sauer im Panzerschrank liegen, frisch geölt und gereinigt, aber …«

»Es kann vielleicht nicht schaden, wenn Sie ein bisschen trainieren …?«

»Eine Schießübung?«, lachte Lindenthal laut auf. »Sicher

nicht. Ich habe meine eigenen Methoden. Das Spiel mit den Knarren überlasse ich den Timmermanns dieser Welt.« Eva Lindenthal hielt sich nicht für die Art von Kommissarin, die mit Munitionsgedröhne einen Mörder überführte.

»Das habe ich schon einmal gehört«, sagte der Pathologe, »und der Mann, ein Kommissar, landete bei mir im Kühlschrank. Lange her …«

»Ich kümmere mich jetzt um die Mutter von Leon Schacht«, unterbrach die Kommissarin Bernhards Erinnerungen. »Mir sagt mein Gefühl, dass sie mit dem Tod ihres Sohnes etwas zu tun hat. Halten Sie mich auf dem Laufenden, wenn der Tote identifiziert ist …« Sie tätschelte den Arm des Pathologen und verließ den Obduktionsraum.

Leons Mutter saß im Auto der Kommissarin wie eine Primadonna auf dem Weg zu einem Fotoshooting. Während Eva Lindenthal ihre menschliche Fracht aufmerksam durch den dichten Verkehr chauffierte, puderte sich Marie Schacht mehrfach das Gesicht, zog ihre Augenbrauen nach und schminkte sich die Lippen. Im Auto machte sich der Geruch nach Rosen und Jasmin breit. Es war eine schweigsame Fahrt in dröhnender Stille.

In der Polizeiinspektion führte die Kommissarin Marie Schacht in einen der beiden Verhörräume, schaltete Videokamera und Diktiergerät sowie eine Menge Licht ein. Eva Lindenthal hatte einen Knopf im Ohr, über den sie mit dem Technikerraum verbunden war. Laura meldete sich. Die Stimme Marie Schachts war nicht identisch mit der Stimme des 110-Anrufers. Die Kommissarin blickte zerknirscht auf die Tischplatte vor sich, die so weiß wie Papier war. Sie hob den Kopf und gab ihrem Gesicht einen entschlossenen Ausdruck.

»Wann hatten Sie das letzte Mal Sex, Frau Schacht?«

»Vorgestern«, entfleuchte es der Verhörten reflexartig, was sie augenblicklich bereute. »Ich Idiotin«, knurrte sie.

Eva Lindenthal lächelte sie an. »Das wissen wir doch längst«, sagte sie. »Glauben Sie etwa so ein ausschweifender Abend wie der im *Best Western Seehotel* bliebe gänzlich unbemerkt? Wir haben derartig viele DNA-Spuren gefunden, dass wir Ihnen nur noch ein paar Schüppchen Ihrer Haut …«

»Ersparen Sie mir Details Ihrer Arbeit«, schnappte Marie Schacht über den Tisch. »Was ich in meiner Freizeit tue, geht Sie gar nichts an.«

Wie auf ein geheimes Kommando ihres Erinnerungszentrums flogen die Ereignisse von vor zwei Tagen an ihr vorbei. Angefangen hatte es ganz harmlos. Als kaum noch Hotelpersonal Dienst tat und die Security Feierabend hatte, verriegelte man die Türen zum Konferenzsaal des Hotels. Die Kanadier überraschten ihre dreißig Seminarteilnehmer kurz vor Mitternacht mit einem therapeutischen Drogenexperiment. Unter Mithilfe des Psychedelikums 2C-E mit Namen »Aquarust« und Schalen voller Crystal Speed sollten alle Anwesenden eine sogenannte Psycholyse, eine Art drogenunterstützte Bewusstseinserweiterung, erreichen. Die Substanzen zeigten augenblicklich Wirkung. Einige der Teilnehmer litten unter Wahnvorstellungen, Krämpfen, Schmerzen, Luftnot und Herzrasen. Doch für die Mehrheit der Seminarteilnehmer eskalierte der Drogentrip zu einer sexuellen Massenhysterie. Männer und Frauen rissen sich die Kleidung vom Leib und kopulierten unter den Augen erregten Publikums. Ganz im Sinne des Zirkels wechselten homoerotische mit autoerotischen und sadomasochistischen Handlungen und deren Teilnehmer. Enthemmt und ohne Furcht geriet der späte Abend und die Nacht zu einem Spektakel jenseits gesellschaftlicher Normen. Jemand entzündete ein christliches Kreuz aus Holz und beschwor mit überschlagender Stimme die Kraft des Teufels und seines freien Willens. Wenn es ein Höchstmaß an freisetzbarer, sexualmagischer Energie gab, dann wurde sie an diesem denkwürdigen Abend erreicht. Für Marie Schacht war es nicht ihr erster Trip dieser Art gewesen, es war jedoch der heftigste. Nur mit Mühe und unter erheblichem physischen Einsatz hatte sie sich in ihr Hotelzimmer geschleppt und ihre sexuellen Eskapaden verdaut.

Marie Schacht blickte etwas müde, aber durchaus kampfeslustig in das Gesicht der Kommissarin. »Und nun? Wollen Sie mir einen Strick aus irgendetwas drehen?«

»Nein«, sagte Eva Lindenthal. »Ich will gar nichts. Ich suche etwas. Die Wahrheit. Journalisten überschlagen sich in den heutigen Ausgaben der Tageszeitungen vor diffusen Vermutungen darüber, welchen Grund es für die Drogenorgie gegeben haben könnte, an der Sie offensichtlich beteiligt waren. Es ist die Rede von medizinischen Einsatzkräften, die in buchstäblich letzter Minute einige der vergifteten Teilnehmer aus einer Lebensgefahr retteten. Meine Kollegen von der Sitte haben mir berichtet, dass der Drogen- und Sexexzess ein juristisches Nachspiel sowohl für die Kanadier als auch für die Seminarteilnehmer haben wird. Fürchten Sie das nicht, Frau Schacht?«

Die Frau blickte stumm an der Kommissarin vorbei auf irgendeinen Punkt an der Wand des Verhörraums. »Nein«, sagte sie schließlich, »ich bin Profi. Bevor mich die Polizei oder Rettungssanitäter namentlich identifizieren konnten, war ich bereits weg.«

»Und Ihr Sohn Leon?«, fragte die Kommissarin. »Wir wissen, dass er Mitglied in einer Art Geheimloge namens ›Löwenkraft‹ gewesen ist. Waren Sie womöglich beide in dem Sexzirkel?«

Marie Schacht blickte die Kommissarin gelangweilt an. »Ich sagte Ihnen schon, dass Leon ein sauberer Junge war. Er hatte zwar noch sein Zimmer bei mir, war aber äußerst selten dort. Unser Kontakt war auch eher sporadisch. Von einer Freundin wusste ich nichts. Und von einer Loge mit diesem Namen höre ich jetzt zum ersten Mal.«

»Sie lügen«, sagte die Kommissarin kalt, »und das weise ich Ihnen nach.«

»Aber vorher möchte ich gehen«, schnarrte Marie Schacht arrogant. »Ich habe am Abend noch einen Klienten.«

Die Kommissarin zeigte sich unbeeindruckt. »Wo waren Sie zum Zeitpunkt des Todes Ihres Sohnes? Haben Sie ein Alibi?«

Marie Schachts Gesichtsausdruck wechselte von hochmütig zu beleidigt. »Ich hatte Sex, wie Sie ja nun wissen. Und das kann ich bezeugen.«

»Wann waren Sie denn wieder zu Hause?«, fragte Eva Lindenthal gleichmütig. Ihr waren die Eskapaden der ältlichen Frau ziemlich schnurz.

»Am Vormittag.«

Die Kommissarin wusste, dass Leon Schacht zu diesem Zeitpunkt bereits eine Leiche war. »Sie scheinen um Ihren einzigen Sohn nicht allzu sehr zu trauern. Oder trügt mich mein Eindruck?«

»Unser Kontakt war, wie schon einmal gesagt, nur noch sehr spärlich. Ich mochte es nie, dass er Bulle wurde. Kann ich jetzt gehen?«

»Verlassen Sie die Stadt nicht«, sagte die Kommissarin unzufrieden. »Wir sehen uns hier sicher wieder.«

11

Am Abend, gleicher Tag

Heinz Keller war ein Mann, der im Gegensatz zu manchen Männern im letzten Lebensdrittel seine Attraktivität längst eingebüßt hatte. Sein Haar war mehr als schütter, unansehnlich schmutziggrau eingefärbt mit unsauberen Spitzen. Sein Gesicht wirkte eingefallen und fahl, sein Vollbart war ungepflegt und struppig, seine Augen wässrig und müde. Fettfalten quollen ihm über den Hosenbund, sein Gang war schläfrig und schleppend. Von außen betrachtet, machte er zwar den Eindruck eines gealterten und etwas ungepflegten Menschen; doch sah man ihm beileibe nicht an, was für ein verdorbener, krimineller Kerl er im Grunde war. Und wie er danach lechzte, dass ihm jemand zuhörte und ihm vielleicht sogar Anerkennung schenkte. Doch auch Claqueure wollen erst überzeugt werden, bevor sie applaudieren.

Heinz Keller, dessen Name klang wie eine Mischung aus Schlagersänger und Serienmörder, mochte junge Mädchen. Auch wenn er die sechzig schon knapp überschritten hatte, so hielt er sich doch für einen tollen Jäger, der insgeheim darauf hoffte, dass ihm eine weibliche Person unter dreißig vor die Flinte lief, wenn er nur rechtzeitig schußbereit war. Und so hatte er sich an diesem Abend zweihundert Euro eingesteckt, die er in seiner Phantasie nicht nur für sich selbst ausgab; vielmehr berauschte er sich an dem Gefühl, dass er erst sich und dann einer jungen Frau etwas Gutes tat und sie ihm dafür eine Nacht lang ihre Aufmerksamkeit schenkte. Doch wie oft im Leben würde alles anders kommen.

Heinz ging auf die Suche.

Es war ein milder Maiabend, der eine Gruppe junger Frauen in den *Sky Beach Club*, eine Bar auf dem Dach eines unansehnlichen Parkhauses im Zentrum Schwerins, gelockt hatte. Ein gläserner Fahrstuhl hatte sie an einem imposanten Klinkerbau aus dem 19. Jahrhundert vorbei in die Höhe gehievt. Sie waren allesamt nicht älter als Mitte zwanzig, kicherten und plauderten miteinander und hatten es sich auf mit buntem Stoff bespannten Liegestühlen bequem gemacht. Von hier oben hatte man einen fabelhaften Blick auf die Altstadt, das Schloss und die Paulskirche. Jede der sechs jungen Frauen hatte ein Cocktailglas mit einer schaumigen, milchigen Flüssigkeit vor sich, aus denen bunte Trinkhalme ragten und die Ananasscheiben an den Gläserrändern zierten. Die Frauen waren leicht bekleidet, einige hatten ihre Schühchen ausgezogen und spielten mit ihren nackten Zehen in dem weißen Strandsand, der hier überall den Boden bedeckte. Sie sogen gierig an den Röhrchen und erzählten sich Witze über Männer, die scharf auf Liebe waren. Heinz, der sich in ihre Nähe gesetzt hatte, fühlte eine gewisse Hitze in sich aufsteigen. Die Kellnerin kam. Sie war jung, trug ihr brünettes Haar kurz, und aus ihrem feinen Gesicht blitzten frische, wache Augen. Sie gefiel ihm. Er bestellte ein Bier, das er zügig trank. Er rief nach einer zweiten Flasche und einem doppelten Wodka. Er kippte beides hastig in seinen Rachen. Ihm wurde noch wärmer. Er schmiss ungeniert lüsterne Blicke auf eine der Frauen, die es sich auffällig bequem gemacht hatte und deren kurzer Rock eine Menge Haut freigab.

Ein junger Mann gesellte sich zu ihnen. Er hatte einen kahlrasierten Schädel, war Anfang zwanzig und trug ein schwarzes T-Shirt mit den Initialen »HKN KRZ«. Heinz Augen blieben fasziniert auf ihm hängen. Sein Blick folgte ihm, bis der junge Mann sich zwischen zwei Frauen gesetzt hatte, von der eine unerhört viel Haut ihrer Oberweite preisgab. Kellers Augen klebten jetzt an ihr wie eine fette Fliege an der Zunge eines Chamäleons.

»Was glotzt der denn so?«, rief die freizügige Dame in seine Richtung, tat aber dabei so, als habe sie ihre Frage in die Runde geworfen. Doch Heinz ahnte, dass es ihm gegolten hatte. Er errötete augenblicklich vor Scham und wandte sich etwas zur Seite.

»Alter Sack!«, ächzte eine andere und gackerte dabei unverschämt.

»Geh nach Hause zu Mutti«, fiel eine weitere junge Frau in die kleine Unverschämtheit ein, »du kratzt doch schon am Sarg!«

Das schmutzige Gelächter, das darauf folgte, erzeugte in seinen Ohren einen schmerzhaften Widerhall. Zorn stieg in ihm auf. Das Gegacker der Frauen, ihre Ausgelassenheit und alkoholschwangere Heiterkeit, ergoss sich über ihn so wuchtig wie eine viel zu große Welle auf See. Er war drauf und dran, sie anzubrüllen, seine Wut über ihre Beleidigungen über sie zu werfen wie eine Ladung heißen Teer. Seine Aggressionen schaukelten sich bedrohlich hoch – als die Kellnerin neben ihm auftauchte und freundlich lächelnd fragte: »Geht es Ihnen gut? Darf's noch etwas sein?« Augenblicklich verflog sein verbissener Taumel, er trank einen Schluck Bier und brummte: »Danke, es geht mir gut. Ich nehme noch ein Bier und einen doppelten Wodka.«

Den Frauen schenkte er keine Beachtung mehr. Dafür machte er sich jetzt Gedanken darüber, ob er wegen der Vorgänge der letzten Tage mit heiler Haut davonkommen würde. Nur ein paar Sekunden lang rasten die letzten Wochen und Monate an ihm vorbei. Ein merkwürdiges Zittern ging durch seinen Körper, begleitet von der abstrusen Idee, dass man ihm, der seiner Meinung nach bislang so geschickt agiert hatte, ohne verhaftet worden zu sein, nicht endlich auch einmal Anerkennung zollen sollte. Der Alkohol drängte ihn dazu, ein paar Geheimnisse loszuwerden. Und er ergab sich diesem Gefühl.

Heinz sog den Wodka schnell in sich. Er rief nach der Kellnerin. Er zahlte drei Biere und zwei Schnäpse, schritt schon etwas wacklig zum Lift, drückte auf »Erdgeschoss« und fuhr, dem schönen Ziegelaltbau keine Beachtung schenkend, in die Tiefe. In seinem Kopf malte er das Kürzel »HKN KRZ« in den Strandsand der Bar.

Sein nächstes Ziel war die Eckkneipe *Olympia*, ein eher von Männern dominiertes Lokal, das auf mehreren Monitoren Fußballspiele bot und faire Preise hatte. Das *Olympia* war ein zu ebener Erde gelegenes Lokal in einem sanierten, zweigeschossigen Gebäude. Um den Eingang herum hatte es sein Besitzer in ein freundliches Orange getaucht. Es hob sich von den umliegenden, eher gräulich-weiß getünchten Häusern, nicht nur wohltuend ab, sondern erregte auch Aufmerksamkeit. Hierher gingen aber nicht nur fußballversessene Männer; an diesen Ort verirrten sich auch Frauen, die auf der Suche nach einem Kerl waren, der irgendwann genug Alkohol getrunken, genügend Fußball gesehen und sich mit seinen Begleitern müde geredet hatte – um nur noch eins zu wollen: in den Armen einer adretten, weiblichen Person nuancenreich zu schlafen. Heinz wusste das. Heute nicht allein schlafen, das wär's, dachte er.

Er setzte sich auf einen der Hocker an der Stirnseite der Bar. Von hier aus hatte er einen guten Blick auf die Eingangstür des Lokals und in die Weite des Raumes. Er betrachtete kurz die Fußball-Devotionalien, die der Wirt an die Wände gepinnt hatte, und sah, dass auf allen der vier Monitore ein Spiel lief: Bochum gegen Sandhausen.

»Was soll's sein?«, fragte der Barmann. Er trug einen roten Hut und einen eindrucksvollen Schnauzer über der Oberlippe.

»Einen doppelten Ballantine's«, sagte Heinz..

»Kommt«, brummte der Barmann und griff geschäftig nach einem Whiskyglas sowie einer Flasche. Bis auf einen Tisch waren die etwa zehn anderen belegt. Zwei Plätze weiter von Heinz entfernt klammerte sich ein Mann an seinen Barhocker wie ein Äffchen an einen Ast.

»Kenn Sie gar nicht«, sagte der Barmann und warf ein Stück Eis ins Glas.

»Ich Sie auch nicht. Die letzten Male war 'n anderer hier.« Heinz verfolgte mit den Augen das Treiben des Mannes.

»Bin George«, sagte der und wackelte dabei mit seinem Bart.

»Angenehm, Heinz. Seit wann arbeiten Sie hier?« Er nahm einen Schluck. Der Whisky wärmte.

»Schon viel zu lange«, sagte George. »Fußballfan?«

»Nee.«

»Hm«, machte George. Er wandte sich ab und drehte am Knopf der Verstärkeranlage. Funkmusik aus den Siebzigern. George Clinton, Chic, The Commodores. Er balancierte ein Cocktailglas zwischen seinen fleischigen Fingern, als sei es nicht aus Glas. Er knallte es auf den Bartresen und schüttete eine Menge Campari hinein, den er mit Orangensaft verdünnte, dazu vier Eiswürfel und einen Strohhalm. Er trug es irgendwohin.

Laut gestikulierend, lachend, sich gegenseitig vor sich herschiebend betraten drei junge Männer in Begleitung einer nicht mehr ganz so jungen Frau die Bar. Heinz verzog das Gesicht. George begrüßte seine neuen Gäste freundlich.

»Lärmendes Volk«, fluchte Heinz.

»Na, na!«, sagte George ruhig. »Die Jugend ist mein Geschäft. Heute kommen sie einmal die Woche, später jeden Tag. Nämlich, wenn ihre Ehe im Eimer ist oder der Job nervt. So sehe ich das. Nur nicht vergraulen.«

»Ah«, sagte Heinz etwas heiser, »gute Philosophie.« Er trank den Whisky in winzigen Schlucken, aber stetig weg. George beobachtete Heinz' Tun interessiert.

»Nehmen Sie gleich noch ein Glas?«

Heinz hob den Daumen.

»Haben Sie schon mal daran gedacht, einen Menschen umzubringen?«, fragte Heinz unvermittelt.

George, der eben noch mit dem rechten Daumen an einem Flaschenkorken so zärtlich rieb wie an einem Ring, stutzte. Er sah Heinz ungläubig in die Augen. »Wie? Ich versteh nur Bahnhof«, sagte er salopp. »Geht Ihre Frage auch konkreter? Natürlich nur, wenn Sie wollen.«

Heinz kippte den letzten Rest Whisky hinunter und wies auf sein Glas.

»Ich mach schon.« George goss nach.

In Heinz stieg jene Wärme auf, die angeblich heitere Gefühle schafft. »Ich möchte ganz konkret wissen, ob Sie schon mal daran dachten, jemanden um die Ecke zu bringen. Einen Lehrer, einen Feind, Ihre Mutter oder jemanden, der Sie verlassen hat? Oder hier am Tresen einen kennengelernt, der drüber geredet hat? Haben Sie oder haben Sie nicht?« Heinz' Zunge wurde etwas schwerer.

»Warum fragen Sie mich das?« George sah ihn jetzt an wie einen Fremden, der einem kein Vertrauen einflößt.

»Es interessiert mich«, log Keller. »Ich schreibe ein Buch über Menschen mit geheimen Obsessionen. Und ich dachte, ich frage mal einen Barmann. Schließlich kommen Sie ja viel unter Menschen. Und möglicherweise war da mal einer drunter, der …«

»Nee, nee, Quatsch! Umbringen würd ich niemanden.«

»Sie sollen ja auch nur daran gedacht haben, mehr nicht.«

George kaute an seiner Unterlippe. Von den Tischen wehten die Geräusche redender Gäste zu ihnen herüber. Er zog jetzt seine Augenbrauen zusammen, was seinem Bartgesicht etwas wild Entschlossenes verlieh. Sein roter Hut hatte sich dabei leicht verschoben. »Also gut, ich verrat's Ihnen. Ich wollte mal meine erste Liebe umbringen. Sie hat mich mit 'nem anderen betrogen. Hat wehgetan. Bevor ich eine Mücke machte, wollte ich den Kerl echt um die Ecke bringen.«

»Wie hätten Sie's gemacht?«, fragte Heinz neugierig.

»Klassisch.« George polierte jetzt ein weiteres Glas, aber zarter. Er stellte das Glas ab, füllte Whisky hinein und schob es Keller vor die Nase.

Der trank einen kräftigen Schluck. »Heißt?«, fragte er noch heiserer. Der Whisky brannte etwas.

»Der Typ arbeitete bei der Bahn. Ich hätte ihn vor 'nen Zug gestoßen.«

»Aua«, kommentierte Heinz beinahe mitfühlend. »Und warum haben Sie es nicht getan?«

»Ich hatte mir alles richtig schön ausgemalt«, sagte George in verschwörerischem Ton. Heinz zeigte auf sein beinahe leeres Glas. George parierte und stellte es gefüllt wieder vor ihm ab.

Heinz spürte, wie der Schnaps seinen Kreislauf mehr als auf Trab brachte. Ihn störte es nicht, dass die Musik verstummt war. Und dass der angetrunkene Mann vom anderen Ende der Bar seine Ohren spitzte, berührte ihn auch nicht weiter. Der Alkohol machte einen guten Job. Heinz wurde unvorsichtiger.

»Und was halten Sie von der Methode Gift?«, fragte er und blinzelte George durch das Glas an, das er sich soeben vor die Augen hielt.

Der Barmann trocknete sich gerade die Hände an einem schmuddeligen Geschirrtuch ab.

»Gift wie Zyankali«, raunte Heinz. »Schon mal gehört? Haben sich reihenweise die Führer umgebracht, als die Russen vor Berlin standen. Wirkt wie Hölle und geht ganz schnell.«

George sah ihn mit einem fassungslosen Ausdruck an. »Die Führer?! Was meinen Sie damit?« Es klang alarmistisch.

Heinz bemerkte den kleinen, aber feinen Umschwung in dessen Stimme nicht. Der Alkohol hatte seine Wahrnehmung endgültig getrübt. »Als noch richtige Männer am Ruder waren«, lallte er. »Nicht diese Luschen von heute, diese Frau aus dem Osten …«

George schwieg jetzt. Er nahm eine Bestellung an und führte sie still aus. Er sah ein wenig verkniffen aus.

»Wollen Sie wissen, woher man Zyankali bekommt?«, bedrängte ihn Heinz weiter.

»Also woher?«, fragte George genervt.

»Aus einem Labor. Hatte einen Freund, der war Chemiker. Der hatte ein ganzes Arsenal an Giften.«

»Hatte?«

»Er ist tot, erst gehetzt von den Bullen, dann ertrunken im See. War ein feiner Kerl, der Theo.«

»Sie können ja Freunde haben«, sagte George jetzt noch distanzierter und zapfte zwei Gläser Bier.

Heinz schwieg und sabberte etwas Spucke auf den Tresen vor sich.

»Wer ist dieser Theo?«, versuchte der Barmann, einzulenken. »Klingt nach einem interessanten Mann.«

»Ist? War!«, lallte Heinz. Er beugte sich jetzt weit über den Tresen und winkte George zu sich heran. Der beugte sich ebenfalls interessiert zu ihm herüber.

»Das Petermännchen … ein feiner Kamerad. Hat unsere Truppe zusammengehalten.«

»*Das* Petermännchen? Der Schlossgeist?« George sah ihn an wie eine Erscheinung.

»Nein, nein. Aber irgendwie doch, ja. Wissen Sie, wovon ich rede?« Kellers Augen verschleierten sich leicht.

»Nein, aber Sie haben schon mächtig einen über den Durst getrunken!« George lachte dabei etwas schmutzig auf.

»Ach, Mann, ich kann 'nen Stiefel vertragen …«, krächzte Heinz. »Die Bullen haben ihn hingerichtet auf dem See. Erst gejagt und dann ersaufen lassen. Und das zahlen wir denen heim. Unser Theo …«, Heinz lallte jetzt hörbar und wischte sich über den Mund, »… sie werden alle dafür büßen, alle …« Er wankte jetzt sichtbar auf seinem Hocker.

»Büßen? Wer?«, fragte George schnell.

»Alle. Das Weib, ihr Kompagnon, alle Polizisten. Zwei haben wir schon in die Hölle geschickt – und *diese* Kommissarin …« Heinz fiel fast vom Stuhl.

George blickte mit einer Mischung aus Unsicherheit, Abscheu und ehrlichem Entsetzen auf Heinz. Er verzog sich in eine etwas dunklere Ecke der Bar und schrieb etwas auf einen Zettel. Dabei bemerkte er, dass Heinz ihm mit den Augen folgte.

»Ich mach mal die Rechnung für unseren Freund dort hinten.«

»Aber komm wieder zurück!«, krähte Heinz ihm zu. »Ich brauch noch einen!«

Keller sackte jetzt vollständig in sich zusammen, legte beide Arme vor sich auf die Holzplatte des Tresens, bettete seine Stirn und pennte ein. Der Whisky hatte seine Arbeit getan.

Er erwachte, weil jemand an seiner Schulter rüttelte. Er sah sich zwei Polizisten gegenüber, von denen einer auffällig breit gebaut, der andere schmal und eher schwach erschien.

»Ist er das?«, fragte der Muskelprotz zu George gewandt.

George nickte kaum sichtbar mit dem Kopf und verschwand irgendwohin.

»Können Sie sich ausweisen?«, wollte der Schmale von Heinz wissen. Der brauchte ein paar Sekunden, um zu sich zu kommen.

Die Polizisten blieben geduldig. Der Schmale nestelte an seinem Pistolenhalfter.

Heinz fummelte ein zerknülltes Dokument aus der Innentasche seiner Jacke. Er war darauf kaum zu erkennen.

»Heinz Keller? Geboren am 20. Mai 1951?«, fragte der Breite.

Heinz nuschelte ein »Ja«.

»Sie sind festgenommen wegen des Verdachts auf schwere Körperverletzung. Sie können schweigen ...«

»Wie bitte?«, fauchte Heinz sie an. »Wie können Sie es wagen? Ich war mal ein wichtiger Mann! Sie Haufen Mist ...«

Weiter kam er nicht. Der Breite packte seinen linken Arm, zog ihn vom Stuhl dicht an sein Gesicht heran. »Und natürlich wegen Beamtenbeleidigung. Ab Marsch!« Er stieß ihn angeekelt wieder von sich weg.

Der Schmale winkte den Barmann zu sich heran. »Sie müssen morgen eine Aussage auf dem Revier machen. Mal sehen, ob an dem Kerl was dran ist oder ob ihm der Alkohol das Hirn zermatscht und er einen Haufen Müll gequatscht hat.«

George stimmte zu und schob sich den roten Hut aus der Stirn. Vor der Tür drängten die beiden Polizisten Heinz in ihren

Streifenwagen und steckten ihn wenig später in die Ausnüchterungszelle des nächstgelegenen Reviers. Dann machten sie per Funk Meldung über die Vorgänge in der Bar.

Eva Lindenthal erreichten die zunächst noch dürren Informationen nur Minuten später. Sie machte sich vom Kommissariat aus sofort auf den Weg. Sie wusste, dass Alkohol die Zunge löste, und hoffte darauf, dass Keller noch in Plauderlaune war.

Heinz lag, wie ein in die Jahre gekommener Mühlkater, zusammengerollt auf der Pritsche seiner Zelle und schnarchte. Seine Gürtelschnalle war geöffnet.

Die Kommissarin flüsterte dem diensthabenden Beamten etwas ins Ohr. Sie setzte ihre Sprachmemo-Funktion auf ihrem Handy in Gang, dann gab sie dem Polizisten ein Zeichen. Die Lichter der Zelle flammten grell auf – in Begleitung von schrillen Warntönen aus einem Signalhorn, das an der Zellendecke verschraubt war.

Wie von Starkstrom getroffen sprang Heinz auf und sah sich Eva Lindenthal direkt gegenüber. Seine Hose rutschte ihm herunter.

»Aaahhh«, schrie er auf, »Sie sollten nicht hier sein!« Er verdeckte sein Gesicht theatralisch mit den Händen. Urplötzlich war die Kommissarin hellwach.

»Wo sollte ich denn sein?«, fragte Eva Lindenthal trocken.

»Weg, weg«, brabbelte Heinz.

»Weg oder tot?«, schnarrte sie zurück.

»Tot.«

»Was habe ich Ihnen denn getan?«

»Sie haben Theo Sander auf dem Gewissen.«

Die Kommissarin brauchte einen Moment, um umzuschalten. Bislang hatte sie nicht wirklich daran geglaubt, dass ein Fall, der nun mehr als zwei Jahre zurücklag, sie wieder einholen sollte.

»Er war ein Mörder«, sagte sie mit schneidender Stimme.

»Er war mein Freund, unser Kamerad«, hustete Heinz ihr entgegen.

»Und warum mussten zwei Männer sterben?«, fragte sie streng.

»Die Liste ist noch lang«, brabbelte er. Whiskydunst waberte ihr entgegen.

»Kennen Sie eine Frau namens Marie Schacht?«

»*Hihi*, und wenn«, es klang fast amüsiert, »dann binde ich Ihnen das sicher nicht auf Ihre Pudernase.«

Er sackte wieder in sich zusammen. Der Dialog hatte ihn angestrengt. Seine Bartour war jetzt knapp zwei Stunden her. Für eine schnellere Ausnüchterung hätte es ein Bad in einem Eissee gebraucht. Ein leises Schnarchen entglitt ihm. Die Kommissarin packte ihn an den Schultern, doch Heinz machte keinerlei Anstalten, sich zu rühren.

Sie wandte sich an den Polizeibeamten, der die Szene beobachtet hatte. »Wir nehmen ihn nochmals in die Mangel, wenn er vollständig ausgenüchtert ist. Was wir hören wollten, haben wir gehört. Auf diesen Aussagen können wir aufbauen. Sie sind auf meinem Telefon gespeichert. Achten Sie auf ihn, ja? Ich muss jetzt in mein Bett.«

Sie wandte sich zum Gehen. Der Beamte trat an die Zellentür heran und sagte böse in Heinz' Richtung: »Sie werden im Loch vermodern, das schwöre ich Ihnen.«

Heinz Keller reagierte mit einem Gähnen, sein Gesicht war allerdings sehr blass dabei.

Die Lichter erloschen. Die Kommissarin und der Polizist verließen den Zellentrakt. Sie hörten nicht mehr, dass nur wenige Minuten später eine Gürtelschnalle laut klirrte und polternde Geräusche durch das Dunkel des Kellers hallten.

12

Am nächsten Tag

»Als Heinrich der Löwe, Herzog von Sachsen und Bayern, um 1160 die Stadt Schwerin gründete, begleiteten den Regenten fortan Legenden, Mythen und bis heute umstrittene Unterstellungen. So soll er einen Pakt mit dem Teufel eingegangen sein, um auf ewig für seine Lust an Landeroberungen … stark zu sein. Andere Geschichten erzählen von ihm als einen Reiter, der mit geheimnisvollen Mächten im Bunde alles niederritt, was sich ihm in den Weg stellte. Die Spur eines eroberungsfreudigen Löwentiers zieht sich seither durch die Stadt … die einen Löwen mit weit aufgerissenem Maul zeigen …«

Eva Lindenthal rieb sich die Augen. Die von Laura kurz zusammengefassten Informationen erschienen ihr sehr dürftig und auch hinlänglich bekannt; andererseits erhoffte sie sich Hinweise darauf, ob der noch immer nicht identifizierte Anrufer auf dem Schweriner Polizeinotruf mit seinen Worten von den *Spuren des Löwen* einen Tipp hinterlassen wollte, und, wenn ja: Wie war er gemeint? Da lag es für die Kommissarin nahe, das Nächstliegende zu untersuchen, und das war die von Laura knapp gefasste Geschichte von Heinrich dem Löwen, dessen Lebensabdrücke sich augenfällig durch die gesamte Stadt zogen. Doch hinter den dürren Sätzen verbarg sich für sie nichts. Laura musste noch tiefer graben. Steckte womöglich die Wahrheit in einem der Lebenszweige Heinrichs? Ritt sie bereits – ohne es zu wissen – auf genau jenem Pfad, der sie bei der Klärung zweier Morde zum Ziel führte? Oder war sie mit ihren Überlegungen gänzlich auf dem Holzweg?

Sie gähnte. Sie hatte Hunger. Die Kommissarin fühlte sich überfordert, ihre Gedanken waren ungeordnet und konfus. Ihr war nach einer Zigarette zumute, dabei rauchte sie schon seit Jahren nicht mehr.

Ihr Telefon klingelte. Von schräg hinten fielen Sonnenstrahlen durch ihr Bürofenster auf ihr Haar. Es schimmerte jetzt golden. Nach den ersten Worten des Anrufers konnte man ihren Gesichtsausdruck getrost als niedergeschmettert bezeichnen.

»Und wer hat ihn gefunden?«, fragte sie mit vor Ärger heiserer Stimme.

»Der diensthabende Beamte. Keller war nach seiner Vernehmung durch Sie mehr als acht Stunden allein. Und irgendwann währenddessen hat er sich an seinem Gürtel erhängt.«

»Wir haben möglicherweise einen wichtigen Zeugen verloren, ist Ihnen das klar?«, rief sie erregt in den Hörer.

»Wir sind nachts unterbesetzt«, verteidigte sich der Beamte. »Die Polizeireform hat uns viele Stellen gekostet, das wissen Sie ja. Normalerweise machen wir regelmäßige Rundgänge, aber in diesem Fall handelte es sich für uns um einen Trunkenbold, der ausnüchtern sollte.«

»Nein!«, unterbrach sie ihn grob. »Es sind immer die berühmten Missverständnisse, die zu Desastern führen, weil niemand mehr Verantwortung für etwas übernehmen will!«

Wütend trennte sie die Leitung. Sie trampelte mehrere Sekunden lang mit ihren Schuhen auf den Boden. Laura kam erschreckt in ihr Büro gestürzt. Die Kommissarin warf sich hochgradig erregt in ihrem Bürostuhl zurück.

»Gut, dass du kommst. Ich brauche ein Gedächtnisprotokoll des Barmannes über das Gespräch zwischen ihm und Heinz Keller. Außerdem einen Abgleich in den Datenbanken. Vielleicht haben wir ja etwas über ihn. Wir müssen alles über sein Umfeld herausfinden. Und beantrage beim Amtsrichter eine sofortige Personenüberwachung von Marie Schacht. Ich möchte *just in time* über jede Minute Bescheid wissen, die Frau Schacht in Freiheit verbringt. Für mich ist sie eine Person, die mit uns Katz und Maus spielt und mehr weiß, als sie uns sagt.«

»Geht klar, Chefin«, sagte Laura. »Übrigens erfahren wir in

wenigen Minuten die Identität unseres zweiten Opfers. Timmermann selbst will auf einer Abteilungsversammlung dazu ein Statement abgeben. Schräg, oder?«

Die Augen der Kommissarin bekamen einen harten Glanz. Sie presste die Kiefer aufeinander und zischte nur ein knappes »Okay« heraus. Laura zog sich schnell zurück. Bei dieser Laune war mit Eva Lindenthal nicht zu spaßen.

Der Besprechungsraum des Kommissariats könnte einem für die kleine Schar an Kommissaren als viel zu großzügig erscheinen. An der Stirnwand des Raumes hingen türgroße Monitore, auf denen sich Tatortreliefs, Auszüge aus Datenbanken und Profile von Opfern und Tätern darstellen ließen. Die Wände waren weiß gekalkt, die Fenster mit Lamellenvorhängen vor Spähern und der hereinfallenden Sonne geschützt. Ein Raum mit einer Atmosphäre, die nur der ertrug, der hier arbeitete.

Ulrich Timmermann, der Chef des Kommissariats für Gewaltverbrechen, den Eva Lindenthal unter vorgehaltener Hand nur den »Lackaffen« nannte, hatte sich vor die Monitore breitbeinig aufgebaut. Er trug wie immer einen grauen Anzug, ein weißes Hemd und eine blaue Krawatte. Er sah aus wie aus dem Ei gepellt, wie ein Mann, der eher repräsentierte, als dass er am Schreibtisch über Recherchen schwitzte und über den schleppenden Fortgang von Ermittlungen verzweifelte. Heute blickte er nicht so selbstzufrieden wie sonst; er wirkte eher nervös, etwas fahrig und in seinem Ausdruck verschwitzt. Er sah sich Frauen und Männern gegenüber, die an der Seite Eva Lindenthals in den Mordfall Leo Schacht als Aufklärer involviert waren. Laura, die rechte Hand der Kommissarin, wischte mit dem rechten Zeigefinger über ein digitales Tablet und tippte dann auf der virtuellen Tastatur ein paar Worte ein. Die Kommissarin saß links von ihr, hatte leger die Beine übereinander geschlagen und blickte nach oben in die Luft. Timmermann griff mit seiner linken Hand in sein Jackett und beförderte ein zusammengerolltes Stück Papier zutage. Es herrschte eine angespannte Atmosphäre in dem Raum.

»Wir haben«, sagte Timmermann in einem zu dieser Stimmung nicht passen wollenden, fast schon feierlichen Ton, »ein fürchterliches Problem. Der zweite Tote ist ebenfalls ein Kommissar des Landeskriminalamts. Er war ein Kollege von Leon Schacht und steuerte mit ihm das Boot, das wir als Beobachtungsposten für die Ergreifung des Petermännchenmörders eingesetzt hatten.« Die Reaktion der Ermittler erfolgte umgehend. Weitere Worte Timmermanns gingen in hektischem Gemurmel und aufgebrachten Wortkaskaden unter. Es klang wie ein Schwarm zorniger Bienen. Timmermann hob beide Arme, als wollte er seine Kollegen beschwichtigen.

Eva Lindenthal setzte sich als Erste mit ihrer klaren hellen Stimme durch. »Und die Liste ist noch lang«, rief sie in den Besprechungsraum und blickte nach und nach ihre Kollegen an. »An dem Einsatz waren meines Wissens mehr als zwanzig Beamte beteiligt. Und ich weiß nicht, wer mit ihnen im Einsatzzentrum die Aktion gegen Sander steuerte. Das bedeutet«, sie machte eine kurze Pause, »dass jeder von uns das nächste Opfer eines Einzeltäters oder einer ganzen Truppe sein kann, der oder die den Tod unseres Petermännchenmörders rächen will.«

»Wie kommst du auf Rache, Eva?«, rief ihr einer der Ermittler zu. »Vielleicht auch nur ein Trittbrettfahrer?«

Lindenthal blickte einen kurzen Moment prüfend auf den sehr viel älteren Kollegen. Sie kannte ihn lange; er war ein verdienstvoller Polizist, der aber demnächst wohl in Rente gehen würde.

»Rache erscheint mir als ein Motiv, das am besten passt. Hier bringt jemand Polizisten um, die sich nachweislich gemeinsam in einem Einsatz gegen einen Gewaltverbrecher befanden, der Kinder auf dem Gewissen hatte. Die Frage ist jetzt: Wie schützen wir diejenigen, die an dem Tag mit uns Sander dingfest machten, und wie spüren wir gleichzeitig den einen oder die Täter auf?«

Bei ihren letzten Worten hatte sie sich wieder Timmermann, ihrem Vorgesetzten, zugewandt. Der wirkte, wie er da so einsam vor seinen Kollegen stand, etwas verloren. Er knetete seine Finger ineinander und sagte, direkt an Eva Lindenthal gerichtet: »Meines Wissens nach war auch Toni Kielmann aus Wismar damals mit an vorderster Front dabei. Auch wenn er seinen Dienst damals quittiert hat, so könnte er doch auch gefährdet sein.« Er durchbohrte sie mit seinen eisgrauen Augen. Sie hielt seinem Blick stand.

»Ich werde ihn informieren, danke für den Hinweis, Uli.«

»Machen Sie es gleich«, drängte er sie in einem Ton, der Widerspruch nicht zuließ. Folgsam wie ein wohlerzogenes Kind erhob sie sich und verließ den Besprechungsraum. Auf dem Weg in ihr Büro durchfluteten sie die Erinnerungen an ihren einstigen Kollegen und Mitstreiter, der sogar so etwas wie ein Freund für sie gewesen war.

Toni Kielmann hatte mehr als acht Jahre als Kriminaloberkommissar in Wismar gearbeitet, und wenn man ihn damals fragte, warum er seinen Job machte, hatte er stets dasselbe geantwortet: »Hätte ich Verbrecher werden sollen?« Toni war heute knapp vierzig Jahre alt, verheiratet, hatte eine Tochter und einen Sohn im Alter von elf und fünfzehn Jahren, glaubte an Gott und ging, wenn es seine Zeit erlaubte, in eine der vielen Kirchen in Wismar. Er war Protestant, trug ein Kreuz um den Hals und war stets in gepflegten Hosen, gepflegten Hemden und gepflegten Jacketts zum Dienst erschienen. Er wohnte seit seiner Kindheit im Haus seiner Großeltern in Kirchdorf auf Poel, dicht am Meer, etwa zwölf Kilometer von Wismar entfernt. Es war ein kleines Kapitänshaus im Ortszentrum. Bäcker und Supermärkte lagen um die Ecke, die Landstraße nach Wismar begann nur einen Steinwurf von seinem Haus entfernt. Kielmann war ein durchsetzungsfähiger Mann und einer der Kommissare der Abteilung »Gewalttaten gegen Leben und Gesundheit« gewesen. Er hatte in seiner Karriere als Kriminalist zwei Mörder und fünf gewalttätige Räuber aufgespürt.

Die Kommissarin ließ sich in ihren Bürostuhl fallen. Sie blickte in ihren kleinen Schminkspiegel, der schon seit Jahren zum festen Inventar ihres Schreibtisches gehörte. Sie befand sich für zu strubbelig und strich sich die Haare glatt. Am Kragen ihres Blazers entdeckte sie eine Falte und richtete ihn. Sie befand ihre Augenbrauen als zu farblos und zog sie mit einem schwarzen Stift kräftig nach. Ein schneller Strich mit dem Eyeliner betonte ihre Augen neu. Die Kommissarin stellte den Spiegel wieder ab. Dann wählte sie die Nummer von Claudia Kielmann. Wie Toni Kielmann heute lebte, wie es ihm gesundheitlich ging und wie er die Folgen seines selbstgewählten Abgangs psychisch verkraftet hatte – all das entzog sich der Kenntnis Eva Lindenthals. Sie hatte ihn schlichtweg vergessen, sein Schicksal verdrängt.

Es meldete sich eine helle, klare Stimme. «Claudia Kielmann?»

»Claudia!«, rief die Kommissarin freundlich in den Hörer. »Wie geht's Toni? Ich habe von ihm lange nichts mehr …« Beide Frauen duzten sich seit langem, so wie Eva Lindenthal auch mit ihrem Kollegen einst einen vertrauten Umgang pflegte.

»Oh, Eva. Wie kommt's?«

Es entstand eine Pause. Beide kauten etwas betreten auf ihren Unterlippen.

»Sag mal…?«, fragte die Kommissarin schließlich.

»Ja?«

»Wie geht es ihm?«

»Warum interessiert dich das?«, fragte Claudia Kielmann für die Kommissarin unerwartet scharf. »Warum interessierst du dich plötzlich so für Toni, wo du dich doch die letzten zwei Jahre nicht um ihn geschert hast?!«

»Damit hast du sogar mehr als recht«, gab die Kommissarin unumwunden zu. »Ich habe ihn gedanklich verloren. Was mir auch sehr leid tut.«

»Also: Warum willst du denn nach so langer Zeit Toni sprechen?«, bohrte Claudia Kielmann nach.

»Ach, es geht um einen alten Fall, bei dem er vor Jahren von Wismar aus mit ermittelte«, wich die Kommissarin aus, blieb aber damit halbwegs bei der Wahrheit.

»Hm. Ich glaube dir kein Wort. Ich kenne solcherart nebulöse Aussagen von meinem Ex.«

»Ex?«, fiel es der Kommissarin viel zu lautstark aus dem Mund.

»Ja, es ist ein merkwürdiger Zufall, dass du gerade jetzt und heute anrufst. Wir sind seit einem Jahr auf den Tag geschieden …«

»Oh …«

»Ja … Er hat seinen unehrenhaften Abgang aus dem Polizeidienst nie verwunden. Erst wurde er zum Säufer, dann hat er mich brutal …«

»… Moment«, unterbrach sie die Kommissarin. »Heißt das, eure Familie ist auseinander gebrochen?«

»Mehr noch«, sagte Claudia Kielmann traurig, »unsere einstige Liebe und die zu den Kindern ist vollständig zerstört. Er hat mich ja nicht nur körperlich und psychisch gedemütigt und die Kinder schlecht behandelt …, er hat sich selbst an den Rand des psychischen und finanziellen Ruins gebracht. Alles begann mit seinem Rausschmiss …«

»Nein, Claudia, niemand hat ihn dazu gedrängt, zu gehen. Es war seine Entscheidung.«

»Ich weiß nicht«, antwortete Kielmanns frühere Ehefrau, »zumindest hat doch seine Karriere ein mehr als abruptes Ende genommen. Zu sehr fühlte er sich in die Schuld verstrickt, Theo Sander in den Tod getrieben zu haben.«

Die Kommissarin sah jetzt den Fall deutlich vor sich. Sander war ab seinem dritten Schuljahr kaum noch gewachsen, war kleinwüchsig geblieben und musste über Jahre gewalttätiges Mobbing seiner Mitschüler ertragen. Einer dieser Übeltäter war der gleichaltrige Toni Kielmann gewesen. Dessen Kumpane, Stefan und Maik, büßten ihre Missetaten gegenüber Sander mit dem Leben ihrer Söhne. Sander hatte sie kaltblütig umgebracht. Kielmanns

Sohn, Jan, hatte er zwar verschont, aber sexuell belästigt und ein hohes Lösegeld verlangt. Der Fall des sogenannten Petermännchenmörders hatte bundesweit Aufmerksamkeit erregt. Bei Sanders Flucht über den Schweriner See, die sowohl Eva Lindenthal als auch Sanders Ex-Mitschüler Toni Kielmann und Männer des MEK Schwerin – darunter Leon Schacht am Steuer eines Polizeiboots – verhinderten, ertrank Sander jämmerlich. Die Last seiner Kleidung, der Koffer mit dem Geld und ein wasseruntüchtiges Boot kosteten den kleinwüchsigen Mann das Leben.

»Du hast«, erinnerte Claudia Kielmann die Kommissarin auf direkte Weise an die Vorgänge von damals, »nach diesen dramatischen Ereignissen Toni zur Rede gestellt und ihm unmissverständlich erklärt, dass seine Schuld von einst und dessen Job als Kommissar nicht zusammenpassen würden. Nach eher erfolglosen Therapiesitzungen bei einem Polizeipsychologen in Schwerin hat mein damaliger Mann dann seinen Dienst quittiert. Auf dem Rücken zwei mit Schuld beladene Päckchen, die er von nun an – für andere Menschen unsichtbar – durch sein Leben zu schleppen hatte. Nicht nur, dass er das Leben des Kindes Theo Sander mit brutalen Attacken zerstört hatte, auch für dessen Tod als erwachsener Gewaltverbrecher hatte er zu sühnen. Ohne Anklage, ohne Richter, nur vor seinem Gewissen. Bis heute hat er sich nicht davon erholt, dass ihn Missetaten von einst Jahre später wieder eingeholt und seine Karriere zu Fall gebracht hatten. Insofern verstehe ich schon fast, dass er aus diesem Loch nicht herauskommt …«

»Aber sich derart zu verändern?«, fragte Eva Lindenthal zweifelnd. »Die Familie zu zerstören, gewalttätig zu werden, seine Kinder schlecht zu behandeln – musste es so weit kommen?«

»Anscheinend ja«, sagte Claudia Kielmann kühl. »Toni war noch nie sehr stabil. Er gab vor, es zu sein. Aber er hatte auch während seiner aktiven Dienstzeit als Kommissar seine Ausfälle. Er war oft wie eine nasse, schwere Fahne, die an einem viel zu schwachen Mast hängt. Wehte der Wind des Lebens mal zu kräftig, hing die Fahne oft schief, um in dem Bild zu bleiben.«

»Wie hat denn dein Sohn Jan das alles verkraftet?«, wollte die Kommissarin wissen. »Du scheinst ja …«

»Ich bin mit dem Thema durch«, sagte Claudia Kielmann trocken. »Ich hatte eine gute Therapeutin. Jan leidet. Er mochte seinen Vater sehr, auch wenn der ihm wegen Jans pubertärer sexueller Eskapaden auch noch nach Sanders Tod versucht hat, ein schlechtes Gewissen einzureden. Aber ich habe mich immer vor Jan gestellt. Er ist ja jetzt auch schon fünfzehn. Er nabelt sich ab, wird seinen Weg gehen.«

Eva Lindenthal enthielt sich jetzt einer Bemerkung. Es drängte sie, zu fragen, ob Claudia Kielmann wusste, was Toni gerade trieb, wo er sich aufhielt. Schließlich war er, so wie sie auch, ein potentielles Anschlagsziel. Sie haderte noch mit der Form ihrer Frage. Dann kam ihr eine Idee: »Hast du jeglichen Kontakt zu ihm abgebrochen, oder hat er ein Besuchsrecht für die Kinder?«

»Das hat er, aber er nimmt es nur unregelmäßig wahr. Beispielsweise hatte er heute am Morgen um zehn eine Verabredung mit Jan beim Fußballtraining. Er kam aber nicht.«

Instinktiv schaltete Eva Lindenthal einen Gang zurück, beruhigte ihre Stimme, obwohl sie plötzlich angespannt war. »Was ist genau passiert? Erzählst du es mir?«, fragte sie, beinahe zart. Sie versuchte, ein Vibrieren in ihrer Stimme zu unterdrücken.

Claudia Kielmann antwortete so rasch, als habe sie nur darauf gewartet, dass ihr endlich jemand zuhörte. »Toni und Jan hatten verabredet, dass sein Vater heute zu einem Trainingsspiel der Junioren des Poeler SV 1923 gegen einen Verein aus Wismar kam. Als Torwart ist Jan zwar inzwischen die Nummer eins seiner Mannschaft im Verein und damit Kapitän; doch seelische und moralische Unterstützung kann ja nie schaden und ist ihm als Teenager wichtiger denn je …« Sie atmete durch. Eva Lindenthal sagte nichts.

»Es war bereits kurz vor Anpfiff des Spiels, doch von Toni keine Spur. Um zehn begann das Spiel, doch weder in der Halbzeitpause noch am Ende ist Toni aufgetaucht. Jan hat mir erzählt, dass er ebenfalls versucht hat, seinen Vater zu erreichen, jedoch vergebens.«

»Das tut mir für Jan leid. Jungs in dem Alter nehmen ja solche Vorgänge schnell persönlich.«

»Allerdings«, sagte Jans Mutter, »wieder so ein Moment, der das Vertrauen von Vater und Sohn erschüttert.«

Die Kommissarin überlegte jetzt etwas hektisch vor und zurück, versuchte, zu ordnen, was sie in diesem Telefonat an Informationen bekommen hatte. Es waren viele Informationen gewesen. Und jede von ihnen enthielt genug Dramatik, um dem momentanen Leben Kielmanns mal mehr als auf den Grund zu gehen.

»Bist du noch dran?«, fragte Claudia Kielmann.

»Ja, klar, ich musste mal eben meine Gedanken ordnen. Weißt du vielleicht, wie Toni sich finanziell über Wasser hält? Hast du eine Ahnung, oder weißt du es sogar konkret?«

»Ich weiß es sogar sehr genau. Das Letzte, was *ich* hörte, war, dass er mit Gutachten über Straftäter Geld verdient. Rechtsradikale, Neonazis, dieses ganze Gesocks. Er hat sich auf komplizierte Fälle spezialisiert. Also auf Täter, die Brandanschläge verübt, Migranten verletzt oder getötet haben oder Mitglieder von Terrorzellen waren. Die ihre Zeit zwar abgesessen haben, die aber in den Augen der Staatsanwaltschaft besser nicht in die Öffentlichkeit zurückkehren sollten. Gerade hat er wieder einen Fall am Wickel, wo er einen Mörder begutachten soll, der Bomben gebastelt hat …«

»Das ist nicht der Toni, den ich kenne«, antwortete Eva Lindenthal frustriert.

»Weißt du, was ich glaube?«, fragte Claudia Kielmann und machte einen kurzen Moment Pause. »Dass sich Toni diese Gutachterklientel nicht umsonst gesucht hat. Ich hab aus seinem Umfeld gehört, dass er über unseren Staat regelrecht hasserfüllt redet. Als Polizist war er ein eher humanistisch eingestellter Mensch, wählte brav die SPD und war sogar in der Polizeigewerkschaft aktiv. Doch in den Jahren scheint sich das gewandelt zu haben. Ich hab im Keller antiquarische Bücher von Goebbels und einem Typen namens Wilhelm Landig gefunden …«

»Auch aktuellere, rechte Literatur?«, fragte die Kommissarin alarmiert.

»Jaja. Irgendwas über Asylbetrug und ob Deutschland überfremdet wird und eine Menge über mystische Symbole der Nationalsozialisten. Thule-Trilogie und anderer völkisch-kultischer Kram …«

Die Kommissarin hörte, wie schwer die Exfrau Kielmanns in den Hörer atmete. Die offensichtliche Wandlung ihres früheren Mannes von einem liberalen Staatsdiener zu einem rechten Ideologen schien sie massiv zu belasten.

»Ich kann mir gar nicht vorstellen, dass Toni ein Anhänger rassistischer oder rechtsextremer Verschwörungstheorien sein soll. Ich kenne ihn als klaren Kopf, der mal als Polizist unser Grundgesetz verteidigen wollte.«

»Vielleicht kompensiert er damit seinen Abgang aus dem Polizeidienst?«, fragte Claudia nachdenklich. »Aber wer kennt schon manche Motive von Menschen bis ins kleinste Detail!«

»Aber er war Kommissar«, hielt Eva Lindenthal dagegen. »Er war ein Aufklärer, er musste Indizien und Beweise sammeln und belegen. Die Eigenschaft rechter oder linker esoterischer Lehren ist ja vor allem die, nichts belegen zu müssen und sich auf Anschauungen von Einzelpersonen zu berufen. Das alles will zu dem Toni von einst nicht passen.«

Beide Frauen schwiegen.

»Ich habe die Furcht, dass mein Exmann vielleicht tiefer in dem braunen Sumpf steckt, als wir glauben, und er sich bereits strafbar gemacht hat.«

»Wo er derzeit wohnt, weißt du nicht, oder?«, fragte die Kommissarin.

»Nein, er ist für mich nirgendwo erreichbar.«

»Das würden *wir* aber herausfinden«, entgegnete die Kommissarin schnell.

»Ah, gut«, erhielt sie zur Antwort. »Und wir hören wieder voneinander? Trinken mal einen Kaffee zusammen?«

»Machen wir, ich verspreche es«, sagte Eva Lindenthal und beendete das Gespräch.

Die Kommissarin trommelte mit den Fingerspitzen auf ihre Schreibtischplatte. Ihr Magen hatte sich während des Gesprächs zusammengezogen. Sie fühlte jetzt so etwas wie Schuld aufsteigen. War sie Kielmann wegen seiner Verstrickungen in die Kindheitspsychose des Petermännchenmörders zu hart angegangen? War sie, als sie seinen Job in Frage stellte, ihm gegenüber zu unerbittlich, gar zu moralisch gewesen? Trug sie vielleicht sogar eine Mitschuld daran, dass Kielmanns Ehe zerbrochen war? Und was tat dieser Mann jetzt im Moment? Sie nahm sich vor, Laura damit zu beauftragen, Kielmann bei den Meldebehörden ausfindig zu machen und sich dessen Gutachterjobs einmal genauer anzusehen. Vielleicht gab es ja die Möglichkeit, sich Kielmann darüber wieder anzunähern und herauszufinden, in welchen Kreisen er sich wirklich bewegte.

13

Im Besprechungsraum flogen indes die Mutmaßungen darüber, warum zwei Polizisten sterben mussten, noch immer wie aggressive Insektenschwärme durch die etwas miefige Raumluft. Timmermann wedelte beschwichtigend mit den Armen, als die Kommissarin wieder durch die Tür trat.

»Und?«, fragte er. »Haben Sie Kielmann erreicht?«

»Nur seine Frau«, antwortete die Kommissarin kurz. »Es war aber nicht sonderlich erhellend. Wir haben aber«, führte sie rasch weiter aus und steuerte auf einen freien Stuhl zu, »ein weiteres Problem. Der wahrscheinlich einzige Zeuge, vielleicht sogar ein Mittäter, hat sich heute Nacht in seiner Ausnüchterungszelle aufgehängt. Der Mann hieß Heinz Keller und hatte gegenüber einem Barmann damit geprahlt, davon zu wissen, warum derzeit Polizisten sterben. Und mich ging er in seiner Zelle direkt an und sagte, dass auch ich bald an der Reihe sei.«

Dies alles trug sie in einem ruhigen Ton vor. Timmermann war indes dunkelrot angelaufen.

»Das ist nicht Ihr Ernst«, quetschte er zwischen den Zähnen hervor. Dann brüllte er: »Bin ich hier nur von Idioten umgeben?!«, und stürzte aus dem Raum.

Lindenthal konnte sich ein leichtes Grinsen nicht verkneifen. Zwar spürte sie den Ernst der Lage, aber sie empfand auch die Verachtung für ihren Vorgesetzten. Ihrer Meinung nach achtete Timmermann viel zu sehr auf seinen eigenen Ruf bei seinen Vorgesetzten im Ministerium, zu dem die dramatischen Ereignisse innerhalb der Inspektion natürlich nicht passten. Sie wandte sich Laura zu, welche gleich neben ihr saß. »Timmermann schwimmen die Felle weg«, sagte sie leise zu ihrer Assistentin. »Er hat Angst davor, dass man ihm Führungsschwäche anlasten könnte. Er sollte jetzt Stärke zeigen, sonst sind seine Tage gezählt.«

»Wir haben aber auch echt ein schwerwiegendes Problem«, antwortete Laura ebenso leise.

»Wir sind sogar ziemlich *am Arsch*«, erwiderte die Kommissarin trocken. »Lass uns noch mal bündeln, was wir wissen und was wir nicht wissen. Auf in unsere Büros.«

Die beiden Frauen verließen den Besprechungsraum, in dem noch hier und da Beamte saßen, die grüblerisch ihre Köpfe zusammengesteckt hatten und miteinander diskutierten. Auf dem Weg zurück unterrichtete die Kommissarin ihre Assistentin über das Gespräch mit Kielmanns Frau.

»Haben wir im Leben Sanders etwas übersehen?«, fragte Eva Lindenthal ihre Assistentin und steuerte dabei auf ihren Bürostuhl zu. »Wenn sich ein sogenanntes Kommando nach einem zweifachen Kindsmörder benannte, dann muss es etwas geben, was für eine derartige Gruppe von vitalem Interesse ist.« Sie ließ sich hineinfallen.

»An einen Trittbrettfahrer will ich *auch* nicht glauben«, antwortete Laura bestimmt. »Auch wenn das nicht ausgeschlossen ist.«

»Nein, nein«, wischte die Kommissarin den letzten Satz Lauras beiseite. »Hier verbirgt sich womöglich eine weitere Vendetta hinter dem Tod von Sander. Der tötete Kinder von denjenigen, die ihm seine Kindheit zerstörten. Hier scheinen jetzt andere die vollzogene Rache Sanders zu rächen, die für den Täter tödlich geendet hatte.« Sie lehnte sich schnaufend in ihrem Stuhl zurück.

»Die Mutter Sanders können wir nicht mehr fragen, denn er hat sie aus Frust getötet«, ergänzte Laura. »Wer kannte Theo Sander noch so gut, dass er oder sie uns etwas aus dessen Leben erzählen könnte? Ich meine, er war Chemiker. Ein Arbeitskollege, ein Vorgesetzter? Was hat er da eigentlich zusammengebraut? Welche Chemikalien für welchen Zweck?«

»Ein interessanter Ansatz«, sagte die Kommissarin. »Vielleicht

Drogen? Und jetzt sitzen seine ehemaligen Abnehmer auf dem Trockenen und ticken aus? In den USA sterben berühmte Rapper, weil sie sich in Drogengeschäfte irgendwelcher Gangs einmischten …«

»Na gut, Amerika …«, erwiderte Laura ironisch.

»Unterschätze unser hübsches Bundesland nicht«, sagte die Kommissarin. »Wenn man den Leuten aus den Dezernaten für politische Gewalt- und Drogenkriminalität Glauben schenkt, haben wir zwischen Schönberg im Westen und dem Stettiner Haff im Osten nicht nur faustdicke Probleme mit Neonazis und Rechtsradikalen, sondern auch mit Marihuana, MDMA, LSD und Speed.«

»Und Alkohol!«, ergänzte Laura.

»Ist doch bloß noch ein Kavaliersdelikt, besoffen ans Meer zu fahren«, bemerkte die Kommissarin und besah sich kurz ihr Spiegelbild. Alles gut. Einen Augenblick später sagte sie: »Das Labor und Sanders früherer Arbeitgeber sind einen Besuch wert. Das soll ein Kollege übernehmen. Organisierst du das?«

Laura machte sich eine Notiz.

»Wen haben wir noch?«, fragte Lindenthal. »Wer kannte Sander noch gut und besser? Liebhaberinnen? Freunde, Freundinnen?«

»Gab die Recherche damals nichts her«, sagte Laura. »Was ist mit seiner Lehrerin, die wir wegen Beihilfe eingebuchtet haben? Sie unterrichtete Sander in Religion, Philosophie und Kunst und hat später, nach ihrem Ausscheiden aus dem Schuldienst, mit ihm gemeinsame Sache gemacht. Wie hieß sie gleich? Ein ungewöhnlicher Name …«

Die Kommissarin sah anerkennend auf ihre Assistentin.

»Tessa Rubinstein. Eine hervorragende Idee. Ich muss sehr schnell wissen, ob die Dame wieder auf freiem Fuß ist oder noch sitzt. Sie hat damals zwei Jahre bekommen. Und genau so lang ist auch der Petermännchenfall jetzt her.«

»Geht klar«, erhielt sie zur Antwort.

Während Eva Lindenthal noch in ihren Kontakten nach der Telefonnummer der Wismarer Polizeiinspektion suchte, war Laura bereits wieder in ihrem Büro aufgetaucht.

»Seit einem Monat frei. Wohnt wieder in ihrem Haus in Hinter Wangern auf Poel.«

»Danke. Tu mir noch einen Gefallen: Ruf in Wismar und auf Poel an und finde dort einen Menschen, zu dem Toni Kielmann noch nach seinem Abgang Kontakt hatte. Stell mir ein Dossier über alles zusammen, was Kielmann in den letzten zwei Jahren getrieben hat. Wenn du dort nicht fündig wirst, dann kontaktiere die Schweriner Staatsanwaltschaft und die Chefs der Mecklenburger Vollzugsanstalten. Irgendjemand muss ja Kielmann mit den Gutachten über Straftäter beauftragt haben. Und ich fahre nach Poel. Vielleicht erzählt mir ja Tessa, was ich noch nicht weiß.«

»Könnte schwierig werden«, sagte Laura.

»Ich werde sie knacken«, entgegnete die Kommissarin und verließ zügig ihr Büro, fuhr mit dem Fahrstuhl hinunter in die Tiefgarage, startete ihr Auto und verließ die Stadt auf dem schnellsten, aber nicht kürzesten Weg in Richtung der Insel Poel.

14

Hinter Wangern

Die kleine Ortschaft bestand aus nicht mehr als einer Handvoll alter Landhäuser, die allerdings im Abstand von mindestens hundert Metern voneinander entfernt lagen. Gegenüber dem Haus Nummer 2a, das eher einer Bauernkate glich, machte sich ein Acker breit, der erstes zartes Grün zeigte. Hinter dem Gebäude erstreckte sich eine riesige Wiese bis an das Boddengewässer. Blickte man von seinem Ufer in Richtung Wismar, war Schluss mit der Romantik. Die Kräne der Hafenanlagen, ein andauernd rauchendes Kraftwerk und andere Industrieanlagen zeichneten am Horizont Bilder, in der die Moderne tagtäglich dampfte.

Das Haus von Tessa Rubinstein war ein zweistöckiges Gebäude, das an die hundert Jahre alt sein mochte, mit einem leuchtend roten Spitzdach, zwei großen Fenstern zur Straße und einem Balkon und kleinem Hof zur abfallenden Wiese hin. Zwei kleinere Schuppen links und rechts gaben dem Anwesen den Charakter eines Dreiseitenhofs. Aus einem der Schornsteine der Schuppen stieg Rauch auf. Hühner liefen frei herum, es roch nach Mandelblüten, frischem Gras und feuchter Wiese. Am Zaun, in den Ecken des Hofes, auf Fenstersimsen und an der Häuserwand hingen noch immer Figuren aus Keramik, Töpfe, Schüsseln und sonstiger Steinkram, die Eva Lindenthal schon bei ihrem ersten Besuch vor zwei Jahren bewundert hatte. Dafür, dass Tessa Rubinstein die vergangenen zwei Jahre hinter Gittern verbracht hatte, erschienen der Kommissarin die Anlagen, die bäuerliche Kunst und der Zustand des Hauses auffällig gepflegt und umsorgt. Ihr fiel nicht auf, dass ein ursprünglich baufälliger Schuppen instand gesetzt, mit neuen, doppelverglasten Fenstern, einbruchsicheren Eingangstüren und einer fertig anmutenden Dachrinne aus Zink versehen war. Sie sah auch nicht, dass eine Treppe von außen offenbar unter dem Schuppen in die Tiefe führte.

Sie stoppte ihr Auto an einem niedrigen Holzzaun, welcher nicht durchgehend gebaut war, und schritt so ungehindert auf den Hof. Ihr Handy klingelte.

»Polizeiobermeister Franke am Apparat. Wir fanden vor wenigen Stunden einen herrenlosen Geländewagen an einem entlegenen Parkplatz bei Timmendorf. Der Halter heißt Toni Kielmann, wohnhaft in Kirchdorf auf Poel.« Der Beamte hatte jetzt etwas Wichtigtuerisches in der Stimme. Die Kommissarin schluckte kurz.

»Er ist ehemaliger Kommissar der Polizeiinspektion Wismar«, sagte der Beamte zu ihr am Telefon. »Aber sicher wissen Sie das.«

»Seit wann stand denn Kielmanns Wagen dort?«, brummte sie ins Telefon.

»Keine Ahnung«, sagte der Beamte ruhig. »Fußgänger haben bei uns angerufen, weil neben dem Auto der Sand aufgewühlt war, als sei eine Rotte Wildschweine da durchgezogen. Was aber gar nicht geht, da wir für die Touristen gerade erst die Strände und Parkplätze neu geebnet und hergerichtet haben.«

Die Kommissarin war in Alarmstimmung. »Haben Sie den Wagen auf fremde Spuren untersuchen lassen?«

»Sollten wir?«, fragte der Mann naiv. Und schob lauernd nach: »Gibt es einen Anlass?«

»Hören Sie, guter Mann«, sagte sie jetzt streng, »Sie sind Polizist, weil Sie nicht nur schützen, sondern auch aufklären sollen. Wenn das Auto eines ehemaligen Kriminalbeamten herrenlos gefunden wird und die Erde wie nach einem Kampf aufgewühlt ist, muss man nicht, aber *könnte man* von einer Gefahr in Verzug ausgehen. Also: Informieren Sie die Wismarer Kollegen. Die sollen den Wagen abtransportieren und das Auto und das Umfeld auf Kampfspuren, Fasern, Fingerabdrücke und Weiteres untersuchen. Wenn Kielmann gesund und munter ist, war die Arbeit umsonst.

Ist er es nicht, dann haben wir Zeit gewonnen. Und nun los!« Sie beendete das Gespräch, wohl wissend, dass ihre Kommunikation auch nicht gerade ideal gelaufen war.

»Verdammt«, zischte sie und ärgerte sich auch darüber, nicht sofort bei ihren Kollegen in Wismar angerufen und dort nach Toni gefragt zu haben. Sie hatte es dessen Frau versprochen. Außerdem war sie immer noch nicht bei der Frage weitergekommen, ob Leon Schacht und Kielmann miteinander Kontakt hatten.

Und nun hatte sie zumindest eine lahme Gewissheit: Irgendetwas war mit Kielmann geschehen. Die Frage war: Was? Sie war nur etwa zwei Kilometer von dem Punkt entfernt, an dem Kielmanns Wagen gefunden wurde. Andererseits war Poel das Revier der Wismarer Inspektion. Verunsichert von ihren eigenen Gedanken nestelte sie nervös an ihrem Handy – als sich plötzlich die Tür zu Rubinsteins Reich öffnete.

»Sie stehen schon eine Zeitlang vor meiner Tür«, sagte die alte Lehrerin. »Wollen Sie hier Wurzeln schlagen?«

»Sie erinnern sich an mich?«, fragte Eva Lindenthal freundlich. In ihrem Innern war sie aufgewühlt, erregt, angespannt. Ich hätte Schauspielerin werden sollen, dachte sie nicht ohne Grimm.

»Aber sicher!«, dröhnte die Lehrerin ihr entgegen. »Sie haben mich schließlich in den Knast gebracht! Übrigens: eine lehrreiche Zeit. Ich habe verschiedene Töpferkurse …«

Lindenthal unterbrach sie behutsam: »Wollen wir das vielleicht in Ihrem Wohnzimmer besprechen?«

»Kommt drauf an, was Sie von mir wollen«, schallte es ihr jetzt wieder reserviert entgegen. »Meine Gastfreundschaft von damals hat sich Ihnen gegenüber grundlegend verändert.«

»Wegen mir reden wir auf Ihrem Hof davon, dass es erneut zwei Tote gegeben hat und es Menschen gibt, die Theo Sander dafür indirekt verantwortlich machen.«

Die Augenbrauen der Lehrerin – fein gezupft und frisch geschwärzt – schnellten die Stirn empor. »Kommen Sie rein«, sagte sie schnell, »ich muss mich setzen.« Die Lehrerin schlurfte in ihren holländischen Holzpantinen über das Parkett. Der Lärm, den sie dabei machte, schien sie selbst nicht zu stören.

Tessas Einrichtung hatte sich kaum verändert. Vom Flur aus blickte man durch eine Zimmertür auf eine Art Salon, in dem ein Klavier und auf einem alten Holztisch ein Strauß wilder Blumen standen. An der Wand hinter dem Klavier hing ein eindrucksvoll großes Holzkreuz mit einem Jesus, daneben zwei Gemälde des Expressionisten Henri Matisse. Das eine zeigte das Bild »Le bonheur de vivre« mit sich rekelnden, tanzenden und kuschelnden Figuren, mehrheitlich Frauen. Das andere war »Harmonie in Rot«, auf dem eine Frau an einem in Rot ausstaffierten Tisch saß, der vor einer roten Wand stand, vor sich gelbe und rote Früchte und Liköre und linksseitig hinter sich ein Fenster, durch das sie auf eine grüne Wiese mit weiß blühenden Bäumen sehen konnte. Doch es war auch ein neues Bild hinzugekommen, an das sich die Kommissarin nicht erinnern konnte: Es zeigte einen scharlachrot gekleideten, androgyn wirkenden Menschen mit einem goldenen Phallus in der Hand.

»Sie tranken Tee, richtig?«, fragte die Lehrerin. Sie trug eine dunkelblaue Bluse, darüber eine weit fallende Weste und einen langen, wallenden dunkelroten Rock. Ihr Haar schien frisch gemacht. Weiße Haarfäden schimmerten wie Spinnweben in der hereinfallenden Maisonne.

»Richtig«, antwortete die Kommissarin. »Schwarz mit Milch und ein wenig Kandis.«

»Beim letzten Mal war es aber Kräutertee«, sagte Tessa, »und zwar Lindenblüten.« Sie lächelte fein.

Die Kommissarin folgte ihr in die Küche und murmelte etwas von: »Das ist tagesformabhängig«, setzte sich auf einen Küchenstuhl und betrachtete das Profil ihrer Gastgeberin. »Sie haben sich kaum verändert«, sagte sie anerkennend. »Die Haft scheinen Sie gut weggesteckt zu haben.«

»Wie man es nimmt«, klang ein leises Grollen zur Kommissarin hinüber. »Wie gesagt: Ich habe das Beste daraus gemacht, meine Talente eingesetzt, mich in Buße geübt und zwei Jahre gesühnt. Außerdem«, sagte sie und reichte der Kommissarin ihren Tee, »hat mich ein Vierteljahrhundert Schule reichlich abgehärtet. Sie glauben gar nicht, wie sehr einige weibliche Strafgefangene Schülerinnen ähneln. Sie zanken und sie streiten, sie mosern und sind fordernd, sie sind geknickt, wütend oder schlagen vor Lust über die Stränge.«

»Und Ihr Haus und Grundstück sind über die Zeit gepflegt worden?«

»Stellen Sie sich vor, auch ich habe in meinem Alter noch Freundinnen. Fleißige *Mädchen* kann ich Ihnen sagen.«

Eva Lindenthal lächelte leise in sich hinein. Es hatte schön geklungen, wie Tessa Rubinstein das Wort »Mädchen« betont hatte.

Aus dem Salon mit den Matisse-Bildern erklang ein leises Fiepen.

»Moment«, sagte die Lehrerin und verließ die Küche. Eva Lindenthal blieb arglos, fühlte sich beinahe heimisch an diesem Küchentisch, der das Zentrum alter Bauernmöbel bildete. Ihr kam die Insel vertraut vor. Sie war, wie sie sich selbst bezeichnete, ein Kind vom Land, mit Eltern, die Kühe, Schweine und ein paar Kaninchen hatten, in Zickhusen bei Schwerin einen kleinen Hof betrieben und der eigensinnigen, aber lebhaften Tochter das Reiten und Melken und das Besamen von Schweinen beigebracht hatten. Auch die Möbel der Lindenthals waren noch Handwerk der alten Schule, teils selbstgebaut oder getischlert. Die kleine Eva konnte Stockrosen von Edelrosen unterscheiden, wusste, was ein Borkenkäfer anrichtete, und schützte kleine Kröten auf ihrer Wanderung durch winzige Pfade zu Tümpeln. Ihr gefiel Tessas Haus und Hof, und sie zollte der jung gebliebenen, aber schon betagten Dame innerlich Respekt dafür, dass sie trotz ihres Alters von Ende sechzig ihr Anwesen derart ansehnlich in Schwung hielt.

Tessa war inzwischen in die Küche zurückgekehrt. Sie trug jetzt eine Brille auf der Nase, deren Gläser bläulich schimmerten. Die Kommissarin konnte die Augen der Lehrerin nicht mehr genau erkennen, schon gar nicht ihren Ausdruck deuten. Das gefiel ihr nicht, sie sagte aber nichts.

»Wo waren wir stehengeblieben?«, fragte Lindenthals Gastgeberin.

»Bei Ihren Erfahrungen mit Häftlingen im Knast«, sagte die Kommissarin lapidar.

»Nun«, antwortete die ehemalige Kunstlehrerin, »wie Sie wissen, bin ich ein Fan des Töpferns. Ich habe mich also mit Basteleien, Tonarbeiten und Schmuckherstellung nicht nur als Beschäftigung, sondern auch mental über Wasser gehalten. Außerdem kenne ich mich in Kräuterkunde gut aus. Einige der Frauen mochten meine besonderen Tees.« Tessa Rubinstein lächelte hintergründig. Die Kommissarin blickte reflexartig auf ihre Tasse.

»Aber ich will Sie nicht langweilen. Es ist also jemand gestorben, und Sie suchen hier Hinweise?«, fragte die alte Dame.

»Ich bin zu Ihnen offen, wenn Sie zu mir auch offen sind«, erhielt sie zur Antwort. Tessa nickte unmerklich zustimmend mit dem Kopf.

»Es scheint«, sprach die Kommissarin weiter, »als würde es Menschen geben, die sich auf den Tod Ihres ehemaligen Schülers beziehen und nun Rache fordern und bereits gehandelt haben. Ein LKA-Beamter ist in seiner Wohnung tot aufgefunden worden, ein anderer in einem Abrissgebäude. Der Hinweis dafür kam über unsere Notrufnummer von einem sogenannten Kommando Theo Sander. Schon mal von einer solchen Gruppierung gehört?«

Tessa Rubinstein hatte aufmerksam zugehört. Jetzt nestelte sie am Kragen ihrer dunkelblauen Bluse, was der Kommissarin nicht entging.

»Ich dachte, der arme Junge hat endlich seine Ruhe gefunden«, flüsterte sie. »An den Toten sollte man nicht rühren. Allerdings habe ich geahnt, dass sein Tod Wellen schlagen würde. Ist zwar alles über zwei Jahre her, aber Theo war eben nicht nur ein getriebener Mensch mit einer dunklen Seite, er war auch ein Mensch mit einer durchaus lustvollen Seite, ein guter Chemiker, vielleicht sogar eine Art Visionär.«

»Wie meinen Sie das?«, fragte Lindenthal schnell. »Was meinen Sie mit ›getriebener Mensch mit einer dunklen Seite‹?«

Tessa schenkte sich Tee nach. »Theo war kleinwüchsig, das wissen Sie. Er fühlte sich gehandicapt, von den Mitmenschen missachtet und von der Natur verraten. Er brauchte geradezu eine Kompensation. Andere werden vielleicht streng gläubig oder werden zu Ultra-Materialisten oder führen sich auf wie Mini-Napoleons. Theo sagte mir einmal, dass, wenn es einen Gott gäbe, der mit ihm wohl wenig anzufangen wusste. Also schied für ihn eine Hinwendung zu einem positiven, christlichen Glauben aus. Aber Theo wollte an etwas glauben, an etwas festhalten, brauchte so etwas wie einen geistigen Beistand, der ihm über seine dunklen Stunden als angeblich von der Natur vernachlässigter Mensch hinweghalf. Er wandte sich *Satan* zu.« Tessa Rubinstein ließ ihren letzten Satz wirken – mit einigem Erfolg.

Eva Lindenthal brauchte mehr als einen kurzen Moment des Nachdenkens. »Das hieß?«, fragte sie schließlich.

»Satanist zu sein, bedeutet, in erster Linie frei zu sein gegenüber allen moralischen Verpflichtungen, die uns Gott auferlegt. Das betrifft sowohl Entscheidungen in der Sache als auch die körperliche und sexuelle Freiheit. Und Theo glaubte, dass er in der Person Satans eher sein Heil als Zwergwüchsiger fände als bei Gott.«

»Ich verstehe immer noch nicht so recht«, antwortete die Kommissarin verwirrt.

»Nun: Theo definierte Luzifer sowohl als Symbol und Archetyp unter anderem für die triebbetonte Instinktnatur des Menschen. Da er durch sein Handicap nie wirklich eine umfängliche

Sexualität hatte, suchte er sich unter den Satanisten Gleichgesinnte. Aber nicht nur beim Sex: Luzifer, der Gegenspieler Gottes, der Rebell, bringt nach Meinung der Satanisten den Menschen das Licht der Erkenntnis und Freiheit. Theo nutzte seinen Glauben an den Teufel als Ausrichtungspunkt für die eigene individuelle Entwicklung.«

»Die auch den Mord mit einschloss? Ich meine, er brachte zwei Kinder um und entführte eines«, sagte die Kommissarin.

»Hören Sie mal auf die Texte von Heavy-Metal- oder Dark-Metal-Bands, die vorgeben, Satanisten zu sein. Black Sabbath, The Electric Hellfire Club, Boyd Rice … – sie alle singen von Tod und Verderben, von Feuer und Rache, von Todesengeln und scharfen Schwertern.«

»… die Sie alle woher kennen?«

»Meine Liebe«, beugte sich Tessa Rubinstein mit ihrer Tasse Tee weit zu ihrem Gast herüber, »ich war Religions- und *Kunst*lehrerin. Glauben Sie etwa, ich bin im 19. Jahrhundert stehengeblieben? So könnte man auch alt werden, aber man wirkt so vertrocknet wie ein Zwieback aus der Dose. Nein, nein. Mich hält das Moderne frisch, nicht das Vergangene.«

»Glauben Sie auch an den Teufel?«

»Nein, das wäre mir zu anstrengend. Zumal die Lustbetonung der Satanisten für mich als Mädchen nichts mehr wäre. Für Theo schon. Er war ja damals noch jung.« Die Lehrerin schlug burschikos ihre Beine übereinander. Feine Äderchen, aber auch einige Krampfadern traten sogleich unter ihrer Haut hervor. Sie sagte: »Als ich, weit nach seiner Schule, erstmals wieder Kontakt zu ihm bekam, ging es gar nicht um Masken, die ich für ihn herstellen sollte. Ich glaube auch nicht, dass er zu der damaligen Zeit schon plante, die Kinder seiner ehemaligen Peiniger umzubringen. Vielmehr trieb ihn um, dass er glaubte, aufgrund seiner Kleinwüchsigkeit in Sachen Liebe, Zuneigung, Zärtlichkeit und dem Traum, vielleicht mal eine Ehe einzugehen und Kinder zu haben, gegen

Mauern zu rennen. Seine Versuche, eine Beziehung aufzubauen, schlugen alle fehl. Es ernüchterte und verletzte ihn bis ins Mark, dass er sich bei Tanzveranstaltungen, auf Festen oder selbst im Internet auf Partnerschaftsseiten Abfuhren abholte. Mag sein, dass es tatsächlich mit seinem Fehlwuchs zu tun hatte, ich glaube aber nicht daran. Schließlich gibt es ja auch weibliche Kleinwüchsige, welche eine wunderbare Familie aufbauen könnten, doch zu solchen Begegnungen kam es nie.« Sie machte eine Pause.

Die Kommissarin rührte in ihrer Tasse Tee. Der Löffel klirrte leise, als sie ihn wieder ablegte.

»Damals erzählte er mir«, nahm Tessa Rubinstein den Faden wieder auf, »wie sehr ihn diese Abfuhren mitnähmen und dass er in seiner Verzweiflung Kontakt zu einer Frau aufgenommen hat, die in Hamburg eine Art Liebeszauber betreibt.«

»Wissen Sie ihren Namen?«, fragte die Kommissarin interessiert.

»Nein«, sagte Tessa wahrheitsgemäß, »aber ich weiß, dass sie offiziell eine Praxis als Heilpraktikerin betreibt.«

»Davon könnte es in Hamburg einige geben«, bemerkte Eva Lindenthal, dachte aber sofort an Marie Schacht.

»Nun«, sagte Tessa Rubinstein und fixierte die Kommissarin, »Theo lernte über diese Dame andere Gleichgesinnte kennen, die sowohl Liebeszauber als auch so etwas wie Sexualmagie betrieben. Es gab da meines Wissens auch eine hierarchische Struktur, die für Theo interessant war. Es könnte also durchaus sein, dass mein kleiner Theo da eine ganz große Nummer war, die allerdings auf tragische Weise ihr Ende fand. Vielleicht, aber wirklich nur vielleicht, ist ja ein Rachemotiv im Spiel?«

»Sie meinen, dass sich hinter diesem ominösen Kommando eine Gruppe wild gewordener Liebesmagier verbirgt?« Die Kommissarin erinnerte sich an das Bild des Okkultisten und Sexualmagiers Aleister Crowley im Zimmer von Leon Schacht. Gab es da einen Zusammenhang? Oder war Crowley nur genauso eine Pubertätsphantasie Leons gewesen wie damals für sie in ihrer Jugend? Tessas Gesichtsausdruck blieb steif. »Wer weiß«, sagte sie ruhig. »Liebeszauberer und Sexualmagier nehmen sich im Ausleben ihrer Lustzugewandtheit selbst sehr ernst. Freudlosigkeit, Enthaltsamkeit oder moralische Strenge im Hinblick auf Sex, wie sie hier und da in der christlichen Kirche anzutreffen ist, ist jedenfalls nicht deren Ansatz.«

»Und Sie verstehen auch etwas davon?«, fragte die Kommissarin mit einem listigen Unterton.

Tessa Rubinstein erhob sich kurz und wusch sich die Hände. Sie kehrte an den Tisch zurück. Eva Lindenthal dachte sich nichts dabei.

»Liebeszauber ist ein in der westlichen Kunst und Literatur wiederkehrendes Motiv«, sagte die Lehrerin ausweichend. »Nehmen Sie das Bild von Matisse, das im Salon hängt. ›Le bonheur de vivre‹ zeigt sich rekelnde, tanzende und kuschelnde Figuren, überwiegend Frauen. Alles in Rot und Grün getaucht. Überall Schleier von weichen Nebeln und geheimnisvollen Anspielungen. Liebe ist ein archaisches Gefühl, ein Urgefühl. Und die Zauber knüpfen an die Vorstellungen und Praktiken an, die uns überliefert wurden bis in die Neuzeit.«

»Aber mit welchem Ziel?«, fragte die Kommissarin.

»Eine begehrte Person durch bestimmte Rituale zu verzaubern. Während die Sexualmagie über Okkultismus und Psychodrogen direkt auf den Austausch von Körperflüssigkeiten setzt und dabei meist nicht ohne bewusstseinserweiternde Drogen auskommt, werden im Liebeszauber weitaus harmlosere Dinge benutzt.« Tessa steckte sich die Brille in ihren Haarschopf.

Die Kommissarin ruckelte sich auf ihrem Holzstuhl neu zurecht. Sie fand dieses Gesprächsthema interessant. Auch im Hinblick auf ihre eigene Liebesbeziehung zu Paul. Allerdings gelang es ihr noch nicht, eine Verbindung zu einem möglichen Mordkommando, Liebeszauberern und dem Tod eines Polizisten herzustellen. »Das heißt, Liebeszauber ist eine romantische Angelegenheit, die auf die Seele zielt, während Sexualmagie Penis und Vagina auf effektive Weise zusammenbringen will?«

Jetzt war es an Tessa, zu grinsen. »Alle Spielarten sind dabei möglich«, sagte sie. »Für die Sexualmagie gibt es keine Grenzen der üblichen Norm. Manche reden auch gern von Pansexualität, in der nur ein Objekt, erotische Signale, aber nicht ein spezielles Geschlechtsorgan von Bedeutung ist.«

Die Kommissarin blickte irritiert.

»Das ist sehr theoretisch, das stimmt. Aber die unterschiedlichen Spielarten der menschlichen Sexualität sind den erotischen Zirkeln sehr wichtig und heilig. Penis mit Penis, Vagina mit Vagina – hetero-, homo-, bi-, trans- oder intersexuell: Wichtig ist die Vereinigung unter dem Rubrum der Lust gegen das Rubrum der Verklemmtheit der Norm. Und da fühlte sich Theo Sander zu Hause. Niemand, der sich für seine Körpergröße interessierte oder gar für seine Niederlagen draußen im wahren Leben. Innerhalb seines Zirkels konnte er seine Triebe genussvoll ausleben und möglicherweise bis an die Spitze einer Art Hierarchie klettern.«

Die beiden Frauen blickten auf ihre Tassen. Die Kommissarin fühlte sich etwas überfordert, Tessa sah aus, als sinniere sie über eine erotische Nacht ihres Lebens. Sie hatte ein Glitzern in den Augen.

»Und beim Liebeszauber?«, fragte Eva Lindenthal schließlich.

Tessa hob den Kopf. Sie schob sich die Brille wieder über die Augen und sagte: »Der Liebeszauber ist da wesentlich romantischer, seelischer. Er beruht auf der Vorstellung, dass Menschen durch Verabreichung bestimmter, meist flüssiger Substanzen, wie Liebestränke aus Kräutern, Wurzeln oder Blättern, oder durch Anheften bestimmter Gegenstände, wie Amulette, Ketten und Schnüre, in die Lage versetzt werden, sich in einen anderen zu verlieben.« Die alte Lehrerin atmete kurz durch. Die Kommissarin nippte an ihrem Tee.

»Beim Liebeszauber geht es um die Erzeugung eines echten affektiven Gefühls bei der begehrten Person, nicht um die Steigerung der eigenen oder fremden sexuellen Potenz oder Genussfähigkeit. Hier kommt wiederum die Sexualmagie ins Spiel, die sexuell stimulierende Drogen wie MDMA, Crystal Meth oder Psychopharmaka einsetzt.«

Eva Lindenthal durchfuhr ein greller Ruck. »Hat er diese Drogen selbst hergestellt? Ich meine, er war Chemiker, arbeitete selbständig in einem Labor.«

»Das weiß ich nicht«, sagte die Lehrerin und nippte an ihrem Tee.

»Ist das die Wahrheit?«, fragte die Kommissarin.

»Wahr ist, was ich für wahr halte«, antwortete die Lehrerin.

»Also wissen Sie es, oder wissen Sie es nicht?«, beharrte die Kommissarin. Wenn es um Wahrheitsfindung ging, mochte sie philosophische Ausflüge nicht.

»Ich weiß es tatsächlich nicht«, erhielt sie zur Antwort.

»Hm.« Die Kommissarin rieb sich die Stirn. »Wir glauben, dass der Tod Sanders möglicherweise Menschen von ihrer Drogenversorgung abgeschnitten hat.«

»Als Motiv für einen Mord oder mehrere?«, fragte die Lehrerin. »Taugt nur, wenn diese Menschen extrem abhängig waren und daher extrem darauf reagieren.«

»Nicht auszuschließen«, antwortete die Kommissarin.

Beide schwiegen einen Moment.

»Haben Sie mal Liebeszauber oder gar Sexualmagie betrieben?«, fragte Eva Lindenthal schließlich.

»Oh«, machte Tessa. »Sollte ich es wirklich zugeben?«

»Nur zu«, sagte die Kommissarin aufmunternd. »Es bleibt unter uns.«

»Lassen Sie uns den Raum wechseln«, sagte die Lehrerin, »ich will Ihnen etwas zeigen.«

15

Im Salon fingerte die Lehrerin ein schmales Bändchen aus dem Bücherregal. Es trug den Titel *Liebesorakel* und war so bunt aufgemacht wie das Bild von Matisse. Tessa Rubinstein blätterte eine kurze Weile darin herum und reichte dann das Büchlein an die Kommissarin weiter. Sie las:

Gehe bei Sonnenaufgang an einem Freitag in den Garten und pflücke einen rotwangigen Apfel, den größten und schönsten, den du finden kannst. Nimm ein Stück Papier und schreibe den Namen des Liebsten mit eigenem Blut darauf. Besorge dir drei Haare deines Auserwählten und verflechte sie mit drei eigenen Haaren zu einem Faden. Auf ein zweites Zettelchen schreibst du den Namen »Schewa«, auch mit deinem Blut. Nun verknotest du die beiden Zettel mit dem Haarfaden, so dass an jedem Ende ein Zettel hängt. Spalte jetzt den Apfel in zwei gleich große Hälften und entkerne ihn. Da, wo vorher die Kerne waren, legst du die Zettel ab. Jetzt vereinigst du die beiden Apfelhälften wieder mit Hilfe zweier gespitzter grüner Myrtenstöcke, die du im Ofen schmorst, bis sie trocken und hart werden. Wickle den Apfel in Lorbeerblätter und Myrten ein. Und platziere ihn möglichst unauffällig unter dem Bett des Geliebten …

»Hat es was genutzt?«, fragte die Kommissarin, fühlte aber sogleich, wie respektlos die Frage war. »Haben Sie es auch im Knast verwendet?«

»Teilweise ja, aber vor allem nutzte es Theo. Das Büchlein ist von ihm. Da stand er aber noch ganz am Anfang.«

»Und Ihnen nutzte es nicht? Ich nehme mal an, sie lieben Frauen, oder?« Eine knisternde Spannung lag jetzt im Raum.

»Ja, das tue ich«, sagte Tessa Rubinstein. »Das ist ja hier vor allem im Salon unschwer zu erkennen.«

Eva Lindenthal ging darauf nicht weiter ein. »Lernte Sander über seine Liebeszauber jemanden kennen?«

»Ja, ein junges Ding mit Namen Larissa. Sie war dafür sehr empfänglich. Mit ihr hat er später auch einige okkulte Sitzungen abgehalten. Da war er vom Liebeszauber schon längst weg und betrieb Sexualmagie.«

»Gut«, sagte die Kommissarin und lief jetzt durch den Salon wie eine Raubkatze in ihrem Käfig. »Ein junger Mann ist umgebracht worden. Mit hoher Wahrscheinlichkeit mit einem Nervengift. Bislang haben wir keine einzige Spur. Wir haben nur das bislang wenig glaubwürdig klingende Bekenntnis eines Kommandos Theo Sander. Glauben Sie, dass ein Haufen wild gewordener Liebesesoteriker zu einem Mord fähig ist?«

Die Lehrerin blickte sie ruhig an. Die Kommissarin sah ihr an, wie sie überlegte. Hinter der alten Maske des Gesichts schien jetzt ein kleines Kraftwerk zu arbeiten.

»Eingeschworene Zirkel haben die Eigenart, sich gegen Angriffe von außen zu schützen und zu verteidigen. Ich könnte mir gut vorstellen, dass die Angriffe der Polizisten auf Sander zu Rachegelüsten geführt haben.«

»Kennen Sie Namen?«, fragte Eva Lindenthal eindringlich.

»Nein. Theo hat sie nur mit ›Bruder‹ oder ›Schwester‹ tituliert. Er wollte sie schützen so wie sich selbst auch.«

»Ich habe noch eine letzte Frage«, sagte die Kommissarin und strebte zur Ausgangstür. »Waren Sie jemals eine Schwester?«

»Nein«, sagte Tessa Rubinstein, »ich habe ihn nur in Kunst gelehrt.«

»Und die Todesmasken für ihn hergestellt«, bemerkte die Kommissarin.

»Und dafür gesühnt«, parierte die Lehrerin.

Sie verabschiedeten sich schnell und ohne Floskeln. Der Bedarf an höflichem Austausch schien für beide Frauen gedeckt zu sein. Draußen, in ihrem Auto, sinnierte die Kommissarin darüber, wie sie nun weiter vorgehen sollte. Sie entschloss sich, über die Felder zu jener Stelle zu fahren, an der Kielmanns Jeep entdeckt worden war. Sie dachte, dass prüfende Blicke auf zerwühlte Erde und ein paar Atemstöße am Meer nicht schaden könnten. Sie startete den Motor und rollte davon.

Für die Kommissarin unsichtbar, hatte Tessa Rubinstein einen altertümlichen Telefonhörer in der Hand und sprach seit einigen Minuten mit leiser Stimme hinein. Dabei fixierte sie das Auto der Kommissarin wie einen Feind, der jederzeit zu einer Gefahr werden könnte.

Hinter ihr öffnete sich die Tür zu ihrem Salon. Ein älterer Mann mit tiefliegenden Augen und gegerbter, faltiger Haut stellte sich hinter die ehemalige Lehrerin und massierte deren Schultern.

»Klaus!«, gurrte die Lehrerin,»hast du Hunger?«

»Nein, mir war etwas langweilig», säuselte er in ihr rechtes Ohr, «ich dachte, ich komme mal wieder ans Tageslicht. Ich bin ja schließlich keine Ratte.«

»Ach du«, sagte Tessa Rubinstein etwas abgespannt. »Du weißt doch, was ich von Ratten halte. Sie sind überlebenswillig, klug, kümmern sich um ihren Nachwuchs und sind überaus putzig anzusehen. Also, beschimpfe sie nicht.« Sie schob seine Hand von ihren Schultern.

»Wer sagt denn, dass ich nicht überlebenswillig sei? Schließlich habe ich alles riskiert, um aus dem Knast zu kommen.«

»Nicht nur du«, sagte sie mit einer gewissen Strenge. »Auch dein Auftraggeber. Ihm solltest du ewig dankbar sein. Hat er dich schon bezahlt?«

»Apropos«, antwortete er, und seine Augen funkelten dabei neugierig, »bleibt es bei unserem Treffen in den nächsten Tagen? Da rollt nicht nur der Rubel, da wollten wir auch über unseren Plan sprechen, Lindenthal zu beseitigen.«

»Er hat es fest zugesagt, aber er muss auf seine Tarnung achten«, antwortete sie. »Er hat zwei Kinder und eine misstrauische Frau.«

»Gut«, sagte er. »Wird schon. Er war mal Polizist und kann

daher gut den Menschen ein X für ein U vormachen. Wäre er nicht so ein von Hass auf seine ehemaligen Kollegen zerfressener Mensch und nebenbei ein fabelhafter Gutachter – dann …«

»Was dann?«, fragte Tessa irritiert.

»Er ist ein Polizist. Normalerweise …«

»… würdest du ihn töten?«

»Warum nicht? Es ist eine ekelhafte Spezies, die den Kapitalistenstaat, gierige Migranten und korrupte Politiker schützt.«

Sie schüttelte den Kopf und steuerte auf ihre Küche zu. Er folgte ihr.

»Hat Lindenthal deine Geschichte geschluckt?«, fragte er.

»Die Sache mit dem Teufel und dem Liebeszauber wird sie noch einige Zeit beschäftigen, denke ich. Aber unterschätze die Kommissarin nicht«, sagte sie und hantierte mit einer Pfanne.

16

Eva Lindenthal hatte indes den kürzesten Weg zu dem entlegenen Parkplatz beim Timmendorfer Strand gewählt. Ihr Kombi sprang und hüpfte über den lehmigen und zerfurchten Ackerweg, als sei er in sein letztes Gefecht gezogen. Sie wollte sich selbst ein Bild von jener Stelle machen, an der Kielmanns herrenloser Wagen gefunden worden war. Ihr bot sich jetzt ein Bild, als hätten tatsächlich mehrere Rotten Wildschweine mit ihren Rüsseln den kleinen Rastplatz durchpflügt. Der öffentliche Mülleimer war abgerissen worden, sein Inhalt lag verstreut zwischen Erdklumpen und Steinen. Überall abgerissene Zweige und anderes Strauchwerk, als sei ein Tornado über den schmalen Platz gefegt. Breite Reifenspuren verliefen in merkwürdig verschlungene Richtungen. Die Kommissarin warf ihre Stirn in Falten. Was war hier passiert? Hatte an diesem Ort ein Kampf mit mehreren Beteiligten stattgefunden?

Offenbar waren noch keine polizeilichen Spurenleser vor Ort gewesen. Die Kommissarin knurrte etwas Unverständliches, kehrte zu ihrem Wagen zurück und entnahm aus dem Kofferraum ihres Autos eine Rolle mit rot-weißem Absperrband. Glücklicherweise standen einige Bäume und die metallene Stange eines Hinweisschildes so günstig zueinander, dass sie ein schiefes Quadrat ziehen konnte. Polizeiabsperrung.

An eine Spur, die vielleicht *nur ihr* aufgefallen wäre, war nicht zu denken. Sie setzte sich still auf eine der Holzbänke mit Blick auf das friedliche Wasser. Die Ostsee zeigte sich heute von ihrer eher öden Seite. Wellen plätscherten nur matt an den Strand, keine Schiffe weit und breit, und dort, wo man den Horizont verortete, verlor sich das Wasser in einem trüben Grau. Sie gab sich ein paar Minuten dieser kontemplativen Stimmung hin, unterbrach sie aber mit einem Blick auf ihr Handy. Kein

Empfang. Sie spazierte einige Meter aufs angrenzende Feld hinaus. Ein Balken für schlechten Empfang.

Sie wählte die Nummer der Polizeiinspektion in Wismar. Ihr Handy knatterte und rauschte. Die Spurensicherung sei auf dem Weg, sagte man ihr, sie solle sich noch etwas gedulden. Und leider, sagte der Beamte weiter, habe man eben nicht genügend polizeiliche Kräfte »für solch einen Fall, wo es nur einen Verdacht, aber noch keine Tat gegeben hat«.

Die Kommissarin verkniff sich jegliche Widerrede. Nachdem die Politik in den Jahren zuvor geglaubt hatte, im öffentlichen Dienst ausgerechnet bei der Sicherheit Millionen einsparen zu können, rächte sich diese eklatante Fehlentscheidung heute allerorten.

Sie beschloss, auf die Beamten zu warten. Sie wollte es nicht riskieren, dass neugierige Touristen die Markierung durchbrachen und Spuren zerstörten.

Nur ein paar Minuten später hielt ein unauffälliger VW-Bus hinter ihrem Auto. Sie instruierte die Spurenspezialisten, vor allem auf DNA-verwertbares Material zu achten. Auf dem Rückweg vom Strand über die Landstraße nach Wismar spürte sie, in ihrer Einsamkeit hinter dem Lenkrad, den Berg, der vor ihr lag und über den sie unbedingt kommen musste. Schacht, der andere Polizist, Kielmann und jetzt diese Informationen über einen längst abgeschlossenen Fall: Ihre Unzufriedenheit über die sich vor ihr auftuenden Sackgassen drohten, die Regie zu übernehmen. Die Kommissarin tat, was sie oft machte, wenn zu viele unselige Gedanken in ihrem Kopf Domino spielten: Sie trank ein kleines Glas Bier.

Auch dies verstieß zwar gegen die Dienstvorschriften, doch Eva Lindenthal war eine Frau, die ihre Grenzen kannte und sie nur sehr selten überschritt. Der Alkohol würde ihren Blutdruck heben, ihre Rezeptoren in Schwung bringen und für kurze Zeit ein paar Hochgefühle erzeugen. Und wer weiß, sagte sie sich, ob nicht genau diese kurzen Momente der Hochgefühle reichten, um winzig neue Justierungen ihrer verwirbelten Gedankenwelten zu erzeugen.

Das Vereinslokal des nahe gelegenen Fußballklubs Poeler SV 1923 in Kirchdorf erschien ihr dafür als richtiger Ort. Vielleicht wusste ja hier jemand, wie Toni Kielmann in den letzten zwei Jahren gelebt hatte – außer Gutachten zu schreiben, seine Ehe zu vernachlässigen und seinen Sohn Jan ab und an zum Training zu begleiten.

»Er war gerade hier«, sagte der Kellner zu ihr. »Hat sich den Trainingsplan seines Sohnes kopiert. Ist aber nach einem Bier wieder los. Kann ich was ausrichten?«

»Ach«, sagte sie überrascht. »Und ist Ihnen an ihm etwas aufgefallen? War er nervös, abgekämpft, verletzt?« Sie trank einen tiefen Schluck. Er machte sofort seinen Job. Sie setzte nach.

»Nichts dergleichen«, antwortete der Kellner. »Gesund wie ein Fisch im Wasser.« Sie blinzelte durch ihr halbvolles Glas. Wenigstens lebte er, dachte sie, setzte erneut an und trank das Glas in einem Zug leer.

»Oh«, sagte sie kurz und verabschiedete sich. Wieder vor der Tür genoss sie die Momente der Aufheiterung durch den Alkohol, spazierte hinüber zur Schule, auf deren Pausenplatz sie Monate zuvor erfahren hatte, dass Sander, der Petermännchenmörder, den Sohn Toni Kielmanns entführt hatte.

Zurück in ihrem Auto wirbelten ihre Gedanken erneut durcheinander. Wie ging das alles zusammen? Der zerwühlte Rastplatz, das Auffinden seines herrenlosen Autos … Sie telefonierte mit der Spurensicherung. Es gab keine Ergebnisse. Die Spezialisten hatten Proben der zerwühlten Erde, den gesamten Müll und sogar alle verstreut umherliegenden Blätter, Zweige, Zigarettenstummel und andere Strauchreste in Tüten gesammelt und in die Labore der Schweriner Polizeiinspektion gebracht. Es waren weder Fingerabdrücke noch DNA-Spuren gefunden worden, die zu Toni Kielmann oder anderen Menschen, die in den digitalen Archiven der Polizei gespeichert waren, passten. Auf dem Rückweg erreichte sie ein Anruf ihrer eigenen Mailbox. Laura hatte ihr eine Nachricht hinterlassen.

»Ich habe eine unglaubliche Entdeckung gemacht«, hörte sie die Stimme ihrer Assistentin von der digitalen Memobox. »Aber das musst du selbst sehen und lesen. Ich erwarte dich im Büro.« Die Kommissarin drückte das Gaspedal tief durch.

17

Laura kam ihr schon auf dem Gang des Kommissariats entgegen. Ihr Gesicht zeigte vor Aufregung rote Flecken. Ihre Stimme vibrierte etwas. »Ich habe mich ausführlich mit unserem toten Maulhelden beschäftigt. Keller lebte allein, war geschieden, keine Kinder. Eltern verstorben, hat noch einen Halbbruder. Ein ehemaliger Journalist eines eher unbedeutenden Lokalmagazins. Viele Anzeigen, auf Werbung gebürstete Texte. Verbindungen zu lokalen Rechtsradikalen, aber ohne Dreck am Stecken.«

»Mitglied irgendeiner rechten Partei?«, fragte Eva Lindenthal und hakte sich bei ihr beruhigend unter.

»Aus der NPD vor ein paar Jahren ausgetreten«, sagte Laura noch immer erregt. »Ob er bei der AfD mitmachte, entzieht sich gerade noch meiner Kenntnis. Aber er war Mitglied einer rechtsnationalen Vereinigung. Vielleicht haben wir es ja auch mit politisch motivierten Morden zu tun?«

Die Kommissarin schob sich in ihr Büro, Laura im Schlepptau.

»Du hattest Bier«, sagte Laura und feixte. »Ich rieche das.«

Die Kommissarin ging darauf nicht ein. »Du meinst, unsere Kollegen starben von der Hand von Neonazis?« Eva Lindenthal guckte ungläubig und ließ sich auf ihren Stuhl fallen. Wenn dem so wäre, schoss es ihr durch den Kopf, dann wäre ich den Fall innerhalb von Minuten los, und der Staatsschutz und das Landeskriminalamt würden übernehmen. »Hat POLAS etwas über diese Gruppe?«, fragte sie.

Sie erinnerte sich, dass das »Polizeiauskunftssystem«, kurz POLAS, erst vor wenigen Tagen ein umfangreiches Update erhielt. Hier waren weibliche und männliche Namen, Haftdaten von Straftätern, Personenbeschreibungen von Verdächtigen und personengebundene Hinweise und Falldaten von Menschen gespeichert, die in irgendeiner Weise kriminell auffällig geworden oder zur Fahndung ausgeschrieben waren. Egal ob dieser Mensch gewalttätig, bewaffnet, ein Konsument von Betäubungsmitteln, ein Sexualtäter, ein Geisteskranker, ein Ausbrecher, ein Dieb, Betrüger, ein Kreditkartenfälscher oder politisch motivierter Straftäter war: POLAS war länderübergreifend für die deutsche Polizei und ihre Kommissariate und Dezernate elektronisches Hirn, ewiges Gedächtnis und Big Brother zugleich.

»POLAS beschreibt die Gruppe als militant, terroristisch und gemeingefährlich«, sagte Laura. »Sie nennt sich ›Löwenbrigade Nordost‹. Keller ist eine Zeitlang vom Verfassungsschutz beobachtet worden, so wie andere Mitglieder auch. Und hier! Keller hatte einen Halbbruder. Klaus Altmann. Gleiche Mutter, verschiedene Väter. Altmann ging der Polizei in die Falle, Keller konnte man nie etwas nachweisen.«

»Altmann?«, fragte die Kommissarin und nagte intensiv an ihrer Unterlippe. »Ist das nicht der Kerl, der vor ein paar Monaten auf spektakuläre Weise aus dem Hochsicherheitsknast in Bützow abgehauen ist und von dem niemand bis heute weiß, wo er steckt?«

Laura wechselte das Programm und die Datenbank. »Chemiker, bis Mitte der 1990er Jahre einer der führenden Köpfe der Löwenbrigade Nordost, mutmaßlich mitverantwortlich für den Tod einer Streifenpolizistin in Grevesmühlen. Bei der Tat wurde ihr Kollege schwer verletzt.«

»Moment mal«, sagte die Kommissarin schnell. »Was war das genau für ein Fall?«

Laura öffnete eine neue Datei. Sie las vor, während die Kommissarin aus dem Fenster starrte.

»Am 21. April 1994 hatten die beiden Bereitschaftspolizisten ihren Streifenwagen vor dem Grevesmühlener Rathaus auf dem Markt geparkt, um eine Pause einzulegen. Gegen 14 Uhr hörten Zeugen mehrere Schüsse. Anschließend fanden Polizeibeamte die 28-jährige Beamtin tot und ihren 32-jährigen Kollegen schwer verletzt neben

dem Wagen. Aus der Tatortanalyse ergab sich die Mutmaßung, dass sich zwei Täter von hinten dem Fahrzeug genähert und den Beamten jeweils in den Kopf geschossen hatten. Die Dienstwaffen und Handschellen der Beamten wurden entwendet. Der überlebende Polizist, der mehrere Wochen im Koma lag, hat anhand seiner Erinnerungen eine Phantomzeichnung des Täters angefertigt. Als Verdächtiger wurde ein Jahr darauf Klaus Altmann festgenommen, der bei Experimenten mit explosiven Stoffen eine Tankstelle beschädigt hatte und auf den das Phantombild passte. Bei seiner Vernehmung bekannte sich Altmann zu seiner und weiteren Taten …«

»Das reicht«, unterbrach Eva Lindenthal ihre Assistentin.

Laura stoppte die Lektüre des dramatischen Verbrechens abrupt.

Die Kommissarin stellte sich wieder ans Fenster. Schließlich sagte sie: »Ein Mann, der sich mit explosiven, chemischen Substanzen auskennt und Bomben quasi im Schlaf herstellen und zünden kann … Ein Mann, der offensichtlich Polizisten hasst und sie umbringt. Ein Chemiker … hm. Unsere Opfer starben an einer Blausäurevergiftung, welche man in einem gut ausgestatteten Labor selbst herstellen kann, wie unser Chefpathologe bestätigte … Bei mir klingelt da was …«, sagte die die Kommissarin zu sich selbst und kehrte vom Fenster zu Laura an das Terminal zurück.

»Theo Sander war Chemiker, ist aber tot«, nahm sie ihren Faden wieder auf. »Altmann ist Chemiker und flüchtig. Wer weiß, was er derzeit plant. Keller hat sich aufgehängt, aber vorher unter Alkohol geplappert, und war Mitglied dieser Gruppe. Der mysteriöse Anrufer auf der 110 sprach von einem Kommando Theo Sander und von einer Spur des Löwen. Zwei Polizisten sind umgebracht worden, die wiederum an der Ergreifung Sanders beteiligt waren. Für mich gibt's da einen Zusammenhang. Wir brauchen alles über Altmann. Nicht nur seine vollständige Vita. Alle Geschehnisse, alle Vorkommnisse, alle Gutachten und Haftverläufe aus seiner Knastzeit in Bützow. Vielleicht finden wir etwas in dessen Geschichte, was uns heute weiterbringt.«

Die Kommissarin wies Laura auf die polizeilichen Datenbanken INPOL und NADIS WN hin. Letztere, das sogenannte Nachrichtendienstliche Informationssystem Wissensnetz, führte geheimdienstliche Erkenntnisse mit denen der Polizei zusammen. Dieses Vorgehen war unter Datenschützern höchst umstritten, das war aber den ermittelnden Behörden ziemlich egal. Ging es um die terroristische Abwehr, agierten die Polizei und der Verfassungsschutz zwar nicht immer wie enge Freunde miteinander – aber auch nicht wie beste Feinde.

Eine Stunde später hatte Eva Lindenthal die Protokolle über Altmanns Beteiligung an einer Meuterei, seine Gespräche mit einem Psychologen und seine aufsehenerregende Flucht aus der Justizvollzugsanstalt Bützow auf dem Tisch. Die Mappe mit den Gedächtnisprotokollen Beteiligter, Verhören und Tonbandmitschnitten von Häftlingen, ausgeschmückt mit Beobachtungen, Analysen und Aussagen von Staatsanwälten, JVA-Beamten und Polizisten, hatte eine ansehnliche Stärke. Sie versank in einer abenteuerlichen Geschichte über menschliche Abgründe, wie sie das Leben wohl nicht oft schrieb …

18

Bützow, sechs Monate zuvor
Das Geschehen laut der Protokolle

Das Städtchen Bützow könnte eine lupenreine Weste haben, wenn man hier nicht ein Gefängnis hingebaut hätte, in dem Mörder und andere schwere Jungs ihr Lebensdasein fristeten. Bützow ist im Grunde eine hübsche, aber nicht spektakulär aufregende Kleinstadt, die seit 1229 nachweislich existiert und nur etwa sechzig Kilometer von Schwerin entfernt liegt. In der Tat gibt es hier ein paar uralte Fachwerkhäuser und jede Menge neumodischen, provinziellen Schick. Doch Bützow ist auch seit 1839 der Standort eines Zuchthauses, das über die Jahrzehnte immer wieder durch absurde und blutige Vorgänge für exzentrische Schlagzeilen sorgte.

Eine der dramatischsten Meutereien war der Ausbruchversuch von fünf durch selbstgebrannten Schnaps alkoholisierte Gefangene Anfang April des Jahres 2002. Die Protokolle aus den Verhören der Häftlinge des Trakts für Schwerstkriminalität lasen sich wie ein Drehbuch eines gewaltverherrlichenden Films. Ihre Motive erschienen plausibel, aber die Wahl ihrer Mittel entsprach in etwa den Gründen, warum sie vor der Öffentlichkeit weggeschlossen worden waren. Den Protokollen zufolge führten unerträgliche, hygienische Bedingungen, sexuelle Übergriffe und Gewalt unter den Arretierten zu der Meuterei. Eines der Opfer erzählte den Ermittlern, dass zwei Gefangene über einen Gefängniswärter herfielen, dem Mann mit Fäusten und dem stumpfen Ende eines Beils ins Gesicht und auf den Schädel schlugen. Ein anderer Beamter gab zu Protokoll, dass sich zwei weitere Gefangene auf einen anderen Wärter stürzten, ihn in das vergitterte Dienstzimmer schleppten, das die Justizangestellten kurz zuvor verlassen hatten, um die auf den Gängen lungernden Gefangenen für die Nacht wegzusperren.

»Ich habe zwar noch einen Notruf abgesetzt«, berichtete ein drittes Opfer, »aber dann stürzte sich ein Häftling auch auf mich. Mit Messern haben die vor Alkohol rasenden Häftlinge mir ins Gesicht und in meinen Rücken kleine Wunden geschnitten. Ich habe geblutet wie ein Tier auf einer Schlachtbank. Dann haben sie mir die Kleider vom Oberkörper gerissen und mich nackt vor das Gefängnistor der Haftanstalt geschleppt und in den Dreck geworfen.«

»Mit welchem Ziel?«, fragte einer der Ermittler laut des Protokolls dieser verhängnisvollen Nacht.

»Zu fliehen. Man hat mir gedroht, mich zu erstechen, wenn ich ihnen das Tor nicht öffne und einen unserer Dienstwagen als Fluchtauto bereitstelle.«

Doch die Metzelei fand ein jähes Ende. Ein Sondereinsatzkommando des Schweriner Landeskriminalamts stoppte in nur wenigen Minuten den Alptraum effektiv und gnadenlos. Gegen die hochgerüsteten Beamten hatten die vom Alkohol gezeichneten Aufrührer keine Chance.

Unter den Meuterern war auch Klaus Altmann gewesen. Damals ein dürrer, hochgewachsener Mann von Anfang dreißig, mit vollem, dunklen Haar, das er wie ein Pennäler glatt zu einem Mittelscheitel gekämmt hatte. Er war wegen der Mitgliedschaft in einer terroristischen Vereinigung und Totschlags zu zehn Jahren Gefängnis verurteilt worden. Er war der Polizei nur deshalb ins Netz gegangen, da ein von ihm gebauter, winziger Sprengsatz in einer der Garagen einer Tankstelle hochgegangen war und dabei einen schweren Brand ausgelöst hatte. Wie durch ein Wunder war nicht die gesamte Tankstelle explodiert. Altmanns Versuch, zu fliehen, scheiterte an dessen Brandwunden und dem Schock, welchen er erlitten hatte. Chirurgen flickten ihn zwar wieder zusammen, doch noch heute waren Spuren seiner Brandverletzungen vor allem im Gesicht zu sehen. Die Staatsanwaltschaft enthüllte mit Altmanns Hilfe, dass sich rechte Splittergruppen – vor allem in den ländlichen Gebieten Mecklenburgs – fortwährend weiter militarisierten und auch vor Anschlägen gegen das Leben anderer nicht mehr haltmachten. Altmann wurde für seine Zusammenarbeit mit den Ermittlern zwar mit einem niedrigeren Strafmaß belohnt; doch seine Mitgliedschaft in der rechtsradikalen »Löwenbrigade Nordost« und seine Bereitschaft, Sprengsätze nicht nur zu bauen, sondern auch zu zünden, brachten ihm dennoch zehn Jahre ein. Auch seine Komplizenschaft mit den Meuterern im April 2002 kam ihm teuer zu stehen. Wegen schwerer Körperverletzung und versuchten Mordes erhielt er weitere fünfzehn Jahre mit anschließender Sicherheitsverwahrung. Obwohl dessen reguläre Haftzeit seit mehr als einem Jahr abgelaufen war, ließ man ihn nicht frei. Immer wieder hatte Altmann in den vergangenen zwei Jahren mit Hilfe von Anwälten und einem besonders gewieften Gutachter, der selbst einmal bei der Polizei gearbeitet hatte, ausgeklügelte Anträge auf Entlassung gestellt. Doch ohne Erfolg. Man gönnte ihm noch nicht einmal einen Umzug in eine Zelle des inzwischen auf modern getrimmten Hochsicherheitstrakts. Altmann blieb, wo er über die Jahre hinweg seine Strafe abgesessen hatte: im zweiten Flügel des alten Gefängnistrakts aus dem 19. Jahrhundert, mit miesen hygienischen Bedingungen, in Einzelhaft, abgeschrieben von der Gesellschaft, eine Persona non grata.

Heute war Altmann glatzköpfig mit einem kräftigen Bauchansatz. Seine stechend grünen Augen lagen in tiefen Höhlen, und seine Nase stach wie der Schnabel eines Bussards weit aus seinem vernarbten Gesicht hervor. Wenn der Mann sprach, offenbarten seine Zähne viel zu wenig Zahnfleisch.

Es war zehn Uhr, ein kalter Tag des beginnenden Herbstes. Vor der Justizvollzugsanstalt herrschte kaum Betrieb. Ab jetzt würden Angehörige inhaftierter Gewalttäter mit Proviantpaketen, frischer Wäsche oder Geschenken eingelassen werden.

Eine Klingel schellte an Altmanns Zellentür. Ein Mann trat ein, dem der Inhaftierte vertraute. Dr. Theo Roth, Gefängnispsychologe, ein Mann mit schütterem Haar, Goldrandbrille und einer gelblich-braunen Gesichtshaut, für die wohl ein Solarium zuständig gewesen war. Der Achtundfünfzigjährige trug einen anthrazitfarbenen Anzug, schwarze Budapester-Schuhe und eine teuer wirkende Armbanduhr. Der Stahl des Armbands glitzerte unter der grellen Beleuchtung. Er legte den Zellenschlüssel vor sich ab. Hinter ihm verschlossen zwei Aufseher die schwere Zellentür. Wegen guter Führung Klaus Altmanns und weil Roth Vertrauen vor Misstrauen setzte, hatte der Therapeut bei der Gefängnisleitung durchgesetzt, dass er mit dem Gefangenen bei den wöchentlichen Sitzungen allein reden durfte. Dass dennoch alle dreißig Minuten Wärter an der Zellentür vorbei patrouillierten – und sie auch, wenn ihnen danach war, durch den Türspion die Lage der Dinge kontrollierten –, beruhigte Dr. Roth.

Der Psychologe hatte seinem Patienten ein kleines Päckchen mitgebracht, das er ihm jetzt entgegenstreckte. »Für Sie«, sagte er.

Doch Klaus Altmann griff nicht danach.

Stattdessen bemerkte Roth in den Augen seines Häftlings ein Gefühl des Erstaunens, aber auch der Abwehr. Klaus Altmann zeigte solche Regungen nur selten. Roth glaubte, den Grund dafür zu kennen. Wer in Einzelhaft saß, hatte kaum Gelegenheit, persönliche Gefühle zu entfalten. Das letzte Mal, hatte ihm Altmann erzählt, sei er vom überraschenden Wechsel des für mehrere Wochen gültigen Speiseplans angerührt gewesen.

»Wie fühlen Sie sich heute, Herr Altmann?«, suchte der Psychologe einen Gesprächsbeginn. Sie duzten sich nicht, obwohl sie sich schon mehr als zehn Jahre kannten. Er war sein Therapeut, aber nicht sein Freund.

Roth bemerkte an den Armen seines Patienten eine Zunahme von Muskelmasse. Klaus Altmann bewegte sich auch nicht mehr so statisch, eher elastisch wie ein Sportler vor einem wichtigen Wettkampf. Dr. Roth kam soeben der Gedanke, ob ihn sein Patient nicht einfach niederschlagen, den Schlüssel an sich nehmen und aus der Zelle fliehen würde. Doch er verdrängte diese Bedenken. Mal abgesehen von den Geräuschen, die ein Kampf machen würde, wäre spätestens am Ende des Ganges Schluss mit der Flucht. Durch die stark bewehrte Stahltür kamen nur Panzer.

Über den Holzklapptisch, der an einer der Wände geschraubt war, hatte Altmann Fahndungsplakate und eine Vielzahl persönlicher Fotos aus den späten 1980er Jahren mit Tesafilm geklebt. Es waren sehr verschiedene Motive: der junge Klaus inmitten seiner konservativ anmutenden Eltern; er mit seinem älteren Halbbruder Heinz; gemeinsam mit drei Freunden am See beim Hechtangeln; Altmann als Verfolgter der Justiz, aber auch als zärtlicher Freund einer etwa zwanzigjährigen Frau mit einem Sommersprossengesicht, heller Haut, grünen Augen und einem schwungvoll gezeichneten Mund. Ein hübsches, ganz und gar harmloses Gesicht. Ihr Porträt zeigte keine Zornesfalten, keine düstere Absicht, keine Schuld. Und doch gehörte sie zum harten Kern der Löwenbrigade Nordost, genauso wie ihr Freund. Heute saß sie in Österreich in Haft. An welchem Ort, war nie an die Öffentlichkeit gedrungen. Aus Sicherheitsgründen war sie über die Jahre ständig verlegt worden.

Der Häftling lehnte seinen Kopf an die Zellenwand, während der Psychologe ihn musterte. »Ich hatte Sie etwas gefragt, Herr Altmann.« Roths Stimme klang knurrig.

Irgendetwas glänzte in Altmanns Augen auf. Er überlegte nicht lange. Er wich Roth einfach aus. »Unser Kampf forderte Opfer aus der Öffentlichkeit. Insofern bleibe ich auch hinter diesen Mauern ein Mensch mit einer anfassbaren Geschichte.«

Der Psychologe kannte die Vita des Bombenbauers bis ins kleinste Detail. Nina Liesegang war Altmanns letzte Freundin gewesen. Als sie sich begegneten, war sie gerade zweiundzwanzig Jahre alt geworden. Bis er vor fünfundzwanzig Jahren kurz vor ihr verhaftet wurde, hatten sie keinen Tag getrennt verbracht. Sie hatten sich geliebt und gemeinsam Sprengsätze gebaut.

Die beiden hatten sich in einem Café im Hamburger Schanzenviertel kennengelernt. Er hatte sie nach einem Feuerzeug gefragt, es hatte sich ein Gespräch entwickelt. Sie war eine Frau mit auffällig blonden Haaren gewesen, hatte sich aber wortkarg gegeben. Bevor er erfahren hatte, wer sie wirklich gewesen war, hatten sie sich zweimal getroffen. Sie waren zusammen essen gegangen und hatten in der Nähe der Landungsbrücken am Ufer der Elbe gesessen. Sie hatten über nationalistische, politische Ideale, die neue aufkeimende national-ökologische Bewegung und die Erstarkung der Rechten in Deutschland und Europa geredet. Später hatte sie ihm erzählt, dass sie die Enkeltochter eines ehemaligen Nazioffiziers wäre, der bis zu seinem Tod nicht bereit gewesen war, seiner Familie gegenüber Rechenschaft über seine Gesinnung abzugeben. Das habe sie »sehr beeindruckt«, hatte sie Klaus gegenüber geäußert.

Bevor er sie für die Löwenbrigade gewonnen hatte, war ihre bürgerliche Karriere kurz, aber erfolgreich gewesen. Sie war von einem Modelscout entdeckt worden und hatte viele andere schöne Mädchen ihres Alters ausgestochen, um fortan die Titelseiten der weltweiten, großen Magazine zu schmücken. Sie war eine Muse von Karl Lagerfeld und Yves Saint Laurent gewesen und hatte in ihren Zwanzigern viel Geld verdient.

Dr. Roth wusste nicht, ob und wie sehr der Häftling noch an ihr hing. Altmann erhob sich und strich jetzt zart mit den Fingern über die Glasscheibe eines der Bilderrahmen. Dahinter steckte ein Foto von ihm und Nina. Beide sahen sich verliebt in die Augen. Obwohl der Psychologe mit seinem Patienten oft über die verschiedenen Fotos geredet hatte, so war ihm doch kaum etwas über die Gedanken und Träume bekannt, die der ehemalige Rechtsterrorist heute noch damit verband.

Klaus Altmann atmete hörbar durch.

»Woran denken Sie?«, fragte der Therapeut. »An die Vergangenheit?« Roth hielt das leichte, kleine Päckchen noch immer unter seinem Arm.

»An meinen letzten Gutachter. Ein wirklich fähiger Mann. Mit bemerkenswerten Kontakten und einem gesunden Schmerz über eine selbst erfahrene, ungerechte Behandlung. Ich vertraue ihm. Er wird mich hier rausholen. Und, ja, an die Vergangenheit. Wie ich Nina instruiert habe, Banken auszukundschaften, die wir anschließend überfielen, um an Geld zu kommen. Wie wir mit Zündschnüren hantierten und Sprengstoffpakete zu Bomben umbauten. Ich sehe uns schrauben und löten und als Müllbehälter präparierte Bomben an Kreuzungen postieren. Ich sehe zerstörte Fensterscheiben und ausgebrannte Flüchtlingsheime und erinnere mich, wie sich unsere Gruppe nach den tödlichen Anschlägen trennte und dann, nach ein paar Tagen, wieder an einem geheimen Ort zusammenkam.«

»Und worüber haben Sie dann gesprochen?«

»Wir diskutierten vor allem über unsere nächsten Missionen. Haben uns gegenseitig aufgestachelt, immer wissend, dass ein Teil der Bevölkerung mit uns sympathisiert.« Altmanns Stimme klang fest.

»Sie hätten kein Angreifer sein müssen«, sagte Roth jetzt ganz überzeugt. »Sie hätten in eine rechte Partei eintreten und Politik machen können.«

Sein Klient schien auf diese Meinung gewartet zu haben. Die Antwort schoss aus seinem Mund wie ein Projektil aus einem Pistolenlauf. »Im Gegenteil. Wir spürten Hochgefühle. Wir hielten uns tatsächlich für überlegen. Wir glaubten so etwas wie visionäre Hirten für eine dumme Schar von Millionen Schafen zu sein. Die Erkenntnis, dass unsere Angriffe das Bewusstsein der Menschen verändern könnten, führte zu Überlegenheitsgefühlen. Außerdem haben sich Alternativen zur aktuellen Politik in Deutschland fest etabliert. Die Rechten haben eine Stimme in der Politik. Das ist auch ein Verdienst von uns.«

Roth fiel auf, dass Altmann vermied, den Namen der populärsten rechtsgerichteten Partei auszusprechen.

Klaus Altmann blickte jetzt auf seine Zellentür, auf die Fotos an der Wand, vor sich auf den Boden, auf das viel zu hoch angebrachte Fenster und dann wieder auf den Boden. Er sah nichts, was er nicht schon millionenfach bis ins kleinste Detail mit den Augen vermessen hatte.

Roth fragte weiter. »Leiden Sie eigentlich noch immer unter aufkeimenden Hassschüben gegenüber Ihren Richtern?«

Altmann sah überrascht zu Roth auf. »Ich bin mit denen fertig«, wiegelte er ab. Seine Stimme hatte einen resignierten Ton, der Roth nicht entging. »Ich bin seit fünfundzwanzig Jahren inhaftiert. Der Staat hat seine Sühne bekommen.«

»Das reicht dem Staat aber nicht«, antwortete der Psychologe. »Man möchte Sie am liebsten im Gefängnis beerdigen. Wollen Sie das?« Roth wusste, dass er seinen Patienten provozierte. Aber er glaubte, mit dieser Strategie weiterzukommen.

Altmann ließ sich mit seiner Antwort Zeit.

Roth wippte mit den Schuhspitzen.

»Nein«, sagte der Häftling schließlich. »Ich sehne mich nach einer Art inneren Reinigung.«

»Eine Reinigung? Wie meinen Sie das?«, fragte Roth interessiert.

»Ich sehne mich danach, meine einstmals von Hass erfüllten Emotionen endgültig unter Kontrolle zu bringen.« Der ehemalige Terrorist blickte zu seinem Therapeuten.

»Und was spüren Sie dabei?«, fragte dieser etwas atemlos. Sein Patient sprach zum ersten Mal etwas an, worauf er, Roth, lange gewartet hatte. Altmann wollte aus dem Knast, das war dem Psychologen klar. Aber niemals würde er das schaffen, wenn er nicht glaubhaft machen konnte, dass seine Reue über seine Taten echt war.

»Überschüssige Wut. Unterdrückte Wünsche und Lüste. Ich

verachte mittlerweile meine beinahe orgiastischen Ausbrüche der Vergangenheit, weil ich sie nicht mehr verstehe …« Er machte eine kurze Pause. »Das hat allerdings nichts mit meiner sogenannten Gesinnung zu tun. Es ist nicht verboten in Deutschland, rechts zu sein. Was ich meine, ist, dass Gewalt keine Antwort auf die Fragen ist, die sich jeder in Deutschland im Zusammenhang mit der unmäßigen Überfremdung stellt.«

Roth, der während ihres Gesprächs auf Klaus Altmann herabgeschaut hatte, setzte sich jetzt ihm gegenüber auf einen der Hocker. Er legte das Päckchen auf dem Tisch ab und schob es ein wenig zur Seite. Er sagte nach einem kurzen Moment des Nachdenkens: »Sie befreien sich nur durch das Offenlegen Ihrer Gefühle von krankmachenden Affekten und neurotischen Symptomen.«

»Aber praktizieren wir das nun nicht schon seit ein paar Jahren?«, fragte Klaus Altmann. »Wie lange dauert denn so ein Prozess?«

Der Therapeut zuckte mit den Schultern. »Vielleicht Ihr Leben lang. Vergessen Sie nicht, Sie sind der Täter, nicht das Opfer. Und das bis an Ihr Lebensende. Sie können ein Rechtsnationaler sein, aber Sie haben nicht das Recht, andere Menschen wegen einer angeblichen Überfremdung aufzuhetzen, geschweige denn, Migranten anzugreifen.«

»Und genau das werde ich nie akzeptieren«, antwortete Altmann mit aufkeimendem Trotz in der Stimme. Gleichzeitig verhärteten sich seine Gesichtszüge.

»Das werden Sie aber müssen«, blieb Roth fest. »Sonst verfaulen Sie hier.«

»Jetzt geben Sie mir endlich das Päckchen«, reagierte sein Patient gereizt.

Altmann erhob sich und machte einen Schritt auf Roth zu. Dieser sprang ebenfalls auf. Sie standen jetzt kaum mehr als eine Handbreit voneinander entfernt. Von draußen drangen Geräusche durch die Zellentür. Die Wärter machten ihren Rundgang und würden in ein paar Minuten wieder verschwunden sein.

»Es steht der Absender Ihrer Mutter darauf«, sagte Roth, während er das Päckchen seinem Gegenüber in die Hand drückte.

Altmann wog es in den Händen wie einen Schatz. »Ist es vorher geröntgt worden?«

»Natürlich.«

»Wie sicher kann ich mir sein, nicht umgebracht zu werden?«

»Es gibt Menschen, die Sie lieber tot als lebendig sähen, da mögen Sie recht haben.«

Klaus Altmann nickte unbeeindruckt. Er hatte sich an den Gedanken gewöhnt, für die Außenwelt nicht mehr zu existieren. In Schweigen versunken blickte er auf das Päckchen und sagte dann nach ein paar Sekunden schließlich: »Wissen Sie eigentlich, dass sich meine Mutter vor Jahren in einem Zeitungsinterview öffentlich von mir distanziert und losgesagt hat? Kein schönes Gefühl, kann ich Ihnen sagen.«

Roth schwieg dazu und nahm sich vor, das Thema »Mutter« zum nächsten Sitzungsgegenstand zu machen.

Sein Patient sah auf den Absender. »Hm, meine Mutter trägt wieder ihren Mädchennamen.« Vorsichtig löste der Häftling das von den Wärtern nur lieblos zusammengeklebte, braune Papier des handtellergroßen Päckchens. Er war an der letzten Papierschicht angekommen. Zum Vorschein kam ein hellgraues Schächtelchen aus Karton.

Währenddessen blätterte der Therapeut, noch immer um Verständnis bemüht, in den Briefen an seinen Patienten. Auf seiner Stirn glitzerten feine Schweißperlen.

Der Häftling hob den Deckel ab. Es lag eine Art Brosche darin, die wie eine Birne geformt war. Das Schmuckstück war aus Messing, mit Draht überzogen, und auf der Oberseite formten winzige rote Strasssteine die Buchstaben NL. Ein zusammengerolltes Zettelchen schmiegte sich an das Schmuckstück. Er zog es vorsichtig heraus und las: *Mach das Unsichtbare sichtbar. Deine Mutter.*

Im Buchstaben N befand sich eine kaum sichtbare, kleine Öffnung. An der Unterseite des bauchigen Medaillons ragte eine Art winziger Stift gerade einmal einen halben Millimeter heraus. Durch eine Öse am Kopfende der Brosche war ein langes Band gezogen.

»Man kann es sich umhängen.« Altmann leckte seine Lippen.

Der Psychologe nahm einen leicht stechenden Geruch wahr. Das Schmuckstück baumelte jetzt am Hals seines Patienten.

»Wollen Sie es sich ansehen? Es ist ein Familienerbstück meiner Großmutter.«

Der Psychologe schob sich neugierig an sein Gegenüber heran.

Altmann hatte die Nachricht längst verstanden, wusste, für wen dieses Kürzel stand. Er streckte dem Psychologen die Brosche sehr dicht entgegen, drückte dabei vorsichtig und für Roth unsichtbar mit dem Daumen auf den winzigen Stift. Sofort schoss, wie aus einer Sprayflasche, ein scharf riechendes Gas aus dem Schmuck.

Dr. Roth schrie kurz auf, presste seine Hände an die Augen, rasend vor ätzendem Schmerz. Mit seiner Linken presste Altmann den Mund Dr. Roths auseinander und drückte das Schmuckstück tief in den Hals seines Therapeuten. Zwei, drei Mal drückte der Häftling mitleidlos auf den Stift. Erst als sein Therapeut bewusstlos zu Boden sank, hielt er inne.

19

Rasch streifte er die Gefängnisuniform ab, entkleidete den Psychologen und stieg in dessen etwas zu weite Hose, Hemd, Jackett und Schuhe. Er griff in die Innentasche des Jacketts und beförderte eine kleine, flache Pistole zu Tage. Er grinste kalt. Altmann lud das unverhoffte Geschenk durch und entsicherte die Waffe. Er griff nach den Schlüsseln auf dem Tisch und öffnete vorsichtig die Zellentür.

Zwischen der Ankunft des Therapeuten und seiner Betäubung war etwas mehr als eine halbe Stunde vergangen. In dieser Zeit hatte sich vor den Gefängnistoren etwas zunächst nicht weiter Ungewöhnliches ereignet: Einmal monatlich untersuchte eine Baufirma aus der benachbarten Ortschaft den Zustand der Fluchtmauer, der Wachtürme und des Daches des Gefängnisbaus. Normalerweise entlieh die Firma dazu einen Kranwagen von der Freiwilligen Feuerwehr des Örtchens. Statt ihrer hatte eine Fremdfirma, ausgestattet mit einem offiziellen Schreiben, kurzerhand einen Kranwagen zur Verfügung gestellt und war mit einem vierachsigen Ungetüm angerückt, dessen Ausleger sehr weit in den Gefängnishof hineinreichte. *Schornsteinarbeiten auf dem Dach des Zentralgebäudes*, hieß es auf dem Auftragsblatt, das der Gefängnisleitung zugegangen war. *Genehmigt*, stand auf dem offiziellen Antwortschreiben an die Firma.

Aus Sicherheitsgründen durften die Handwerker nicht zu Fuß durch die normalen Eingänge in die Vollzugsanstalt kommen. Zu groß sei die Gefahr, hieß es seitens der Gefängnisleitung, dass durch Bestechung von Beamten Waffen hineingeschmuggelt würden. Für sämtliche Arbeiten, die nicht von hoch oben und von den Kranauslegern aus zu tun waren, beschäftigte das Gefängnis eigenes Personal.

Der Zuweg zum Gefängnishof war so lang und gerade wie von

einem Lineal vermessen. Die Wachen sahen mit einer Mischung aus Respekt und Langeweile auf den *Liebherr*-Kran, auf dessen rote Seitenflanken das Wort »Mammoet« mit weißer Farbe gepinselt war. Während einer der Arbeiter in der Fahrerkabine saß, hantierte ein untersetzter, kräftig gebauter Mann an den Hebeln des Krans. Aus seinem Mund kam weißer Atemdampf. Nach und nach schob sich der Kranausleger über die Mauern in den Innenhof, währenddessen vier Männer vorsichtig hintereinander an die Spitze des Auslegers balancierten. Über ihren Schultern trugen sie riesige, blaue Werkzeugtaschen.

Der Motor des Kranwagens machte einen Höllenlärm. Jetzt befand sich der Ausleger bereits drei Meter über den Gefängnismauern. Die vier Männer blickten von etwa zehn Metern Höhe auf das Geschehen. Sie schwebten nun über den Besucherbaracken, vor denen ein Kinderspielplatz angelegt war. Jetzt kam ein kleiner, dicker Junge aus dem Besucherraum gerannt und zerrte an einer der schmutzigen Wippen, die im Betonboden arretiert waren. Durch ein geöffnetes Fenster der Besucherräume waren Betten zu sehen, die für genehmigte Liebesspiele zwischen Ehefrauen und ihren inhaftierten Männern an die Wände geschraubt waren.

Während sich der Kranausleger stetig weiter zur Kuppel des Zentralbaus vorarbeitete, war im Inneren des Gefängnisses Klaus Altmann wie selbstverständlich mit ruhigen Schritten den etwa dreißig Meter langen Zellengang bis zum Ende gegangen. Dabei hatte er sich vorsichtshalber dicht an der linken Wand des Zellenflurs gehalten. Hoch oben an der ersten Sicherheitsschleuse filmte eine Kamera den Zellentrakt ab. Sie lieferte zwar scharfe Bilder, aber nur in Schwarzweiß. Noch taugte der Anzug des Psychologen als perfekte Tarnung. Niemand hielt Klaus Altmann auf.

Mit dem Pistolenknauf klopfte er mehrmals gegen die Eisenstreben der Schleuse. Dabei drehte er sein Gesicht so weit wie möglich zur Seite. Die Kamera filmte nun seinen Hinterkopf und den Anzug.

Schlüssel drangen laut klirrend in das Schloss. Als sich die Tür öffnete, sprang er mit erhobener Waffe auf den Schließer zu. Völlig perplex zögerte dieser eine Sekunde zu lang. Altmann rammte ihm mit aller Kraft den rechten Ellenbogen in die Magengrube. Von der Wucht überrascht, kippte der Wärter zur Seite und schlug mit dem Kopf hart auf den Boden. Altmann sprühte ihm drei Stöße Gas in den Hals und ließ ihn liegen, wo er war.

Hinter der Schleuse sah der Häftling bereits den mit Licht durchfluteten Ausgang des Flügels, in dem er so viele Jahre eingesperrt gewesen war. Mit ausgestrecktem Arm und entsicherter Waffe sprintete er auf den Ausgang zu.

Alarmsirenen begannen zu heulen. Aus seitlichen Gängen stürmten Wachmänner auf ihn zu.

»Bleibt, wo ihr seid!«, schrie Altmann. Er gab einen Warnschuss ab, der augenblicklich Wirkung zeigte. Der Häftling sah, wie sich breite Türen aus Eisenstäben langsam vor die Tür zum Innenhof des Traktes schoben. Er bewegte sich nun nur noch seitlich vorwärts, immer die Wachen vor und hinter sich im Blick. Als sich eine von ihnen bewegte, schoss Altmann erneut. Die Kugel pfiff durch den Gang und schlug in irgendeiner Wand ein. Mit einem Sprung war er in einer Art Glaskabine, in der ein Wärter die eiserne Sicherheitstür betätigte. Altmann hielt ihm die Pistole an die Schläfe. »Aufmachen, aber schnell!«

Ängstlich sah der Mann zu ihm auf, blickte dann aber schnell wieder auf eine Konsole mit roten Knöpfen.

»Wird's bald!«

Der Wärter parierte. Die Stahltür fuhr zurück.

Altmann wartete kurz ab und schoss dem Mann dann ins Bein. Der kippte jammernd vom Stuhl.

Der Ausbrecher sicherte sich nach vorn ab, hielt die Waffe dabei genau vor seinen Kopf und schritt rückwärts auf die Außentür zu. Er hatte die fünf verbliebenen Wärter genau im Visier.

»Machen Sie keinen Scheiß«, rief einer von ihnen. »Sie werden hier drin verfaulen, wenn wir Sie kriegen.« Doch niemand rührte sich, niemand wagte einen Zugriff.

Altmann drückte die Stahlklinke auf und schlüpfte behände ins Freie.

Der Kopf des Kranauslegers war genau über ihm. Er blickte hinauf, dicht an die Mauer des Zentralgebäudes gepresst. Er sah vier Männer, Maschinenpistolen in der Hand. Ihre leeren Werkzeugtaschen flatterten lose über ihre Rücken. Einer der Kranarbeiter winkte ihm zu. Die anderen drei hielten ihre Waffen auf drei der Wachtürme gerichtet. Die übrigen fünf Türme befanden sich im toten Winkel des kuppelartigen Zentralbaus. Langsam senkte sich der Kranausleger.

Die Wärter des betroffenen Zellentrakts stürmten auf den Ausgang zu. Dem Kranausleger blieben nur noch wenige Zentimeter, bis Klaus Altmann nach den Stahlrippen greifen konnte. Der erste Wärter schoss. Die Kugel prallte an dem Ausleger ab. Klaus Altmann zog sich hinauf und legte sich flach auf den Bauch. Altmanns Befreier eröffneten das Feuer, die Wachen wichen panisch zurück. Aus zwei der Maschinenpistolen kamen Rauchgasgeschosse, die nacheinander in den Türmen und auf dem Platz vor dem Zentralgebäude einschlugen und das gesamte Terrain blitzschnell einnebelten. Aufgrund der Windstille und der Kälte blieben die giftigen Schwaden träge im Innenhof hängen.

Die Männer auf dem Kran zogen sich blitzschnell Atemmasken über. Erneut schossen die Wachen wild um sich. Doch sie trafen keinen ihrer Gegner, die mit kühnen Sprüngen von der Rampe des Auslegers in die Steuerkabine flüchteten.

Kaum ruckte der vierachsige *Liebherr*-Kran schwerfällig an, waren aus der Ferne die Sirenen der Polizei zu hören. Sie schwollen an, kamen näher und näher. Der schwere Lastwagen nahm Fahrt auf, zerwühlte den Lineal-geraden Zuweg, und walzte auf der Flucht jedes Hindernis nieder. Schnell erreichte der Kran den belebten Ort. Ohne Rücksicht auf den fließenden Verkehr überfuhr der Koloss Kreuzungen, überrollte Müllbehälter, Fahrräder und Verkehrsinseln für Fußgänger.

Kurz hinter dem Ortsausgang klingelte das Handy des Fahrers. Hektisch sprach der Mann ein paar kurze Worte hinein, behielt dabei aber ständig seinen Rückspiegel im Blick. Dann wandte er sich an Klaus Altmann, der sich nur mühsam in seinem Sitz aufrecht hielt. »Du wirst gleich aussteigen. Und zwar am besten dort vorn.« Der Fahrer zeigte auf eine scharfe Kurve, hinter der sich ein Weizenfeld erstreckte. Sie war etwa achthundert Meter entfernt. »Dort wartet ein Mercedes-Kombi auf dich. Wir fahren jetzt ein Manöver, um die Bullen auf Distanz zu halten.«

Das riesige Ungetüm scherte weit nach rechts aus und fegte dabei einen stattlichen, hölzernen Gartenzaun hinweg, dessen Trümmer durch den Vorgarten schossen und an den Wänden des protzigen Einfamilienhauses zersplitterten. Als der Fahrer scharf nach links zurücklenkte, um einen zum Überholen ansetzenden Polizeiwagen abzudrängen, neigte sich der Kranwagen zur Seite und schien ein paar Sekunden lang nur auf einer Reifenseite zu fahren. Mit einem dumpfen Bollern legte er sich kurz danach wieder in seine Spur. Sie näherten sich der Kurve.

»Festhalten«, rief der Fahrer und trat abrupt auf die Bremse. Während die Räder blockierten und der Truck für den Fahrer kaum noch zu halten war, bewahrte die Enge des Steuerhauses die flüchtenden Männer vor schlimmeren Verletzungen. Die ersten drei von dem Manöver überraschten Polizeiwagen krachten in das Heck des hohen Kranwagens und schleuderten von der Straße. Einer der Wagen beendete seinen Schlingerkurs frontal an einem Baum.

Der Fahrer des Kranwagens gab wieder kräftig Gas und nutzte den Vorteil des entstandenen Vorsprungs. Unsichtbar für die sich berappelnden Verfolger sprang Klaus Altmann am Ausgang der scharfen Kurve aus dem Steuerhaus und wechselte in den Mercedes, der mit aufjaulendem Motor einen Satz nach vorn machte und im Schatten des Kranwagens auf der Landstraße davoneilte. Der riesige Truck nahm währenddessen erneut Fahrt auf, stieß schwarze Dieselqualmwolken dabei aus und stürmte, dicht gefolgt von einem Tross beuliger und zerschrammter Streifenwagen, eine bucklige Asphaltstraße voran. Die Polizisten klebten an dem Koloss wie Jagdhunde an einem Bären. Den Männern in dem Fluchtfahrzeug schwante ein ungutes Ende.

»Sie werden uns so lange jagen, bis uns der Diesel ausgeht«, sagte einer mit düsterem Blick. Seine Worte gingen fast im Lärm des Motors unter.

»Für uns gibt es keinen Plan B«, stimmte ihm ein anderer zu.

Der Fahrer des Trucks gab sich gleichmütig. »Seht ihr den Wald dort vorn? Da kommen wir mit unserem Panzer durch, und die Bullen bleiben hängen. Wir springen raus und schlagen uns zu Fuß durch.«

Die Männer blickten sich an. Sie machten nicht den Eindruck, als glaubten sie an die Worte ihres Kameraden. Das durchdringende Geheul der Signalhörner drang bereits bis in das laute Steuerhaus durch.

20

Währenddessen in Schwerin, Landeskriminalamt

Der Ausbruch Klaus Altmanns lag jetzt eine Viertelstunde zurück, und die wilde Verfolgungsjagd dauerte noch immer an. Inzwischen waren auch Kollegen des Landeskriminalamts informiert worden, die ihrerseits mit Hektik reagierten. Ein sportlich wirkender Mann balancierte den Telefonhörer zwischen Ohr und Schulter. Alexander Klink. Er war als Kommandeur des Schweriner SEK mit als Erster informiert worden. Ein Beamter der Polizei in Bützow war am Apparat, der ihm die dürftigen Informationen eines überforderten Streifenpolizisten zutrug.

Klinks Stimme schnappte über. »Wie bitte? Ein abgehalfterter Häftling spaziert über eine Kranleiter aus einem Hochsicherheitsknast? Sind Sie verrückt, Mann? Was haben wir denn da für Nieten vor Ort?« Der Beamte Klink gab seinem Papierkorb einen Tritt. Papiere wehten über den Boden, der Blecheimer trug eine Beule davon. »Sind denn die Zufahrtsstraßen abgesperrt? Gepanzerte Posten aufgestellt? Hubschrauber in der Luft? Was habt ihr unternommen?« Sein Gesicht war feuerrot, der Adrenalinspiegel bedenklich hoch. Er presste den Oberkörper an den Schreibtisch, die rechte Hand hielt die Computermaus umklammert. Mit einem kurzen Ruck riss er das Gerät über das Gummipad, rammte den kleinen Pfeil auf den Button einer Nachrichten-Onlineseite und rechnete längst damit, dass Journalisten vor Ort mal wieder mehr wussten als er selbst.

Der Mann aus Bützow reagierte gelassen. Es war nicht das erste Mal, dass Schwerin glaubte, die Provinz sei unfähig, eine gefährliche Lage selbst in den Griff zu bekommen. Und seit das LKA sich wie eine Art Geheimdienstbehörde aufführte, war es auch immer öfter so: Sie hielten Informationen zurück und überließen die stupide und wenig abwechslungsreiche Kärrnerarbeit den Polizeiposten vor Ort.

»Klaus Altmann war sehr gut vorbereitet«, hörte Klink aus dem Hörer. »Der Ausbruch war perfekt organisiert, und so ein *Liebherr* hat ziemlich viel Power ...«

Klink unterbrach den Mann prompt. »Höre ich da so etwas wie Respekt vor den Tätern heraus?«, fragte er zornig.

»Nicht vor den Tätern«, antwortete der Beamte, »nur vor der Tat. Die Sache mit dem Kran war schon ein Coup. Sechs Männer hielten viermal so viele Wachleute in Schach. Ich werde das Gefühl nicht los, dass hier etwas nicht stimmt. Vielleicht hatten die Täter in der Justizvollzugsanstalt Helfer? Informanten? Es ist unvorstellbar, dass am helllichten Tag ein Kran einen Mörder aus einem Hochsicherheitsgefängnis hieven kann.«

»Sie sind ein Dummkopf«, schnauzte Klink. »Die haben was aus dem Hut gezaubert, womit niemand gerechnet hat. Kein Wunder, dass sie erfolgreich waren. Aber die Flucht, die hätte verhindert werden können. Warum haben die Polizeibeamten vor Ort so kläglich versagt?«

»Die Täter benutzen den Kran wie einen Panzer. Walzen momentan alles nieder, was sich ihnen in den Weg stellt. Ich glaube, die Polizisten haben ganz einfach nur Angst um ihr Leben.«

»Und nun? Wo ist dieser Scheißkerl von Nazi jetzt?«

»Sitzt auch in diesem Kranwagen. Bewegt sich Richtung Westen.«

»Bleiben Sie an ihm dran. Wir werden von hier aus weitere Maßnahmen veranlassen. Ende.« Der LKA-Mann griff nach seinem Tischtelefon und tippte eine Nummer ein. Kurz darauf nahm Maria Baumann in seinem Vorzimmer den Hörer ab. Sie war nicht nur Klinks Vertraute, sondern auch gleichzeitig seine Assistentin. »Maria, stöpseln Sie mir eine sichere Leitung zum Innenminister. Es eilt. Unsere Jungs müssen einen Ausbrecher aufhalten.« Er lauschte angestrengt in den Hörer. Bald darauf hörte er eine Stimme.

»Moin!«, knurrte Klink. »Haben Sie von der Scheiße in Bützow gehört?«

Der Innenminister gab sich ahnungslos.

Klink berichtete ihm kurz und knapp von den Vorgängen und schlug dann vor: »Lösen Sie Sicherheitsstufe 2 aus. Wir brauchen Zugriffe auf jede Datenbank. Und wir müssen Leute reaktivieren, die bis heute schlafen durften. Unsere Jungs müssen an die Luft. Die Sache stinkt.«

»Von mir aus haben Sie grünes Licht«, sagte der Innenminister nach einem kurzen Moment. »Ich werde allerdings die Ministerpräsidentin davon unterrichten.«

»Tun Sie das«, brummte Klink und trennte die Leitung. Er wuchtete sich aus seinem Bürostuhl hin zu einem Schrank, den er zunächst etwas umständlich öffnen musste, weil er gut gesichert war. Der Stahlspind enthielt die martialische Ausrüstung eines SEK-Beamten mit dem Marschbefehl zum Einsatz. Klink war nach wenigen Minuten eingekleidet wie die X-Men bei einem Kampf gegen böse Mutanten.

21

Das schwere Fluchtfahrzeug fuhr indes einen Zickzack-Kurs, um seine Verfolger auf Distanz zu halten. An einer Kreuzung missachtete der Kranwagen ein Stoppschild und schob mit Wucht zwei Autos von der Fahrbahn, die nicht mehr rechtzeitig bremsen konnten. Nach weiteren zweihundert Metern versperrte ihm eine eilends errichtete Polizeibarrikade den Weg. Fünf BMW-Streifenwagen und zwei gepanzerte Polizeiwannen standen quer zur Straße. Die Beamten waren ihnen vorsichtshalber entstiegen, hielten ihre Pistolen schussbereit von sich gestreckt. Über ihnen schwebte inzwischen ein Hubschrauber der Fliegerstaffel der Bundespolizei.

Bis auf den Fahrer duckten sich die Terroristen tief in die Sitze. Als die Beamten das Feuer eröffneten, war der Truck etwa hundert Meter von der Absperrung entfernt. Der Fahrer drückte das Gaspedal so lange durch, bis der Vierachser mit gut achtzig Stundenkilometern auf das Hindernis zudonnerte. Mit einer ungeheuren Energie rammte das Fluchtgefährt die Polizeiwagen und warf sie wie Spielzeuge von der Straße. Zwei der Wagen wurden in die Luft gehoben, überschlugen sich und prallten beim Absturz aufeinander. Ausfließendes Benzin entzündete sich, und die Rinnsale setzten die Autos in Brand.

In etwa zwei Kilometern Entfernung begrenzte ein dichter Fichtenwald auf beiden Seiten die Straße. Die Männer blickten angestrengt durch die zersplitterte Frontscheibe. Nicht nur ihre Gesichter waren von den Strapazen der Flucht gezeichnet, blutende Hände und Schürfwunden am Hals und Kopf zeugten von der wilden Verfolgung.

»Dort springen wir raus!«, brüllte der Fahrer.

Zu diesem Zeitpunkt war Klaus Altmann bereits auf dem Weg in sein neues Versteck. Sein Helfer, ein Mann mit fleischigem Gesicht und dichtem dunklen Haar, hielt das Lenkrad nervös umklammert. Niemand folgte ihnen. Der Ablenkungscoup hatte funktioniert.

»Wie heißt du?«, fragte Klaus Altmann.

»Jonas«, erwiderte der andere.

»Und wohin geht die Reise?«

»Auf die Insel. Da bist du erst mal sicher. Ich habe dir die Adresse auf ein Streichholzbriefchen geschrieben. Wie es dann weitergeht, sagen dir Verbindungsleute vor Ort.«

Klaus Altmann schwieg. Er wusste genau, wohin ihn diese Flucht führen würde. Die Befreiungsaktion hatte ihn deshalb nicht sonderlich überrascht. In einem der zahlreichen Briefe, die ihn in den vergangenen Wochen von seinem letzten Gutachter erreicht hatten, war in verschlüsselter Form von Flucht und Befreiung die Rede gewesen. Und als er das Kürzel Ninas auf dem angeblichen Erbstück seiner Großmutter entdeckte, da war ihm klar, dass die Aktion begonnen hatte.

»Du hast professionell reagiert, als wir dich da rausgeholt haben«, bemerkte Jonas.

»Ich habe als aktiver Staatsgegner gelernt, auf bestimmte Codes und Zeichen zu achten«, antwortete Altmann in eitlem Ton. »Und offensichtlich hat mich dieses Wissen nicht verlassen.«

»Aber du hast lange im Knast gesessen«, erwiderte der andere. »Hätte ja sein können, dass du aus der Übung bist. Aber du scheinst körperlich fit zu sein.« Jonas drehte grinsend seinen Kopf zu Klaus Altmann.

Der blickte starr geradeaus. Sie passierten die Ortschaft Göllin, die rechts von ihnen lag. Die Straßen waren kurvig, die Luft trüb und feucht, Felder leuchteten in einem satten Gelb.

»Wenn du weißt, dass du für immer weggeschlossen sein wirst, dann bleiben dir nur zwei Möglichkeiten: Entweder du gibst dich auf und vermoderst äußerlich wie innerlich, oder du träumst von einem Neuanfang wie diesem hier und arbeitest und feilst an dir wie ein Bildhauer an seinem Werk. Ich habe immer an Letzteres geglaubt.« Altmann wischte sich mit seinem rechten Handrücken über die Lippen.

»Woher konntest du wissen, dass dich irgendwann jemand aus dem Knast rausholt?«, fragte sein Fahrer.

»Ich habe in meinem Leben nur zwei Sorten von Menschen kennengelernt. Den Judas, der dich verrät, und den Freund, der zu dir hält. Leider hat der Freund etwas länger auf sich warten lassen, als ich mir erhofft hatte.« Altmann strich mit seinen Fingerspitzen über das abgerissene Leder des Wagens.

»Und wie fühlt es sich an, wieder frei zu sein?«, fragte der Fahrer. Auf seiner Stirn spiegelten sich feine Tröpfchen von Schweiß. Vor ihnen lag Neukloster. Von hier aus würden sie auf die A20 auffahren.

»Grandios.« Mehr sagte Klaus Altmann nicht.

Der Mercedes fuhr jetzt eine Schleife und bog nach rechts ab. Die Autobahn war als schmales graues Band bereits am Horizont zu sehen.

»Wir stoppen am ersten Parkplatz auf der Autobahn. Von dort wird dich ein hellgrüner Lieferwagen mitnehmen«, sagte Jonas. »Du öffnest die rechte Schiebetür, steigst ein, sagst aber kein Wort. Die Sicht des Fahrers zu dir ist versperrt. Es gibt keine Seitenfenster. Wir hielten das für die sicherste Lösung.«

»Wo setzt er mich ab?«, fragte Altmann zum Schein.

»Auf der Insel. Mehr musst du erst einmal nicht wissen.«

Auf weitere Nachfragen Klaus Altmanns hüllte sich Jonas in Schweigen und verwies auf die Anweisung eines Mannes, den der entflohene Neonazi bereits sehr gut kannte. Doch davon wusste Jonas nichts.

22

Der Kranwagen, der die Flucht Altmanns ermöglicht hatte, hatte jetzt die ersten Ausläufer des großflächigen Waldstücks erreicht. Im Waldinneren standen die Bäume dicht an dicht. Der Fahrer des *Liebherr* hielt verzweifelt nach einer Lichtung Ausschau. Die Teerstraße war jetzt breit genug, und die Polizeiwagen schlossen immer weiter auf. Einige waren nun sogar an der linken Seite des überbreiten Fahrzeugs angekommen. Drei gezielte Schüsse reichten, damit zwei der acht Reifen des gewaltigen Trucks zerfetzt wurden. Der *Liebherr* begann, sich stark zur Seite zu neigen. Der Fahrer kurbelte wild am Lenkrad – dann verlor er die Kontrolle über das schwere Gefährt. Zwanzig Tonnen Stahl kippten auf eine Lichtung von der Größe eines Tennisplatzes. Als seien mehrere Minen gleichzeitig gezündet worden, stoben Tonnen von Waldboden, Laub, trockener Zweige und nassen Humus in die Höhe. Junge Bäume, Bodensträucher und Geäst schleifte der Koloss mit sich, als seien es Streichhölzer. Das Fahrzeug riss eine mehr als zwanzig Meter breite Schneise und schoss über die Lichtung in den dichter werdenden Wald hinein. Der Ausleger brach aus seiner Verankerung und durchschlug eine Armee von Stämmen. Kräftige Wurzeln zerfetzten erst den einen, dann den anderen Blechbehälter der Doppeltanks. Hunderte Liter Diesel verölten den fruchtbaren Waldboden zu einem giftigen Schlamm. Erst die Standfestigkeit eines stattlichen Ahorns setzte der zerstörerischen Rutschpartie des stählernen Kolosses ein Ende, und mit einem letzten infernalischen Krachen verstummten der dröhnende Motorenlärm und die splitternden Geräusche fallender Bäume.

Aus der Ferne heulten Polizeisirenen heran, und das heisere Brummen von Hubschraubern war zu hören. In einem Helikopter hielt Alexander Klink ein Fernglas in der Hand, trug einen Helm mit Mikrofon auf dem Kopf und überstrich mit dem Okular immer wieder das riesige Waldgebiet. Noch hatten sie das Gebiet des gewaltigen Crashs nicht erreicht. Klink bedrängte den Piloten, tiefer zu fliegen. Er wusste, wenn er die Flucht von Altmann beenden wollte, dann musste er demnächst aussteigen. Doch ohne einen ersten Sichtkontakt war ein Ausstieg sinnlos.

Zwei Minuten später waren die ersten Streifenwagen-Besatzungen am Ort des zerstörten Krans. Fünf der sechs Flüchtigen lagen, von den Streben, Scheiben und Armaturen zerquetscht, in der Fahrerkabine. Der Anblick der toten Männer verschlug den Polizisten kurz die Sprache und hemmte schnelle Entscheidungen.

»Scheiße«, fluchte einer der Beamten, »Altmann ist nicht unter den Opfern.«

Als Klink der Lichtung und der rauchenden Trümmer ansichtig wurde, dirigierte er den Polizeihubschrauber in die Tiefe. Kaum gelandet, eilte der LKA-Beamte zu dem völlig zerstörten Fahrzeug. Erst kurz vor dem Wrack verlangsamte er seine Schritte. Beim Anblick der blutigen Leiber der Männer verkrampfte sich sein Magen.

»Ist Altmann unter ihnen?«, fragte er hastig.

»Nein«, bekam er knapp zur Antwort.

»Verdammt!«, murmelte er nervös, fing sich aber schnell wieder und streifte Gummihandschuhe über seine Hände. Er durchsuchte vorsichtig die Jackentaschen der Toten nach verwertbaren Informationen. Plötzlich bemerkte er die Regungen eines Mannes. Das Lenkrad hatte sich tief in dessen Unterbauch gebohrt. Obwohl er schwerverletzt schien, waren seine Augen geöffnet, und er flüsterte irgendetwas. Klink beugte sich tief hinunter, bis sein Ohr fast den Mund des Verletzten berührte.

Kurzentschlossen griff er nach der Hand des Mannes. Sie fühlte sich kalt an. Nach einem kurzen Moment nahmen zwei Finger Kontakt mit seiner Hand auf.

»Was wollen Sie mir sagen?«, fragte Klink eindringlich.

Der Mann stöhnte leise. Delirierte er bereits? Der SEK-Kommandeur war unsicher. Er versuchte es mit einer konkreten Frage.

»In wessen Auftrag habt ihr Klaus Altmann rausgeholt?«

Wieder erhielt er als Antwort nur ein Stöhnen.

»Na los, sag es mir!«, drängte er. Der Schwerverletzte, ein Mann von Anfang dreißig mit pechschwarzem Haar und kurzgeschnittenem Oberlippenbart, starrte ihn mit glasigen Augen an. Dann legte er sich die freie Hand auf den Bauch. Blut begann, ihm aus Mund und Nase zu rinnen. Klink wusste, dass es zu Ende ging.

»Stirb nicht in Schuld«, versuchte es Klink erneut. »Du hast nichts mehr zu verlieren.«

Und dann, endlich, erhielt er als Antwort ein Flüstern.

»Es war seine Idee.«

»Wessen Idee?«, fragte er schnell. Er wusste, dass jetzt keine Zeit mehr für detaillierte Fragen blieb. »Wo finde ich Klaus Altmann?«, bohrte der Kommandeur weiter. »Nur einen Anhaltspunkt, bitte.« Er umschloss jetzt noch kräftiger die Hand des Mannes. Dessen Finger nahmen erneut Kontakt zu ihm auf. Alexander Klink nahm die Aufgabe an, den Mann in den Tod zu begleiten. Er strich ihm die schweißnassen Haare aus der Stirn. Kurz, aber intensiv flackerten in ihm Erinnerungen an seine Kindheit auf. Als er als Siebenjähriger Zeuge wurde, wie Tiere auf ihrem Dorf mit Bolzenschussgeräten getötet wurden, um deren Fleisch weiterzuverkaufen. Damals wollte er unbedingt die Köpfe der Tiere streicheln und sie bei ihrem letzten Gang trösten.

»Poel«, flüsterte der Sterbende. »Am Meer.«

Ein Zucken ging durch den zerquetschten Körper des Mannes. Sein Mund öffnete sich, und ein knarrendes Geräusch drang aus seiner Kehle. Seine Iris wurde starr, das Augenlicht erlosch. Der Kommandeur entzog dem Toten seine Hand und drückte dessen Lider zu.

Indes hatte die Fahndung nach Klaus Altmann Fahrt aufgenommen. Eine Armada an Polizeikräften durchkämmte die Insel Poel von Ortschaft zu Ortschaft. Eine Aufgabe, die leichter klang, als sie war. Wer die Insel von ihrer Seeseite unbemerkt verlassen wollte, hatte vor allem im Dunkeln gute Chancen auf Erfolg. Poel war vor allem zu ihren Stränden hin dünn bis gar nicht besiedelt. Kilometerlang zogen sich Küstenwälder am Wasser entlang, die teils so dicht waren, dass kaum das Sonnenlicht zwischen den Wildwuchs drang. Doch die Polizei war auf Zack. Sie hatte Boote der Küstenwache zusammengezogen, die einen Ring um die Insel auf dem Meer und dem Boddengewässer bildeten. Und dank ausgeklügelter Radar- und Infrarotüberwachung wäre den Fahndern jedes Lebewesen aufgefallen. Drohnen übernahmen zudem eine Aufklärung des Inselgeschehens aus der Luft, ausgestattet mit hochempfindlicher Kameratechnik. Längst war der Fahndungsaufwand nicht mehr nur Sache des Schweriner Innenministeriums. Die Bundespolizei, das Bundeskriminalamt und Angehörige der Sondereinsatztruppe GSG9 hatten sich in beeindruckender Personenstärke in den Fall eingeschaltet. Die Einsatzkräfte durchkämmten beinahe jeden Winkel der Insel, zogen von Haus zu Haus, von Scheune zu Scheune, von Ferienwohnung zu Ferienwohnung. Eine Polizeiaktion, wie sie die Insel an der Ostsee, romantisch zwischen Wismar und Rostock gelegen, vorher nie erlebt hat und mutmaßlich nie wieder erleben wird.

Doch sie waren nicht gründlich genug. Und so war, trotz des immensen Aufwands, der Einsatz der Sicherheitskräfte nicht von Erfolg gekrönt. Von Klaus Altmann fehlte jede Spur. Es schien, als habe er sich in der klaren Ostseeluft einfach aufgelöst …

Eva Lindenthal schwirrte der Kopf. Einerseits war es beeindruckend, mit welcher Akribie die Staatsanwaltschaft das Geschehen rekonstruiert und die rasante Flucht dokumentiert hatte. Andererseits wurde ihr bei dem Gedanken übel, dass ein Verbrecher dieses Kalibers noch immer draußen frei herumlief, während die Suchmannschaften schon längst aufgegeben hatten.

Es war später Abend. Sie beschloss, mit ihrem Freund Paul essen und etwas trinken zu gehen. Sie musste ihn nur aus ihrer Wohnung locken. Und sie fasste den Beschluss, dass sie es sein würde, die Altmann so lange jagte, bis sie ihn aufgespürt hatte. Auch wenn er vielleicht nichts mit den beiden Polizistenmorden zu tun hatte, so war er doch ihrer Meinung nach ein Kandidat, der für immer hinter Gitter landen musste.

Teil II

1

Schwerin, heute, Montag

Eva Lindenthal war noch im Tiefschlaf, als ihr Mobiltelefon mit einem hässlichen Fiepen ihre nächtliche Ruhe zerriss. Die Kommissarin der Abteilung für Gewaltverbrechen hatte für Notfallanrufe aus der Polizeiinspektion einen Klingelton gewählt, der auch todmüde Ermittler aus dem Bett katapultierte.

»Wo brennt's«, fragte sie mit noch sehr verschlafener Stimme. Ihr lockig, dunkles Haar war vom Kissen zusammengedrückt worden.

»Timmermann«, hallte es kernig in ihre Leitung.

»Na, Chef?« Sie warf einen Blick auf ihren Wecker. »Was gibt's denn so früh am Morgen?«

Es war kurz nach fünf Uhr. Der Tod Leon Schachts lag jetzt auf den Tag drei Wochen zurück.

»In dreißig Minuten bei mir im Büro«, schnappte er etwas unwirsch zurück. »Es gibt Neuigkeiten.«

Die Kommissarin warf sich in ihre Kleidung und klingelte ihrerseits ihre Assistentin Laura aus dem Bett. Sie machte aus ihren lockigen Haaren einen strengen Zopf und verwarf – eher unwillig – den Plan eines kleinen Frühstücks unterwegs. Die Kommissarin verließ schnell das Haus, noch immer schlaftrunken, mufflig und ohne Empathie.

Im Kommissariat angekommen, schlenderte sie allerdings mit ruhigen Schritten den Gang der Abteilung entlang, klopfte an die Tür ihres Chefs und wartete entspannt.

»Kommen Sie rein!«, erscholl es aus Timmermanns Reich. Ihr Magen reagierte mit einem leichten Knurren. Es war 5.45 Uhr.

Timmermann wies auf einen schweren Sessel, der links neben seinem Schreibtisch stand. Vor seinem Fenster zogen düster gefärbte Wolken auf. Es war ein verregneter Frühling. Beide begrüßten sich knapp.

Timmermanns Büro entsprach nicht den üblichen Vorstellungen von einem Arbeitsraum. Die Mischung aus Bibliothek, Museum und neuester Informationstechnologie erzählte Geschichten. Drei von vier Wänden des geräumigen Raumes waren von Regalen zugestellt, die vom Fußboden bis an die Decke reichten. In ihnen stapelten sich Bücher über Forensik, Profilanalysen, Observationstaktiken und Abhandlungen über Vernehmungsmethoden und zur Spurenanalyse. Dazwischen hatte Timmermann Kästen mit alten Revolvern, Messern und Spezialwerkzeugen gestellt, die die Fachbereiche voneinander trennten. Wie Fremdkörper wirkten dagegen die vier Kunstdrucke des Impressionisten und Symbolisten Paul Gauguin. Sie zeigten allesamt spärlich bekleidete Frauen in der Karibik. Der weit ausladende Schreibtisch protzte ungeniert mit seinem Preis, der Chefsessel nicht minder. Ein Touchscreen war auf der Tischoberfläche eingelassen, mit dem Timmermann per Fingerdruck nicht nur Verbindungen ins Internet herstellte, sondern sich auch mit Behörden anderer europäischer Länder verband. Die Jalousien vor den Fenstern hingen auf halber Höhe. Die Kommissarin befand den Raum als zu dämmrig, sagte aber nichts.

Sie starrte auf einen Teller mit Schokoladenkeksen.

»Setzen Sie sich«, sagte Timmermann mit belegter Stimme. Er erschien der Kommissarin nervöser als sonst, war blass im Gesicht und seine Bewegungen waren fahrig.

»Darf ich?«, fragte sie und wies mit den Augen auf das Gebäck. Er machte eine einladende Handbewegung.

»Was gibt es Neues?«, fragte er dann hastig. »Der Innenminister macht erheblichen Druck. Das ist bei zwei Polizistenmorden auch nicht weiter verwunderlich. Und dann noch die Misserfolge der letzten Monate beim Aufspüren von Altmann ...«

»Womit wir beim Thema wären«, unterbrach ihn die Kommissarin ruhig. »Unsere Recherchen ergaben Hinweise in sehr verschiedene Richtungen. Wenn tatsächlich noch immer Theo Sander, unser Petermännchenmörder, das Zentrum all jener Vorkommnisse der letzten Tage bildet, dann ergibt sich ein äußerst heterogenes Bild: hier dessen Fähigkeiten als Chemielaborant zur Herstellung von Giften; dort seine Faszination für satanische Gruppen und deren körperliche und geistige Rituale. Jedoch gibt es keinerlei Hinweise, dass Sander der Neonaziszene angehörte. Wir wissen, dass der flüchtige Terrorist Altmann der Halbbruder von Keller war. Obwohl bislang über die Mordserie nichts an die Öffentlichkeit gelangte, prahlte er damit, die Toten zu kennen. Dieses Insiderwissen, seine Mitgliedschaft in der rechtsnationalen Löwenbrigade Nordost und seine Verwandtschaft zu Altmann – der übrigens auch Chemiker war – lassen vermuten, dass alles mit allem zusammenhängt. Nur auf welche Weise, und da gebe ich Ihnen recht, wissen wir nicht. Noch nicht.«

Timmermann hatte ihr aufmerksam zugehört. »Eine der Spuren führt in eine Sackgasse«, gab er sich überzeugt. »Satanismus und Rechtsextremismus wollen sich für mich nicht zu einer gemeinsamen Spur verbinden.«

»Noch nicht«, wandte die Kommissarin ein.

Timmermanns Gesicht hatte sich mehr als verdüstert. Dessen Ausdruck wirkte wie eine schwere Gewitterfront.

»Wollen Sie?« Timmermann zeigte auf eine weiße Kanne aus Porzellan.

Lindenthal bejahte lautlos und trank kurz darauf in kleinen Schlucken Tee.

»Haben Sie schon mal darüber nachgedacht, ob es in unserer Behörde einen Maulwurf gibt?«, fragte Timmermann lauernd.

»Schacht starb zu Hause, der andere Beamte wurde auf dem Nachhauseweg abgefangen, entführt und umgebracht. Der Täter muss Schachts Adresse und das Schichtende von dessen Kollegen gekannt haben.« Er schwieg wieder, zog seine Stirn in Dackelfalten. Schließlich sagte er: »Da muss ein Kollege mit dem *Lornet*-Detektor ran. Das teure Ding spürt garantiert verborgene elektronische Geräte auf.«

»Ja, das kann nicht schaden«, sagte die Kommissarin matt.

Timmermann zögerte keinen Moment lang, griff nach seinem Telefon und erteilte den Befehl nach einem lückenlosen Wanzen-Scan der gesamten Abteilung. Dann wandte er sich wieder Lindenthal zu.

»Und Kielmann ist immer noch nicht aufgetaucht«, sagte sie. »Mysteriöse Sache. Dabei scheint er äußerst lebendig zu sein, trinkt Bier in einem Fußballvereinslokal, macht seine Schwätzchen mit dem Wirt. Und doch fand man seinen Wagen herrenlos am Timmendorfer Strand auf Poel. Wenn der Täter wirklich Zugang zu unseren internen Abläufen und Adressen hat, dann ist Kielmann in großer Gefahr. Er war schließlich neben mir der Hauptakteur bei der misslungenen Ergreifung Theo Sanders.«

»Der Schatten aus dem Ramper Moor«, murmelte Timmermann.

»Ein Schatten, der sogar töten kann«, ergänzte die Kommissarin das Bild.

»Und niemand weiß, wo Kielmann steckt?«, fragte Timmermann ungläubig. »Nicht mal dessen Frau, seine Kinder? Verwandte, Freunde et cetera pp.?«

»Laura hat sie alle befragt, ich Kielmanns Frau. Wie vom Erdboden verschluckt«, sagte die Kommissarin leise.

Timmermann richtete sich so ruckartig auf, als habe ihn etwas durchfahren. »Es gibt einen neuen Monatsbericht der Verfassungsschutzkollegen vom Extremismusreferat.« Er schob seiner Untergebenen ein paar Blätter Papier über den Tisch.

»Können Sie mir das nicht kurz zusammenfassen?«, fragte die Kommissarin stöhnend.

»Weil Sie es sind«, sagte Timmermann eher unwillig. »Bislang gut einzuschätzende Personen innerhalb der militanten Rechten verstärken sich nach Angaben der Analysten durch Personen, die vor allem im europäischen Ausland durch Aufrufe zu Gewalt auffällig wurden. Ein besonders gefährliches Potential sehen die Auswerter im Anteil an Neonazis, die gegen Vertreter des Staates, wie Polizisten, Politiker und Integrationsbeauftragte, in den Städten und Gemeinden nicht nur Stimmung machen, sondern auch direkt zur Gewalt aufrufen …«

»Was halten Sie davon?«, fragte Timmermann und legte seine Stirn erneut in beeindruckende Falten.

Sie griff nach einem weiteren Keks. Er zerbrach in ihrem Mund mit einigem Getöse. »Das Phänomen rechter Rand- und Splittergruppen gab es in Deutschland schon immer«, sagte sie kauend. »Ob Deutsche Volksunion oder Republikaner, die NPD oder lokale Neonazigruppen. Doch mit den Morden der NSU an Türken, den Angriffen auf Migrantenheime und die unverhohlene Hetze der AfD gegen Flüchtlinge schafften es Deutschnationalisten, Rechtsradikale und Neonazis auf die Titelseiten oder in die Hauptnachrichten. Ich habe den Eindruck, dass die rechtsradikalen Bewegungen schon längst nicht mehr nur Ausländer im Visier haben. Das bestätigt ja auch der Verfassungsschutzbericht. Da hat sich eine terroristisch agierende Front gegen das bisher konsensual und politisch gemäßigte, öffentliche Leben gebildet, welche vielleicht auch vor Polizistenmorden nicht haltmachen würde. Das ist so nur noch nicht in der Politik angekommen. Dabei sitzen die geistigen Brandstifter solcherart Angriffe bereits in den Landesparlamenten und im Bundestag.«

»Und nicht nur dort«, murmelte Timmermann mit düsterer Miene. »Auch Beamte sollen mit der AfD sympathisieren.«

Er blickte nachdenklich an die Decke. Eine Fliege umkreiste

die Lampe, als sei sie besoffen. »Das BKA und der Verfassungsschutz sind uns auf den Fersen«, sagte Timmermann leise. »Mich würde es nicht wundern, wenn bald V-Leute in den Fall eingeschleust werden könnten. Sollten die Morde politisch motiviert sein, zieht sich die Generalbundesanwaltschaft den Fall auf den Tisch. Doch bevor das geschieht, erwartet die Bundesstaatsanwaltschaft schlüssige Ermittlungen. Wie Sie wissen, bin ich mit dem Innenminister dicke. Auch wenn Sie das mit Argwohn sehen, es wird uns jetzt nützen. Ich möchte, dass Sie den Fall weiterverfolgen, und werde alles tun, damit Sie nicht ausgebootet werden können.«

Als würde sie geistigen Unrat ihres Vorgesetzten wittern, fragte die Kommissarin scharf: »Was bedeutet das? Dass wir ab sofort von staatlich beschäftigten Spionen umgeben sein werden? Als etwas anderes würde ich Verbindungsleute nicht bezeichnen.«

»Ich weiß es nicht«, sagte Timmermann, und es klang überzeugend. »Das bedeutet, dass Sie den Fall ab sofort zu zweit bearbeiten. Vor der Tür wartet jemand, der sich in der Materie bestens auskennt und das Vertrauen des Innenministers genießt. Sie wollen doch auch nicht, dass die Bundesheinis unsere Abteilung durchsieben und in unserem Städtchen und den netten Dörfern und Inseln wilde Sau spielen? Unser schönes Urlaubsland … Das können wir viel besser. Also darf ich …?«

2

Sie nickte leicht mit dem Kopf. Sie spürte, dass sie keine besseren Karten hatte als er und seinen Vorschlag deshalb nicht rundheraus ablehnen konnte. Dass man ihr aber wahrscheinlich wieder einen Mann an die Seite stellen wollte, das behagte ihr überhaupt nicht. Nicht, dass sie die Kompetenz ihrer männlichen Kollegen in Frage stellte; sie hatte aber in ihrer polizeilichen Laufbahn zu viele testosterongesteuerte Kommissare erlebt, die langsamer denken konnten, als sie den Finger am Abzug einer Waffe hatten. Toni Kielmann war für sie ein gutes Beispiel, den sie nur deshalb ertragen hatte, weil er neben seiner Wildwest-Manier charmant und höflich sein konnte und es auch ab und an zeigte. Ihr Vorgesetzter schritt zur Tür, öffnete sie und winkte mit der Hand in den Flur hinein.

Noch in diesen Gedanken verhaftet, sah sie mit einiger Überraschung auf die Person, die jetzt ihr Büro betrat. Eine Frau mit dunkler Haut und schwarzen Haaren, die sie an den Ohren kurzgeschoren trug. Sie war zierlich und drahtig, wirkte wie Anfang dreißig, trug eine graue Weste und ein schmales Sakko, dazu einen gleichfarbigen Rock, darunter ein rosafarbenes Hemd mit ausgestelltem Kragen und rote Cowboystiefel. Sie wirkte ein wenig maskulin.

»Ich bin Aziza Hammami«, sagte sie und reichte der Kommissarin die Hand. »Ich stamme aus Somalia, bin aber in der Schweiz aufgewachsen und eine Spezialistin für politische Gewaltkriminalität. Ich gehöre keiner Behörde an, also mache ich Ihnen keine Konkurrenz.« Sie schenkte Eva Lindenthal ein breites Lächeln. Ihre Zähne waren so weiß wie Gletschereis.

Eva Lindenthal hatte ihrerseits Azizas Hand fest gedrückt, gab sie jetzt aber frei. »Willkommen im Team, Aziza«, sagte sie freundlich. »Erklären Sie mir kurz, in wessen Auftrag Sie hier arbeiten wollen?«

Timmermann verdrehte die Augen.

Aziza blieb bei ihrem Lächeln. »Die Zürcher Hochschule für Angewandte Wissenschaften betreibt das Institut für Delinquenz und Kriminalprävention. Wir beraten sowohl die deutsche Regierung als auch einzelne Bundesländer. Ich war eine der Mitautorinnen des Berichts über die Entwicklung des politischen Extremismus in Deutschland, Auftraggeber war die Bundesregierung. Und wie ich hörte, haben Sie es möglicherweise aktuell mit einem oder mehreren Straftätern zu tun, welche politische Gewalt gegen Menschenleben ausüben oder ausgeübt haben.«

»Möglicherweise ja«, bestätigte ihr die Kommissarin. »Noch wissen wir zu wenig über die Motivlage.«

»Sehen Sie mich als eine Unterstützerin Ihrer Arbeit, Frau Kommissarin«, sagte Aziza. »Nicht als Besserwisserin. Ich kenne nicht nur rechtsradikale Strukturen, ich weiß auch aufgrund vieler Gespräche, wie solche Täter ticken. Vielleicht kann Ihnen das etwas nützen.«

»Okay«, antwortete Eva Lindenthal freundlich. »Sind Sie eine Spionin im Dienste des BKA oder des Verfassungsschutzes? Forschen Sie uns aus?«

Aziza Hammami sah echt überrascht aus. Timmermann verdrehte erneut die Augen.

»Nein«, sagte Aziza fest, »ich bin Wissenschaftlerin, die ein wenig Kampfsport betreibt und die rechtsnationale Strukturen zerschlagen will.«

»Okay«, sagte die Kommissarin, »willkommen an Bord. Ich bin Eva. Machen wir uns an die Arbeit.« Sie erhob sich und verließ Timmermanns Büro. Aziza im Schlepptau steuerte sie ihr eigenes Büro an. Sie lud Laura ein, herüberzukommen, und bat um Kaffee für ihren Gast.

Aziza trank einen Schluck und lobte dessen Stärke. »Darf ich?«, fragte sie und zeigte auf ihr eng geschnittenes Sakko.

»Nur zu«, antwortete die Kommissarin und lächelte freundlich.

Aziza schlüpfte aus ihrem Jackett und hängte es hinter sich über die Lehne ihres Stuhls. Ihre Oberarme waren sehnig und muskulös, ihre Schultern kräftig ausgeformt. Aziza entgingen die überraschten Blicke der Kommissarin nicht. »Zehn Jahre Training«, sagte sie. »Man weiß nie, wozu es mal gut sein kann, sich selbst verteidigen zu können.«

»Waren Sie schon mal in einer solchen Situation?«, fragte Laura neugierig.

»Ja, aber nur zu Übungszwecken«, sagte Aziza und lachte wieder über beide Ohren.

Die Kommissarin grinste, schaltete dann aber schnell von heiter auf ernst. »Wie denken Sie über die Bereitschaft zur Gewalt, Aziza? Denken Sie, dass es für Verbrechergehirne einen Unterschied macht, warum sie Gewalt ausüben?«

Aziza überlegte einen Moment lang. »Nein, es mag Unterschiede in den Motiven geben. Aber letztendlich ist die Bereitschaft zur Gewalt eine universelle Bereitschaft.«

Eva Lindenthal schmunzelte. Laura hielt sich zurück.

»Wir haben uns in den vielen Seminaren des Studiums die Köpfe darüber heißgeredet«, erwiderte Lindenthal. »Es gibt eine Vielzahl von Theorien über angebliche Verbrecherhirne.«

»Aber diese Theorien taugen doch dazu, immer wieder grundsätzliche Fragen zu stellen, oder?«, entgegnete Aziza.

»Wenn man sie überhaupt noch stellt«, sagte die Kommissarin. »Die Routine neigt dazu, Fragen zu ersticken. Aber ja: Was bringt Menschen dazu, entsetzliche Verbrechen zu begehen? Folgen sie ihrem freien Willen, oder treibt etwas krankhaft Böses in ihnen sie zur Tat? Und könnte man das Böse sehen? Ließe sich das Geheimnis des Verbrechens auf diese Weise lüften? Das sind solche Fragen.«

In Azizas Gesicht arbeitete es. Man sah ihr an, dass sie intensiv nachdachte. Schließlich wandte sie ein: »Nein, wir können nicht in die Köpfe der Menschen sehen, und deshalb gehört wahrscheinlich das Misstrauen zu Ihrem Geschäft als Polizistin, und die Neugier und der Forschungsdrang zu meinem Geschäft als Wissenschaftlerin.«

»Das mag stimmen«, sagte Eva Lindenthal. »Mich beschäftigt vielmehr und immer wieder die Frage: Warum hat ein Täter oder eine Täterin dieses oder jenes getan? Und wissen Sie, was Anwälte, Richter, Angehörige, Zeugen und auch Polizisten als erstes Wort sagen?« Die Kommissarin blickte abwartend auf die Wissenschaftlerin.

Die schüttelte den Kopf. »Sagen Sie es!«

»›Unfassbar‹. Dieses eine Wort. Wenn ein Mensch ein schweres Verbrechen begeht, sagen alle: ›Unfassbar‹. Weil es unerklärlich zu sein scheint. Rätselhaft.«

Lindenthal trank einen Schluck Kaffee. Laura blickte stumm auf ihre Tasse. Aziza spielte mit einem ihrer Ringe, die sie an beiden Händen trug.

»›Unfassbar‹ beschreibt das Unerklärliche an manchen Taten«, sagte die Kommissarin schließlich. »Unerklärlich ist ja stets nur die kleine dunkle Ecke in der Persönlichkeit, die beispielsweise Klaus Altmann dazu brachte, ein rechtsradikaler Terrorist zu werden; den Kannibalen von Rotenburg dazu, seinen Freund zu schlachten und teilweise zu essen; den Belgier Marc Dutroux dazu, jahrelang Kinder in sein Verlies zu entführen, nackt ans Bett zu ketten und vier von ihnen schließlich zu töten. Unerklärlich das idyllische Bild, das eine Überwachungskamera in Berlin vor dem Sozialamt von dem bosnischen Flüchtlingskind Mohammed und seinem freundlichen Entführer dokumentierte, das später zum Fahndungsfoto wurde. Der nette Herr hat Mohammed erst missbraucht und dann mit einem Gürtel erdrosselt.«

»Aber vielleicht ist das Böse auch ein biologisches Phänomen im Kopf?«, fragte Aziza nachdenklich. »Wir Wissenschaftler erforschen Fakten, bewerten sie, analysieren sie. Aber wir wissen nicht, was in den Köpfen von Tätern vorgeht.«

»Nicht umsonst streiten Philosophen, Neurobiologen, Psychiater und Juristen über die Frage, welche Verantwortung letztlich ein jeder für sein eigenes Tun trägt«, sagte die Kommissarin.

Aziza richtete sich jetzt auf. Feine Schweißperlen blinkten über ihrer Oberlippe. »Gene, frühkindliche Erlebnisse, soziale Umgebung – alles gräbt sich ins Gehirn ein«, sagte sie. »Und: Laut Verurteilungsstatistik werden 99,5 Prozent aller Taten von geistig Gesunden begangen. Menschen, bei denen man davon ausgeht, dass sie sich auch gegen die Tat hätten entscheiden können. Aber in allen modernen Strafrechtssystemen der Welt macht genau das den Unterschied bei der Beurteilung der Tat aus: Der psychisch kranke Straftäter, zum Beispiel der Schizophrene, der unter dem Einfluss von Wahnvorstellungen tötet, wird von Schuld freigesprochen, denn er kann das Unrecht seiner Tat in diesem Zustand nicht erkennen. Es steht ihm Hilfe zu, wohl auch Mitgefühl. Die anderen haben auf unentschuldbare Weise die Normen des Zusammenlebens verletzt und werden bestraft.«

Laura war bei den letzten Sätzen Azizas unruhig auf ihrem Stuhl hin und her gerutscht. »Und was ist, wenn das Böse eine Krankheit ist? Wenn man den Neurobiologen glauben darf, dann lassen sich Veränderungen in der Neurochemie, anatomische Besonderheiten, komplizierte Wechselwirkungen von Umwelteinflüssen und fehlerhaften Genen in den Gehirnen von Menschen nachweisen, die andere erschlagen, vergewaltigt, beraubt haben. Vielleicht ist das Böse sogar heilbar?«, warf sie ein.

»Quatsch!«, sagte die Kommissarin hitzig, blickte aber sogleich entschuldigend auf ihre Assistentin. »Das Problem dabei ist doch, dass mindestens ebenso viele Nichtkriminelle vergleichbare Defekte aufweisen. Was auch immer beide unterscheidet – vor Gericht beschreibt man es von alters her als Schuld. Die Biologie hat für diese Differenz bislang weder Definition noch Namen. Deshalb wehren sich ja auch Verfassungsrechtler, Strafrechtsdenker und Richter mit aller Macht gegen Forderungen, das Schuldprinzip aus dem Strafrecht zu tilgen, da sonst für Schuld kein Raum mehr da wäre. Das hieße ja, dass Gangster nicht anders konnten, als so zu handeln, wie sie handelten!«

Das Telefon der Kommissarin klingelte. Sie hangelte mit einer Hand nach dem Hörer. Ein Kollege vom kriminaltechnischen Labor war in der Leitung.

»Wir haben fremde DNA-Spuren an der zweiten Polizeileiche entdeckt, die wir zunächst nicht zuordnen konnten«, sagte eine männliche Stimme.

Die Kommissarin blickte gebannt auf die beiden Frauen gegenüber.

»Unsere Datenbank gab da nichts her. Aber wir sind bei INPOL fündig geworden.« Der Mann am anderen Ende der Leitung schwieg jetzt.

»Sagen Sie schon!«, rief die Kommissarin mit bebender Stimme in den Hörer.

Von der anderen Seite der Leitung hörte sie einen Namen und wurde blass.

»Es sind Altmanns Spuren an der Leiche«, sagte die Kommissarin zu den beiden Frauen. »Man hat winzige Hautreste gefunden. Verdammt! Wir haben tatsächlich zwei politisch motivierte Morde. Es wird nicht mehr lange dauern, und wir haben die Horden aus dem Bundeskriminalamt und die Bundesanwaltschaft an der Backe.«

»Dafür bin ich hier«, sagte Aziza Hammami.

»Ich verstehe nicht«, sagte die Kommissarin irritiert.

»Hat Ihnen Timmermann nicht gesagt, dass ich das BKA bei rechtsgerichteten Straftaten gegen Menschenleben berate?«

»Also doch eine Spionin!«, warf ihr die Kommissarin zu.

»Nein, eine Beraterin«, antwortete Aziza milde. »Und Wissenschaftlerin, ja. Ich bin nicht hier, um Unruhe zu stiften, Sie zu beobachten oder auszuforschen. Das möchte ich nochmals betonen.«

»Finde ich gut«, sprang Laura ihr zur Seite.

Die Kommissarin warf ihr einen unfreundlichen Blick zu. Laura blieb bei ihrem Lächeln.

»Komm schon, Eva«, sagte sie aufmunternd zur Kommissarin. »Lieber ein Frauen-Trio als ein aufgeblasener Macker mit einer Heckler und Koch im Gürtel, der uns alle nervt.«

»Okay«, sagte Eva Lindenthal nach einem kurzen Moment. »Ich muss mich mal sammeln.«

Die beiden Frauen sahen sie freundlich an.

3

»Wir müssen mehrgleisig fahren und brauchen dafür Pläne. Altmann ist dringend tatverdächtig. Ehe die Fahndungsmaschinerie anläuft, die Medien über uns herfallen und der Innenminister erst Timmermann anhustet und dann der uns, müssen wir vorbereitet und zur Tat geschritten sein. Laura«, wandte sich Eva Lindenthal an ihre Assistentin, »wir haben von Kielmann noch immer keine Spur. Hast du herausgefunden, an welchen Gutachten er die letzten Jahre gearbeitet hat? Vielleicht ergibt sich ja daraus ein Hinweis, wo wir ihn finden können. Er ist vielleicht das nächste Opfer.«

»Die Kollegen bei der Stabsstelle des Schweriner Landgerichts sind nicht die schnellsten. Datenschutz und so weiter, sie lassen mich gerade warten.«

»Und hast du einen auf dringlich gemacht und nachgehakt?«

»Nein«, antwortete sie kleinlaut.

»Mach denen Druck, Laura! Und Aziza«, sie warf der Beraterin einen scharfen Blick zu, »wir fahren gemeinsam auf die Insel. Ich habe dort ein Apartment und kenne einen Haufen Leute. Wir müssen den letzten Aufenthalt von Altmann herausfinden – wenn er dort untergetaucht sein sollte. Vielleicht kann uns sogar Tessa Rubinstein weiterhelfen. Die alte Dame hat es faustdick hinter den Ohren und kennt Hinz und Kunz. Ich wette, die Suchtrupps haben sie nicht befragt. Wir starten sofort los.«

»Ich hole noch meine *Ausrüstung*«, sagte Aziza, »ich brauche nur einen Moment.« Die Kommissarin warf ihr einen irritierten Blick zu. Doch die Beraterin war schon aus der Tür.

Etwa fünfzig Autominuten später hatten sie, von Schwerin über die Autobahn A14 kommend, den Stadtrand von Wismar passiert, waren durch die Ortschaft Kirchdorf auf Poel gefahren und stoppten im Ortsteil Schwarzer Busch direkt am Meer. Es war kurz nach neun Uhr.

»Kommen Sie«, sagte die Kommissarin zu Aziza, die auf dem Beifahrersitz hockte, »wir machen uns in meiner Ferienwohnung erst einmal frisch.«

Aziza Hammami warf sich ihren schwarzen, ziemlich ausladenden Rucksack auf den Rücken und sah sich erst einmal ausgiebig um. Die Kommissarin fragte sich, was Aziza da wohl mit sich herumtrug, doch sie hielt sich zurück. Vielmehr registrierte sie zunächst aufmerksam, dass es Aziza erging wie vielen Menschen, die noch nie hier waren. Das Örtchen schmiegte sich so dicht an das Wasser, dass denjenigen eine eigenartige, romantische Erregung ergriff, der auf die blauen Linien hinaussah.

»Der Schwarze Busch«, sagte die Kommissarin zu Aziza und hakte sich vertraulich bei ihr ein, »ist eine winzige Ansiedlung von Menschen, die entweder nie von hier fortgingen und in ihren Strandhäusern blieben oder hier viel Geld investierten, um in neu errichteten Villen Apartments zu erwerben. Aber meiner Meinung nach ist keines der ausladenden Strandungetüme ein architektonisches Schmuckstück.« Sie wies mit einer Hand auf die in den 1990er Jahren errichteten Strandvillen, die wie aus einem billigen Katalog und von uninspirierten Architekten zusammengeschustert wirkten.

»Die Fassaden sind aus Beton und nicht geklinkert. Sie sind langweilig weißgetüncht und haben einfache Balkone davor. Es sind zumeist Zweizimmerapartments. Quadratisch geschnitten, praktisch und öde, die Türen Massenware, die Küchen auf das Wesentliche reduziert, und in den Bädern haben Handwerker der Einfachheit halber graue Fliesen vom Boden bis gleich unter die niedrige Decke verklebt …«

Sie betraten eines dieser Ungetüme.

»Warum haben Sie denn dann ausgerechnet hier eine Wohnung gekauft?«, wollte Aziza wissen.

»Wenn ich am Meer wohnen und von meiner Wohnung praktisch auf den Strand fallen will, dann ist die Auswahl nicht groß.

Und da ich keine Millionen auf dem Konto habe ... Wie dem auch sei, schauen Sie einfach selbst.«

Lindenthals Apartment war so praktisch eingerichtet, wie auch der Schnitt der Wohnung war. Im Wohnzimmer, das einen Balkon zur Seeseite hatte, standen ein Flachbildschirm, eine Couch, ein Tisch mit Stühlen, ein Bücherregal und eine hübsche Anrichte, die älter war als der Schnee von gestern. Im Schlafzimmer machte sich ein Bett für zwei Menschen breit, in den Ecken standen ein hoher, schmaler Kleiderschrank, ein Ableger für Kleidung und ein gemütlicher Sessel unter einer Stehlampe aus Chrom.

»Ich mag es«, sagte Aziza ehrlich überzeugt. »Für ein umfangreiches Durchatmen ist das Apartment perfekt.« Sie trat aus der Wohnzimmertür ins Freie. »Was für ein Blick!«, rief sie entzückt. Das Meer erstreckte sich so friedlich vor ihr wie ein riesiger Teppich aus blauem Saphir.

»Tee? Kaffee?«, fragte die Kommissarin.

»Bitte Kaffee«, sagte Aziza. »Schwarz und stark. Machen wir heute noch einen Spaziergang am Meer entlang?«

»Sollten wir nicht gleich zu Tessa fahren?«, fragte die Kommissarin erstaunt.

»Überstürzen wir nichts«, antwortete Aziza. »Lassen Sie uns doch erst einmal beraten, was wir wirklich wissen wollen und wie wir vorgehen, falls wir Altmann tatsächlich über den Weg laufen.«

In Eva Lindenthal stieg ein merkwürdiges Gefühl auf. Wollte Aziza Zeit schinden und, wenn ja, wofür? Oder war sie einfach nur unsicher? Andererseits hatte sie recht damit, die Sache in Ruhe anzugehen. Womöglich könnte die Suche nach Altmann kein Spaziergang werden.

»In Ordnung«, sagte die Kommissarin. »Gehen wir ans Meer und nehmen ein spätes Frühstück.«

Aziza zeigte sich begeistert und sagte: »Ich lade Sie ein.«

4

Zwölf Uhr, Hinter Wangern

Eva Lindenthal war fest davon überzeugt, dass Sanders ehemalige Kunst- und Religionslehrerin Tessa Rubinstein etwas wusste, was bislang niemand erfahren hatte. Es war nur eine Ahnung, die man aber brauchte, um Fälle erfolgreich aufzuklären und sie nicht zu den Akten legen zu müssen.

Lindenthals Handy schnarrte, Timmermann war in der Leitung.

»Wir haben einen Treffer«, sagte er. »Wanze in einem Rauchmelder bei den Kollegen von der Einsatzleitung.«

»Scheiße«, entfuhr es Lindenthal.

»Ein viel zu zahmes Wort für diesen Vorgang. Meines Wissens werden die Einsatzpläne zwar ständig aktualisiert, aber sie betreffen eben auch jeden unserer Ermittler. Ich berufe gleich eine Telefonkonferenz ein, um jeden zu warnen.«

»Eine gute Idee, Ulrich«, sagte sie, und sprach ihm seit langem mal wieder mit seinem Vornamen an. »Aber: Sollten wir nicht vorsichtshalber jeden durchleuchten, der hier einen Job hat? Von der Reinigungskraft bis zu den Chefs? Woher wollen wir sonst wissen, dass niemand aus unseren Teams der Täter ist?«

»Das wird den Laden ziemlich durcheinanderbringen«, sagte er.

»Vielleicht retten wir ja Menschenleben«, erwiderte sie.

»Gut, das soll die interne Revision übernehmen.«

»Es muss schnell gehen«, mahnte sie.

»Im Grunde genommen kann ich hier für jeden Mitarbeiter meine Hand ins Feuer legen«, antwortete er.

»Wir wissen aber von Attentätern, dass sie entweder Kontaktpersonen hatten, die sie mit internen Informationen versorgten, oder sich selbst als Mitarbeiter, in welcher Hierarchiestufe auch immer, tarnten.«

»Oder für die Vorbereitung ihrer Pläne irgendwo anheuerten, um an Informationen zu kommen«, ergänzte er. »Sie haben recht, es muss schnell gehen, aber es muss auch geräuschlos gehen. Niemand von außen darf davon Wind bekommen.«

»Sie machen einen guten Job, Ulrich«, sagte sie und wunderte sich selbst darüber, ihn, den alle den »Lackaffen« nannten, gelobt zu haben.

»Wenn's weiter nichts ist«, antwortete er übermütig. »Aber vielleicht gehe ich jetzt doch mal mit dem Innenminister eine Runde Golf spielen.« Er schwieg einen Moment lang.

Sie schluckte und wechselte den Telefonhörer zu ihrem anderen Ohr.

»Sie sind die Beste, die wir haben«, rasselte es in ihr Ohr. »Ich werde die interne Revision für die Anhörung instruieren und halte hier die Stellung. Ich werde sicher bald die Medien befriedigen und die Politik besänftigen müssen. Wir haben einen wirklich hohen Aufklärungsdruck.«

»Machen Sie das, und viel Erfolg«, antwortete sie ihm. »Mit etwas Glück haben wir bald eine Spur von Altmann. Er ist unser Hauptverdächtiger.«

»Viel Glück, Eva!« Timmermann legte auf.

Kurz bereute die Kommissarin, ihrem Chef bislang nicht zugetraut zu haben, *kein* Idiot zu sein. Doch für eine Verbrüderung musste er noch mehr liefern, dachte sie überzeugt.

Nach einer nur wenige Kilometer währenden Fahrt von Schwarzer Busch nach Hinter Wangern, vorbei an niedrig geduckten Häuschen, zwei Supermärkten, einem Friseur, dem Heimatmuseum, einer Handvoll Restaurants und einer geschichtsträchtigen, einst von Schwedentruppen umkämpften Kirche, stoppte die Kommissarin ihren Dienstwagen ein gehöriges Stück weit vom Haus Tessa Rubinsteins entfernt. Die Sonne stand im Zenit.

»Das ist es«, zeigte sie mit einem Finger auf das kleine Anwesen, »aber wir sehen uns erst einmal die Umgebung an.«

»Sind Sie bewaffnet?«, fragte Aziza in einem Ton, als sei diese Frage für sie alltäglich.

»Nein, sollte ich?«

»Hm«, antwortete die BKA-Beraterin nur.

Die Frauen schlichen sich von der Seite an den Hof heran, eine langlaufende Hecke als Deckung nutzend, die Sonne im Rücken. Ein Auto näherte sich.

»Dort hinüber«, sagte die Kommissarin hastig, »hinter die breite Weide«.

Das Auto stoppte vor Rubinsteins Haus. Sie hielten den Atem an. Eine Frau in Begleitung eines jüngeren Mannes verließ den Wagen. Der Mann war eher kleingewachsen, sportlich und hatte auffällig blondes Haar.

»Das ist Marie Schacht«, flüsterte Eva Lindenthal überrascht und angespannt, »die Mutter des ersten toten Polizisten. Ihren Begleiter kenne ich nicht.«

Blitzschnell hatte Aziza in ihren Rucksack gegriffen, eine Kamera mit Teleobjektiv in der Hand, auf der ein winziges Kästchen steckte. Sie stellte das Okular scharf und drückte auf einen Knopf. Kaum hörbar hielt die Kamera die Szenen des Ausstiegs der beiden Insassen und ihren Weg zum Haus Tessa Rubinsteins fest. Die Kommissarin beobachtete Azizas Tun ohne Kommentar. Als Marie Schacht und ihr Begleiter nicht mehr in Sichtweite waren, programmierte Aziza Hammami ihre Kamera in Windeseile in einen neuen Modus und drückte erneut auf einen winzigen Knopf.

»Die Fotos und das Video sind auf dem Weg ins BKA«, sagte sie leise zur Kommissarin. »Vielleicht wissen wir in Kürze, wer der Mann an der Seite Marie Schachts ist.«

In Eva Lindenthal stieg Groll auf, den sie aber schnell wieder herunterschluckte. Hier war gerade etwas passiert, worauf sie keinen Einfluss gehabt hatte. Das war sie nicht gewohnt, das hatte

Millisekunden lang ihr Ego angegriffen. Doch sie behielt die Kontrolle über sich und ihre Zwänge.

»Gut gemacht. Aber wir haben nun wirklich keine Zeit mehr zu verlieren.« Die Kommissarin hatte dabei zur Seite geschaut und die Augen ihrer Begleiterin gemieden.

Aziza knuffte Eva in die Seite. »Es ist für die Sache«, sagte sie freundschaftlich. »Nimm's mir nicht übel.«

»Schon gut«, gab Eva zurück. »Aber falls du planst, jetzt auch noch eine *Waffe* zu ziehen, dann informiere mich bitte *vorher*.«

»Keine Waffe«, erwiderte Aziza. Dann schwieg sie.

»Gut, schleichen wir uns näher heran«, sagte die Kommissarin.

Nach ein paar Metern Fußweg standen sie direkt vor der Umzäunung von Rubinsteins Grundstück. Einzelne Wortfetzen unterschiedlicher Stimmen drangen aus den geöffneten Fenstern zu ihnen herüber, überlagerten sich, verwehten vom Wind. Die beiden Frauen verstanden ihren Sinn nicht.

»Klingeln wir!«, schlug Aziza vor. »Mal sehen, wie sich alle Beteiligten verhalten.« Sie drückte auf den Knopf.

Tessa Rubinstein öffnete die Tür. Ihre Augenbrauen schnellten vor Erstaunen in die Höhe. Dort blieben sie einen Moment lang und gaben ihr den Ausdruck einer alten Eule.

»Frau Kommissarin!«, sagte sie eine Spur zu überschwänglich. »Und gleich zu zweit! Womit kann ich *heute* dienen?«

Die beiden Frauen hatten einen der beiden Schuppen, vor dem eine Treppe in die Tiefe führte, gar nicht im Blick. Sie bemerkten nicht, wie ein kahlköpfiger Schädel eines Mannes um die Ecke aus der Tiefe zu ihnen herauf blickte, sie eingehend musterte und schnell wieder ins Dunkel des Kellerlochs verschwand.

»Sie haben soeben interessanten Besuch bekommen«, sagte die Kommissarin und machte einen Schritt vorwärts.

»Nein, nein«, hielten zwei ausgestreckte Hände Tessa Rubinsteins sie davon ab, in das Haus einzutreten. »Wie Sie schon richtig bemerkten, ich habe Besuch, der nicht gestört werden möchte. Überwachen Sie mich etwa?«

»Die Frau ist immer noch tatverdächtig, ihren eigenen Sohn auf dem Gewissen zu haben«, sagte Aziza in schneidendem Ton. »Wir können auch *Sie* mitnehmen nach Schwerin. Unser Verhörraum ist modern und hell.«

»Ist die dunkelhäutige Dame immer so unfreundlich?«, fragte Tessa pikiert.

»Nein, nur wenn man ihr Zeit stiehlt und sie Rassismus wittert«, sagte die Kommissarin trocken. »Also? Was ist das hier für ein Kaffeekränzchen?«

Aziza nestelte an ihrem Rucksack.

Die Lehrerin blieb im Türrahmen stehen, fest wie ein Felsen. Die Kommissarin suchte ihren Blick. Tessa wich aus.

»Wir besprechen eine Veranstaltung«, sagte sie jetzt freundlicher. »Das braucht Zeit.«

»Wer ist der Begleiter von Marie Schacht?«, fragte Aziza. Sie hielt jetzt ein Handy in der Hand. Ein Foto flimmerte auf. Sie blickte rasch darauf, aber senkte das Telefon wieder. »Also?«, fragte sie nochmals.

»Ihr Freund«, sagte Tessa. »Sind noch nicht lange zusammen. Kennen sich aus unserem magischen Zirkel.«

»Ach was«, sagte die Kommissarin schnell. »Der Sexmagiezirkel? Meinen Sie das?«

Die Lehrerin nickte mit dem Kopf.

»Hatten Sie mir nicht gesagt, damit nichts zu tun zu haben?«, fragte die Kommissarin scharf.

»Eine Hinterlassenschaft von Theo Sander. Er brauchte einen ungestörten Ort für seine Séancen. Und den habe ich hier. Ich selbst fühle mich zu alt für Spiele dieser Art.«

Die Kommissarin war verblüfft. »Ich glaubte bisher, Séancen seien spiritistische Sitzungen, um mit der Welt der Toten durch Medien in Kontakt zu treten?«

»Oder mit Geistern oder Dämonen zu reden, um Nachrichten aus dem Jenseits zu empfangen oder mit Verstorbenen kommunizieren zu können?«, ergänzte Aziza.

»Vielleicht war der Begriff ›Séance‹ etwas unscharf«, gab Tessa Rubinstein zu. »Er hing ja mehr dem Okkulten nach, was er mit seinem gelebten Satanismus zu einem – man muss es so ausdrücken – Wirrwarr verband.«

Aziza beugte sich zum Ohr der Kommissarin und flüsterte ihr etwas zu. Die Kommissarin nickte leicht mit dem Kopf.

»Sie wissen aber«, sagte die BKA-Beraterin, »dass im heutigen Rechtsextremismus eine Flut verschwörungstheoretischer Schriften existiert, in denen Hitler und der Nationalsozialismus durch ihre angeblichen Verbindungen zum Okkultismus und Satanismus zu spirituellen Querdenkern hochstilisiert werden? Dieser Okkultmythos erfreut sich seit den frühen 1990er Jahren wachsender Beliebtheit.«

»Davon verstehe ich nichts«, sagte Tessa Rubinstein. Sie klammerte sich an ihre Tür wie ein Äffchen an einen Ast.

»Das glaube ich Ihnen nicht«, sagte Aziza. »Wenn ich mir am Ende Ihres Gartens das Ornament ansehe, das versteckt hinter einer Blumenschale steht, dann denke ich mir, dass Sie davon eine Menge verstehen.«

Die Lehrerin wurde etwas blass, fing sich aber blitzschnell wieder.

»Sie meinen das Ding aus mehreren Kreuzen? Ach, nur ein Geschenk …«

»Genau das Ding«, sagte Aziza garstig. Man konnte ihr nichts vormachen. Seit der Veröffentlichung ihres Berichts über die Entwicklung des politischen Extremismus in Deutschland galt sie als *die* Kennerin der rechten Szene.

»Erklären Sie es mir«, bat die Lehrerin kleinlaut.

Aziza guckte scheel. Sie nahm sich die Zeit. »Sie haben eine sogenannte Schwarze Sonne an der Rückwand Ihres Schuppens hängen. Es besteht, wie Sie selbst eben sagten, aus mindestens drei Swastiken, also Kreuzen, mit vier etwa gleich langen, einheitlich abgewinkelten Armen. Sie können nach rechts oder links zeigen, recht-, spitz-, flachwinkelig oder rundgebogen und mit Kreisen, Linien, Spiralen, Punkten oder sonstigen Ornamenten verbunden sein. Genau hingeschaut, sind es mehrere ineinander verflochtene Hakenkreuze.« Sie schob eine kurze Pause ein, so, als wollte sie ihre Worte wirken lassen. »Das Zeichen der Schwarzen Sonne«, setzte sie nahtlos fort, »war während Hitlers Herrschaft vor allem bei Heinrich Himmler und seinen Volksgenossen beliebt. Und in der Nachkriegszeit hat der ehemalige SS-Oberscharführer Wilhelm Landis in einem esoterisch ausgerichteten neonazistischen Kreis die Schwarze Sonne als Symbol für eine mystische Energiequelle, für kraftvolle Sexualität und Fruchtbarkeit geprägt. Sie sollte die arische Rasse erneuern. Seit den Siebzigern bis heute wird diese Idee im Rahmen einer rechtsesoterischen Verklärung des Nationalsozialismus verbreitet. Und heute von Teilen der Neonaziszene als Erkennungssymbol verwendet.«

»Also diese Herleitung war mir gänzlich unbekannt. Theo hat es mir mal geschenkt«, sagte die Lehrerin. »Ich sah darin eher eine abstrakte Darstellung von … ja … Vielfalt um ein Zentrum. Ich sagte ja schon der Frau Kommissarin, dass ich Kunstlehrerin …«

»So kann man es auch ausdrücken«, unterbrach sie Eva Lindenthal. »Vielfalt um ein Zentrum. Aber was, wenn Sander nicht nur Satanist, sondern auch Rechtsextremist war? Was, wenn seine sexualmagischen Hinwendungen auch eine Hinwendung zu faschistisch verbrämten Ideologien waren?« Die Kommissarin blickte die Lehrerin herausfordernd an. Doch Tessa Rubinstein nahm nicht an. Sie schwieg.

»Müssen wir also davon ausgehen, dass Sie Nazis in Ihrem Haus beherbergen?«, fragte Aziza.

»Nein, nein«, wehrte die Lehrerin ab. »Eher harmlose Menschen auf der Suche nach sexueller Andersartigkeit. Dieser Zirkel will ja …«

Das Telefon Azizas machte ein Geräusch. Während sie einen Blick darauf warf, blieb sie dennoch wachsam. Sie suchte die Augen der Kommissarin und schüttelte den Kopf. Eva Lindenthal wusste, was das bedeutete. Der Freund Marie Schachts, der an ihrer Seite das Haus betreten hatte, war erkennungsdienstlich nie behandelt worden, war also wahrscheinlich *sauber*.

»Tessa«, sagte die Kommissarin lauernd, »wir interessieren uns für eine Information, die bislang offensichtlich nicht den Weg ins Freie gefunden hat. Es geht um den entflohenen Sträfling, der hier auf der Insel untergetaucht sein soll. Ein Terrorist aus dem rechten Spektrum. Sein Name ist Klaus Altmann. Würde doch passen, dass Sie vielleicht etwas wissen, oder?«

Beide Frauen fixierten die alte Lehrerin so scharf wie Raubtiere auf Beutezug. Die Augen Tessas wechselten für einen Sekundenbruchteil von eingeschlafen zu hellwach.

»Ich …«, sie klang beinahe etwas furchtsam, »habe von diesem Ausbruch natürlich gelesen. Und offen gestanden, fürchte ich mich auch vor so einem Kerl, der vielleicht hier frei herumläuft.«

»Sie haben meine Frage damit nicht beantwortet«, erwiderte die Kommissarin jetzt streng.

Tessa machte einen Schritt zurück in ihr Haus, hielt sich dabei aber weiter an ihrem Türrahmen fest.

Die beiden Frauen schoben sich wieder näher an sie heran.

»Ich kenne ihn nicht, nie was gehört oder gesehen von ihm. Wie sieht er denn aus?« Ihre gespielte Unschuld wirkte so echt wie eine Rolex auf einem Thaibasar. Aber eben nicht echt genug.

»Haben Sie nicht eben erzählt, Sie hätten davon gelesen? Das Foto Altmanns hat es wahrscheinlich bis in die kleinste Postille geschafft. Sein Steckbrief hängt in jedem Supermarkt aus.« Azizas Augen waren eine einzige, schwerwiegende Drohung.

Urplötzlich machte die Lehrerin einen Schritt zurück in ihr Haus und gab dabei der schweren Eingangstür einen gewaltigen Stoß, die nur einen Augenblick später krachend im Schloss landete. Azizas rechte Hand war zwar noch blitzartig nach vorn geschnellt, um die Tür abzubremsen, aber das Gewicht des alten Holzportals und seine Bewegungsenergie waren einfach zu groß gewesen, um sie aufzuhalten.

5

»Verdammt! Sie weiß mehr, als sie zugibt«, sagte die Kommissarin mit einer Mischung aus Ingrimm und Wut.

»Und sie hat Angst«, ergänzte die Beraterin. »Schlagen wir die Scheiben ein und gehen rein!«

»Nein, das ist nicht mein Stil. Wir kommen im Haus auch nicht weiter als außerhalb. Sehen wir uns lieber mal ein bisschen auf dem Hof um.« Sie wies auf den renovierten Schuppen und die beiden anderen kleinen Nebengelasse.

Die Sonne stand schon etwas tiefer und tauchte den Hof in ein warmes, schönes Licht. Insekten brummten durch Rhododendronbüsche, Vögel fiepten in den Kronen einer alten Linde, die Blätter der drei Obstbäume raschelten im Wind. Ein harmonisches Konzert, das beiden Frauen sicher gefallen hätte, wenn sie nicht angespannt, wachsam und misstrauisch jeden Winkel des Hofes begutachtet und kontrolliert hätten. Aziza Hammami blickte sich immer wieder nach dem Haus Tessas um. Doch sie bemerkte von außen keinerlei Bewegungen im Innern.

Der Kommissarin fiel die Treppe auf, die unter dem auffällig renovierten Schuppen in die Tiefe führte und vor einer Stahltür endete. Sie schien nur angelehnt zu sein. Es war nur ein einziges Fenster in den quadratischen Holzbau eingelassen, das aber einen Blick hinein nicht zuließ. Ein Vorhang versperrte jede Sicht.

»Sie wird benutzt«, sagte sie zu Aziza, »es sind Trittspuren zu sehen. Werfen wir mal einen Blick hinein.«

»Wir sollten uns aufteilen«, riet Aziza. »Wer weiß, was uns dort unten erwartet. Ich pirsche mich mal von der anderen Seite heran und gucke, ob es einen zweiten Ausgang aus der Tiefe gibt.«

»Gute Idee«, sagte die Kommissarin anerkennend. »Ich werde mir mal diesen Stiel mitnehmen, um auf Nummer sicher zu gehen.« Sie griff nach einem Holzstecken, wie er für Spaten oder

Schaufeln verwendet wird. Er war ohne Flecken, wirkte neu und unbenutzt. Sein helles Holz leuchtete in der Sonne. Sie packte ihn sich unter den Arm und schritt vorsichtig, auf jede Stufe achtend, hinab. Nach zweiundzwanzig Stufen hatte sie die Stahltür erreicht. Flugrost hatte die raue Oberfläche rötlich gefärbt, an den Scharnieren hingen Spinnweben, darin klebten tote Insekten. Sacht drückte sie mit ihrem Stecken gegen die nur angelehnte Tür. Sie spürte einen Widerstand und trat sicherheitshalber wieder eine Stufe zurück. Eben noch dunkel, drang plötzlich ein trübes Licht durch den Spalt.

Die Kommissarin fluchte innerlich. Sie hatte sich die Interkommunikation nicht angesteckt, war mit Aziza nicht verbunden. Sie fühlte sich gänzlich auf sich gestellt.

»Hallo?«, rief sie, den Spatenstiel fest umklammernd. »Hallo? Ist da wer?«

Keine Antwort. Vorsichtig drückte sie mit dem Stecken, den sie wie eine Lanze vor sich hielt, gegen die Stahltür. Ihr Widerstand war verschwunden, sie schwang bis zu einem Drittel auf. Verdutzt registrierte Eva Lindenthal, dass sich ein Raum auftat, aus dem kühle, aber frische Luft drang. Die Kommissarin trat durch die Tür in das unterirdische Gemach und sah sich um. Es war niemand zu sehen. Die Wände waren verputzt, der Fußboden mit einer Art Kunstharz ausgegossen. Sie blickte auf zwei diwanähnliche Hocker und einen niedrigen Tisch, auf dem ein Computer stand, dessen Lüftung rasselnde Geräusche machte. In einer der Ecken drehte sich ein Ventilator. Über dem Tisch mit dem Computer war ein Tuch mit einer aufgedruckten »Schwarzen Sonne« an die Wand gespannt. Das rechtsextreme Symbol mit diversen Hakenkreuz-Anmutungen wirkte in seiner Größe so mächtig wie eine Staatsflagge vor einer Botschaft und so sinnbildhaft wie ein Hitler-Porträt von Heinrich Hoffmann.

Sie schlich leise weiter und stieß auf eine weitere Tür, die ebenfalls nur angelehnt war. Die Kommissarin hörte schurrende Geräusche. Sie dachte scharf nach. Sie entschied sich für einen Rückzug. Vorsichtig wie eine hungrige Katze setzte sie ein Bein nach dem anderen zurück, bis sie wieder vor der Stahltür und ein wenig später im Freien stand. Aziza erwartete sie bereits.

»Es gibt eine weitere Treppe auf der Rückseite. Also einen Hinterausgang ins Freie«, sagte Aziza flüsternd. »Und ich wette, dass der Bewohner allen Grund hätte, hier im Falle eines Falles unbemerkt davonzukommen.«

Die Kommissarin drückte den Arm Azizas. Sie atmete etwas schwer. »Es ist die Höhle eines Nazis«, sagte sie bewusst betont, »und ich müsste mich sehr irren, wenn es nicht Altmann ist, der sich hier einquartiert hat.«

»Wäre schlau, sich wie ein Fuchs einen unterirdischen Bau zu suchen. Da ist er sicher vor seinen Jägern«, sagte Aziza grimmig. »Doch wie jagen wir ihn heraus?«

»Mit Feuer und Rauch fängt man jedes Tier«, antwortete die Kommissarin. »Ich schlage vor, wir kommen mit einer SEK-Einheit zurück. Und zwar zeitnah.«

»Gute Idee«, sagte die Beraterin. »Beeilen wir uns.«

Aus dem Haus Tessa Rubinsteins drang kein einziger Laut.

6

Keine fünfzehn Minuten später gab das Landeskriminalamt in Rampe bei Schwerin den Befehl zum Einsatz. Ein Streifenwagen der Schweriner Polizeiinspektion übernahm die Führung mit Blaulicht und dem üblichen Sirenengetöse. In dem ihm folgenden Mannschaftswagen saßen acht schwerbewaffnete Beamte einer Spezialeinsatzgruppe. Sie trugen kugelsichere Kevlar-Westen, schwere Combat-Stiefel, Schnellfeuerwaffen und Sturmmasken, die sie sich bis über die Nasen gezogen hatten. Die beiden Einsatzfahrzeuge passierten die A14 und fuhren in scharfem Tempo in Richtung Wismar. Für die Strecke nach Hinter Wangern auf Poel würden sie wegen der schmalen Landstraßen nach der Autobahn ungefähr fünfzig Minuten brauchen. Die Leitung der Operation lag in den Händen der Kommissarin und des Kommandeurs der Eingreiftruppe.

Während dieser Zeit bereiteten sich Lindenthal und Hammami auf den Einsatz vor. Sie hatten den Dienstwagen unauffällig am Rand eines Landwegs geparkt, der beinahe schnurgerade an einem Feld entlangführte. In der Luft ein kakophonisches Sirren geschäftiger Insekten, staubige Erde zu ihren Füßen, in Sichtweite das Gehöft Rubinsteins.

Die Kommissarin machte sich im Kofferraum zu schaffen, löste mehrere Verschnürungen. Sie hielt zwei kugelsichere Westen in den Händen, reichte eine davon Hammami und sagte: »Besser ist es.« Sie streifte sich den Schutz behände über. Die Beraterin stellte ihren Rucksack vor sich ab. Es klirrte leise. Die Kommissarin überging das Geräusch. Aziza zog die Weste fest, griff nach ihrem Rucksack und sagte: »Wo bleiben die Männer? Sind wir aus der Luft auch abgeschirmt?«

Die Kommissarin schüttelte den Kopf. »Ich denke nicht«, sagte sie. »Ist eine reine Bodenoperation.«

Aziza zeigte Skepsis, sagte aber nichts.

Das Handy der Kommissarin trillerte. Eine Kurznachricht: *Vögel landen in 5 Minuten. Bäume sicher? Nest ohne Wind?*

Sie dachte kurz scharf nach. Dann schrieb sie: *Baum vor Nest unsicher, Nest frei von Wind.*

»Da sind sie«, zeigte Aziza mit einer Hand auf zwei Punkte auf der Landstraße, die sich ihnen rasch näherten.

Die Frauen stellten sich an die Straße. Die Autos stoppten.

Ein kleingewachsener, drahtiger Mann mit kurzen schwarzen Haaren, braunen Augen und einer Gesichtsfarbe zwischen Ocker und Sepia entstieg dem Führungsfahrzeug. Er sah aus wie ein Sizilianer. »Ich bin Vincent Talo«, stellte er sich vor. »Klären Sie mich kurz auf?«

Eva Lindenthal berichtete ihm kurz und knapp, was sie im Kellergeschoss des Schuppens beobachtet hatte, und wies auf die Besucher in Rubinsteins Haus hin.

Talo befahl seine siebenköpfige Mannschaft und die beiden Streifenpolizisten zu sich. Er gab nur knappe Anweisungen. Die Beamten befanden sich etwa hundert Meter vom Haus entfernt.

»Und Sie«, wandte er sich an die Kommissarin und Aziza, »bleiben in der Nähe und unternehmen nichts, was Sie selbst gefährdet. Alle alles verstanden?« Die Männer gaben ihm unisono ein Zeichen des Verstehens.

»Befehl wiederholen«, wandte sich der Kommandeur an den Mann, der ihm am nächsten stand. Dieser parierte.

»Dann los! Und Obacht! Ein Profi wie Altmann ist sicher auf alles vorbereitet …«

»Stopp!«, unterbrach die Kommissarin den Plan des Kommandeurs. »Ich kenne die Besitzerin ein wenig. Sie ist mit allen Wassern gewaschen. Und sie kennt ihren Hof, ist wachsam. Ich empfehle daher zusätzlich Folgendes …«

Die nächsten Worte sprach sie mit eindringlicher Stimme. Dabei gestikulierte sie mit ihren Händen wie ein Trainer, der seinen Spielern eine Taktik auf dem Spielfeld erklärt.

7

Bislang hatte Tessa Rubinstein von dem, was sich da vor ihrer Tür zusammenbraute, nichts mitbekommen. Auch ihre Gäste nicht, welche händchenhaltend auf dem Sofa im Salon saßen, miteinander alberten und scherzten, vor sich zwei Gläser mit kaltem Weißwein, und ab und an gurrten wie zwei verliebte Tauben. Eben gab Marie Schacht ihrem Begleiter einen Kuss. Das Telefon von Tessa Rubinstein klingelte. Die alte Dame, in der Küche mit der Zubereitung eines Obstsalats beschäftigt, wischte sich die Hände an ihrer Schürze trocken, schlurfte in den Flur auf eine Anrichte zu, auf der ein altertümlicher Apparat seinem lautstarken Job nachkam, hob den Hörer ab und fragte: »Ja, bitte?« … »Oh!«, sagte sie nach einem kurzen Moment, »ich bin mir *sicher*, keine Holländerpantinen bestellt zu haben. Wissen Sie, mir reichen die drei Paar, die ich habe.« Sie lauschte in den Hörer.

Im Nachbarzimmer des Salons, das seine Besitzerin offenbar für ihre Kleiderschränke und Garderoben nutzte, öffnete sich währenddessen still ein Fenster, das vorher nur angelehnt gewesen war. Nacheinander zogen sich drei Männer in Kampfmontur akrobatisch am Sims empor und glitten lautlos wie Schlangen über das innere Fensterbrett auf den Boden des Ankleideraums.

»Nein, nein«, wehrte Tessa Rubinstein verärgert ab, »das muss wirklich ein Irrtum sein …« Und nach einem kurzen Moment verärgert: »Liebe Dame, ich sagte Ihnen schon …«

Rasch sicherte der Vordermann die Tür des Zimmers zum Flur und zum Salon. Der dritte Mann stellte sich neben das Fenster hinter die Gardine und beobachtete scharf den Hof.

»Wissen Sie was? Ich lege jetzt auf«, sagte Tessa Rubinstein entnervt und knallte den Hörer auf die Gabel. »Ungeziefer«, murmelte sie. Sie war im Begriff, sich von ihrer Anrichte in die Küche zu bewegen, als sich eine für sie unsichtbare Hand auf ihren Mund legte und ihr den Atem nahm. »Still«, zischte eine Männerstimme in ihr Ohr, »dann passiert Ihnen nichts.« Die Lehrerin erstarrte und parierte sofort. Erstaunt verfolgte sie mit ihren Augen, wie ein schwerbewaffneter Polizeibeamter aus ihrem Ankleidezimmer trat, die Treppe in das Obergeschoss nahm und dort verschwand.

Im selben Moment stürmte der dritte Eingreifbeamte in den Salon und richtete seine Maschinenpistole auf Marie Schacht und ihren Begleiter. Erschrocken bis in ihre Haarwurzeln erstarrten auch sie und gaben keinen Laut mehr von sich.

»So ist es gut«, rasselte er ihnen zu. »So bleiben Sie gesund.« Inzwischen hatte sein Kollege Tessa Rubinstein vor sich her in den Salon geschoben und befahl ihr, sich neben ihre Gäste auf das Sofa zu setzen. Die beiden Eingreifbeamten hielten die drei in Schach.

»Manöver erfolgreich«, flüsterte einer der beiden in ein winziges Mikrofon an der Unterseite seines Helms.

»Alle drei verhaften. Abtransport nach dem Einsatz.« Es war die Stimme des Kommandeurs.

»Obergeschoss gesichert«, meldete sich eine weitere Stimme.

»Gut gemacht, Männer«, lobte der Kommandeur. »Abtransport auf meinen Befehl.«

Die Kommissarin und Aziza blieben in Deckung. Sie sahen, wie die vier anderen Männer der Sondereinsatzgruppe sich lautlos dem Hof näherten und dabei Schutz und Deckung hinter Büschen und Bäumen suchten. Als sie den Metallzaun um den Hof erreicht hatten, schnitt einer von ihnen mit einem kräftigen Seitenschneider leise, aber zügig den Zaun auf, so dass ein Loch von etwa einem Quadratmeter Fläche entstand. Die Männer krochen behände hindurch und eilten in gebückter Haltung um den Bereich des Schuppens. Parallel zu ihnen hatten die Streifenbeamten links und rechts von der Grundstücksgrenze Posten bezogen. Ihre Pistolenhalfter waren geöffnet. Lindenthal und Hammami rückten jetzt vorsichtig nach, blieben aber außerhalb des Hofes. Ihre Sicht auf die Szenerie war gut.

Die Spezialkräfte waren an der Treppe des Schuppens angelangt und schoben sich vorsichtig in die Tiefe. Parallel zu ihnen verbauten die drei anderen SEK-Beamten einen Fluchtweg über die rückwärtige Tür. Jäh ertönte ein lautes Krachen aus dem Innern des Schuppens. Das Dach hob sich an, als zöge Gott an einem Seil. Holzbalken und Dachverstrebungen, vermengt mit messerscharfen Stücken von Dachziegeln, flogen durch die Luft und regneten als teils winzigste Einzelteile auf die Erde des Hofes. Das Mauerwerk des Schuppens brach in sich zusammen, als sei es nur aus Pappmaché. Eine enorme Stichflamme stach aus dem Innern des Schuppens meterhoch in die Luft und loderte dann als breites Feuer weiter.

Laute des Schreckens, von Flüchen, aber auch des Schmerzes und Leids hallten über den Hof der Lehrerin. Der Kommandeur der Truppe bellte Befehle.

Eva Lindenthal und die Beraterin sahen geschockt auf die Szenerie, fassten sich aber schnell wieder. Sie eilten hinüber zum Ort des Geschehens. Fünf der sechs Einsatzkräfte waren unversehrt und kümmerten sich bereits um ihren verletzten Kameraden. Er hatte Knochenbrüche erlitten, war aber ansprechbar. Er wies mit einer Hand auf das Innere der Ruine und flüsterte irgendetwas. Ein anderer rief über Funk einen Rettungswagen zum Einsatzort.

Die Hitze des Feuers war unerträglich. Rasch bargen die Einsatzbeamten ihren Kollegen und zogen sich in die Mitte des Hofes zurück.

»Wer auch immer sich noch im Innern des Schuppens befand, könnte vielleicht die Explosion überlebt haben«, mutmaßte die Kommissarin an Aziza gewandt. »Das Feuer aber überlebt niemand.«

Pistolenschüsse hallten durch die Luft. Jäh flogen die Köpfe aller Beteiligten in Richtung der Außenposten. Einer der Streifenbeamten lag zusammengekrümmt am Boden. Sein Kollege hatte sich über ihn gebeugt, gestikulierte dabei wild mit einer Hand und zeigte auf das Feld voller junger Maiskolben, das sich an den Hof anschloss.

»Es sei denn, er war darauf vorbereitet«, knurrte Aziza.

»Verdammt«, zischte die Kommissarin. Sie murmelte etwas von »Luftunterstützung« und gab dem Kommandeur ein unmissverständliches Zeichen. Der riss ein Handy aus einer seiner vielen Taschen seines Kampfanzugs und sprach ein paar hastige Worte hinein. Sirenen eines Rettungswagens und der Feuerwehr waren aus der Ferne zu hören.

Im Haus der Lehrerin hatten die Spezialkräfte die Ereignisse zwar beobachtet, aber ihre Posten nicht verlassen. Noch immer hielten sie Marie Schacht, ihre Begleitung und die Lehrerin in Schach. Einer von ihnen hörte eine Nachricht über seine Interkommunikation. Er reagierte sofort.

»Ihr bleibt hier«, wandte er sich an seine Kollegen, »und achtet auf die drei.« Er stürzte aus dem Haus und auf den in der Nähe stehenden Kommandeur zu.

»Verfolgung aufnehmen!«, bellte Talo ihm zu. »Nimm dir noch drei Leute mit!«

In vollem Lauf rannten die vier Männer auf ihrem Weg ins Feld ein Holzgatter nieder und schlugen sich dann ins Feld hinein. Aus der Ferne war das Grollen eines Helikopters zu hören. Inzwischen war auch das Notarztteam eingetroffen, das den verletzten SEK-Beamten und den angeschossenen Streifenpolizisten versorgte. Die Kommissarin zog sich in eine ruhigere Ecke des Hofes zurück und informierte ihren Chef über den Verlauf des Einsatzes. Sie fühlte sich abgespannt und ausgelaugt.

Auch Aziza hielt sich ihr Handy ans Ohr.

Als die Kommissarin an den Platz zurückkehrte, an dem sie eben noch mit Aziza gestanden hatte, war die BKA-Beraterin verschwunden.

8

Das Grollen des Polizeihelikopters beim Anflug auf das Feld war in eine Art Brüllen übergegangen. Die Besatzung hatte durch ihre hochfeinen Kameras einen Menschen geortet, der wie ein in Panik geratenes Tier durch das Maisfeld hetzte. Der Flüchtige riss und trampelte auf seiner Hatz die noch jungen Maispflanzen auf dem sich scheinbar endlos dahin ziehenden Feld nieder und schaute sich dabei immer wieder um, wie dicht ihm die Verfolger schon auf den Fersen waren. Jetzt schien auch er das Grollen des Helikopters zu hören. Immer wieder warf er den Kopf in Richtung Himmel, dabei weiter hetzend, strauchelnd, fluchend.

»Er ist bewaffnet«, sagte der Co-Pilot in sein Headset zum Piloten. »Ich zoome mal näher an ihn heran. Er hat eine Pistole oder Revolver.« Sie sahen, wie der Mann seine Waffe in seiner rechten Hand schwang, wie sein Hemd bei seiner Hatz im Wind flatterte.

»Er blutet«, sagte der Co-Pilot gleichmütig, während er auf die hochauflösenden Bilder starrte, die ihm eine zerrissene Hose und dunkle, rote Flecken zeigten. Jetzt sahen sie, dass der Mann sich fallen ließ, geschmeidig wie eine Raubkatze zwischen dicht stehenden Maispflanzen vorwärts robbte – und aus ihrem Blickfeld verschwand.

»Verdammt«, fluchte der Pilot, »wir müssen tiefer hinab.« Das ungeheure Getöse des Helikopters schreckte nicht nur den flüchtigen Mann, sondern auch eine Rotte Wildschweine, eine Handvoll Rehe und Hasen auf, die nun kopflos in alle möglichen Richtungen durch das Feld an einen ruhigeren Ort stoben, Haken schlugen, strauchelten. Die Rotoren des Fluggeräts pressten die Pflanzen zu Boden, verwirbelten die Erde und entblößten so auch den primitiven Schutz, den sich der Mann aus Maispflanzen über sich geworfen hatte. Der Helikopter schwebte jetzt nur noch ein paar Meter über ihm, schien in der Luft zu stehen – und drehte plötzlich ab und verschwand mit einem heiseren Dröhnen. Verwundert starrte der Flüchtige dem Hubschrauber hinterher, sprang auf die Füße und sah sich augenblicklich einer sportlich wirkenden Frau und drei schwerbewaffneten Beamten der Spezialeingreifgruppe gegenüber. Der Hubschrauber hatte als Ablenkung seine Pflicht getan und war wieder in Richtung Horizont unterwegs.

Der Mann hob beide Hände. In der rechten seine Pistole.

»Waffe fallen lassen!«, schallte es ihm entgegen. Er parierte.

»Wer auch immer Sie sind, Sie sind verhaftet«, sagte einer von den Beamten mit harter Stimme. »Jeder Widerstand gefährdet Ihre Gesundheit.« Der Wortführer näherte sich ihm.

»Umdrehen«, schnarrte er, »mit den Knien auf den Boden, Hände hinter den Kopf.«

Der Mann reagierte umgehend.

Die Frau trat an ihn heran. »Ich bin Aziza Hammami«, sagte sie, »und ich denke, dass Sie Klaus Altmann sind. Sie sehen jedenfalls so aus wie er. Ich muss zugeben«, schnarrte sie ihm weiter zu, »dass Sie für Ihr Alter topfit sind. So eine Flucht durch ein Maisfeld hat nicht jeder drauf, der über sechzig ist. Also?«

»Was wollen Sie von mir?«, hustete Altmann wütend zurück.

»Nur reden. Den Rest besorgen diese Männer hier.«

Altmann spuckte vor sich auf den Boden. Sein Leib zitterte leicht in der unbequemen Stellung des Kniens auf dem Boden. Doch er hielt sich aufrecht.

»Bevor Sie gleich abtransportiert werden, in U-Haft kommen, dort erst einmal eine Weile vermodern, um dann später bis ans Ende Ihres Lebens nie wieder die Sonne zu sehen …«

»Sie reden zu viel«, schnappte Altmann sie an.

»… würde ich gern wissen«, sprach Hammami unbeirrt weiter, »welche Strukturen Ihre Gruppe hat.«

Altmann knurrte leise.

»Und wissen Sie was?«, sagte die BKA-Beraterin weiter. »Ich habe die Macht, Ihnen Ihre Haftbedingungen zu erleichtern, wenn Sie auspacken. Aber das werden Sie hier und gleich tun. Nicht erst, wenn die Kripo und der Staatsanwalt Sie in die Mangel nehmen.«

»Warum sind Sie so scharf darauf?«, fragte Altmann listig. »Führen Sie ein langweiliges Leben?«

Die Beraterin lachte leise auf. Die Männer der Spezialeinheit hatten sich etwas zurückgezogen, hielten ihre Waffen aber weiter auf Altmann gerichtet. Einer sagte: »Wir haben nicht mehr viel Zeit. Der Gefangene muss nach Schwerin.«

»Ich weiß!«, sagte Hammami beschwichtigend, jedoch mit einer bestimmenden Tonlage, die keine Widerrede zuließ.

»Also, Altmann? Wir sind Ihrem Netzwerk schon lange auf den Fersen. Haben es durchseucht mit V-Leuten, aber wir kommen an bestimmten Punkten nicht weiter. Wer ist der Kopf, welche Ziele haben Sie?«

»Den Endsieg«, fiel es aus Altmanns Mund.

»Worüber?«

»Über euern verwässerten Patriotismus. Über die Verstrickungen von Lobbyismus, Wirtschaft und Politik. Über euern verweichlichten Umgang mit der christlichen Moral und den verrotteten Familienbildern von schwul, lesbisch bis transsexuell.«

»Verstehe. Und wer bestimmt diese Ziele? Wer führt euch an?«

Altmann blickte scheel. »Was bekomme ich für die Information?«

Aziza sah sich plötzlich hastig um. Sie hatte die Stimme der Kommissarin gehört, die nicht mehr weit von der Szene entfernt auf sie zugelaufen kam.

»Los!«, drängte sie. »Nur einen Namen, Altmann. Ich hole sie zeitiger aus dem Knast als alle anderen.«

»Ein Typ aus dem Landtag. Hat Verbindungen bis nach Berlin. AfD-Mann.«

Eva Lindenthal baute sich jetzt vor der Beraterin auf und fragte atemlos vor Ärger: »Was soll das hier werden?«

»Dass ich nicht lache«, warf Altmann mit Häme ein, »zwei Weiber streiten um die Deutungshoheit meiner Wenigkeit.«

»Maul halten, Altmann!«, schnauzte ihn einer der Beamten an. »Sie reden, wenn wir es sagen.«

Lindenthal zog die Beraterin außer Hörweite für alle Beteiligten zur Seite und redete heftig auf sie ein. Es entspann sich ein kurzer, aber durchaus emotionaler Dialog zwischen beiden Frauen. Nach ein paar Minuten kehrte sie zu Altmann zurück. Allein. Hammami gesellte sich zu den Beamten. Sie sah etwas zerknirscht aus.

»Ich bin Oberkommissarin Lindenthal«, sagte die Kommissarin zu dem Gefangenen. »Ich bin Ihnen seit Wochen auf den Fersen. Ihren Halbbruder haben wir bereits beerdigt, und ich bin mir sicher, dass meine Kollegen hier mit Ihnen auch kurzen Prozess machen, wenn Sie auch nur die Anstalten machen, sich zu bewegen, oder versuchen, erneut zu fliehen.«

»Ey, ey, Lady«, erhielt sie zur Antwort. »Wie soll ich hier denn weg? Sie haben mich doch so oder so an den Eiern.«

Lindenthal ging darauf nicht weiter ein. »Warum mussten zwei Polizisten sterben?«, fragte sie stattdessen scharf. »Und was hat das alles mit Theo Sander zu tun?«

Altmann machte eine Bewegung.

»Na?«, schnarrte sofort einer der Beamten und setzte sich dabei in Bewegung. Altmann hielt wieder still.

»Die andere Lady hat mir Haftverschonung versprochen, wenn ich kooperiere«, sagte Altmann mit einer Spur zu viel Hochmut in der Stimme.

»Wenn hier einer was verspricht, dann bin ich das«, erwiderte die Kommissarin. »Aber ich könnte mir gut vorstellen, dass wir Ihre Zeit in Einzelhaft erheblich verkürzen können, wenn Sie auspacken.«

Aus der Ferne war wieder das Grollen eines Helikopters zu hören. »Wir müssen langsam los«, mahnte einer der Spezialkräfte.

»Los, Altmann. Reden Sie. Hat man Sie erst mal abgeholt, wird es keinen Deal mehr geben.« Altmann schwieg kurz, dann sagte er: »Ich habe nur im Auftrag eines anderen gehandelt. Ich kannte die beiden Polizisten überhaupt nicht. Aber zufälligerweise haben sich seine Interessen mit meinen Überzeugungen überschnitten.«

»Wer ist dieser Auftraggeber, und wie kamen Sie an das Gift?«

»Über ihn. Er hat es mir besorgt. Er kannte jemanden in einem Chemielabor. Und ich kenne mich mit Chemikalien aus, wie Sie vielleicht wissen.«

»Das tat Sander auch«, antwortete sie. »Wie hängen die Polizistenmorde mit Sanders Tod zusammen? Rache? Vergeltung?«

»Sie wären die Nächste auf der Liste gewesen«, sagte Altmann kalt. »Und dann immer so weiter. Ich habe acht Namen von euch Bullen bekommen. Leider kann ich es selbst nicht zu Ende führen. Und Tessa wohl auch nicht.«

Das Gesicht der Kommissarin lief vor Wut rot an. Ihr beinahe überkochender Adrenalinspiegel ließ sie Altmanns letzten Satz nicht mehr registrieren. Altmanns Worte waren auch bis zu den Männern der Eliteeinheit gedrungen. Einer von ihnen stürzte auf den Gefangenen zu. Altmann bewegte sich leicht. Teile seiner Hals- und Rückenmuskulatur zuckten auf seltsame Weise.

»Sie verdammtes Schwein«, fauchte der Elitepolizist Altmann zu, überließ sich seinen überkochenden Emotionen und stieß ihm ruppig seinen rechten Stiefel in den Rücken.

Der Mann kippte nach vorn auf sein Gesicht. Sein Hemd verrutschte und legte seinen Rücken und das Schulterblatt frei. Ein etwa streichholzschachtelgroßes Gerät klebte wie die Elektroden eines Elektrokardiogramms auf seiner Haut. Es blinkte.

»Bombe!«, brüllte der Beamte und riss die Kommissarin mit ungeheurer Energie seitwärts in den Dreck.

Die kurze, nicht sonderlich heftige Explosion zerfetzte dem Mann das Genick, verursachte aber nur eine geringe Druckwelle. Dennoch wirbelten Steinchen, Erdbatzen und Pflanzenreste in die Luft und hinterließen, wo er gehockt hatte, ein elliptisch geformtes Loch. Aziza Hammami und andere Beamte der Sondereinsatztruppe waren glimpflich und ohne größere Blessuren davongekommen. Die Kommissarin und ihr Retter blieben ebenfalls ungeschoren. Jetzt erhob sich Eva Lindenthal, dabei lauthals fluchend, noch sehr blass im Gesicht. Ihre Hände klopften wie mechanisch über ihre Kleidung, die verschmutzt war durch die Erde. Sie rieb sich die Ohren. Der plötzliche Knall hatte ihr Trommelfell erschüttert. Sie schwankte noch ein wenig und ließ sich wieder auf die Erde fallen. Aziza Hammami eilte zu ihr und stützte ihren Rücken. Rasch bedeckten die Eingreifkräfte den zerrissenen Oberkörper Altmanns mit umherliegendem Pflanzwerk.

Der Hubschrauber kreiste bereits über ihnen, senkte sich jetzt langsam herab und setzte zur Landung an.

9

»Komm!«, sagte Aziza nachdrücklich. »Verhören wir auf dem Rückweg Tessa Rubinstein. Sie ist nicht nur Mitwisserin, sondern hat auch einem Schwerstverbrecher Unterschlupf gewährt. Sie gehört schnellstens in U-Haft.«

Die Kommissarin war immer noch nicht ganz bei sich. Sie rieb sich die Ohren und verrenkte ihre Kiefer dabei. »Wenn Altmann die Wahrheit gesagt hat, war er nur ein Handlanger«, antwortete sie der Beraterin nach einer längeren Dehnungspause ihrer Gesichtsmuskeln. »Und es bleiben nur zwei uns bekannte Personen aus dem Umfeld der beiden Tötungsverbrechen. Marie Schacht und Tessa Rubinstein. Theo Sander, Heinz Keller und Altmann sind tot.«

Altmanns Information über einen rechtsnationalen Landtagsabgeordneten, der im Hintergrund angeblich die Fäden zog, enthielt Hammami der Kommissarin.

Beide Frauen schritten durch die Fluchtschneise Altmanns, die sich im Zickzackkurs vor ihnen auftat. Hier und da waren ihnen Maispflanzen im Weg, die sie beiseiteschoben.

»Unser zweites Mordopfer hatte keinerlei Kontakte zu den hier aufgeführten Personen. Seine Familie, Freunde und die Bekannten, die wir inzwischen recherchiert haben, besitzen Alibis ohne jeden Zweifel. Die Handschrift seines Mörders gleicht der des Angreifers auf das Leben von Leon Schacht. DNA-Spuren von Klaus Altmann fanden sich an beiden Leichen.« Eva Lindenthal legte eine Pause ein und blickte zu Hammami.

Die Beraterin sagte ernst: »Aber wo liegt der Zusammenhang zwischen den absonderlichen Hobbys des Petermännchenmörders Sander, von Marie Schacht, Tessa Rubinstein und den Giftmorden eines Neonazis, der nach vielen Jahren der Haft ausgerechnet jetzt zuschlägt?«

»Das würde ich auch gern wissen«, sagte Eva Lindenthal. »Satanismus, Sexualmagie, geheime Zirkel, Symbole aus der Nazizeit, ein rechtsradikaler Terrorist: Ich bin da auch etwas ratlos.«

»Wir wissen«, knüpfte Aziza Hammami an die Worte Eva Lindenthals an, »dass das Symbol der Schwarzen Sonne in der Summe der verwinkelten Kreuze ein von den Nazis verwendetes Fruchtbarkeitssymbol ist. Ich könnte mir durchaus vorstellen, dass der Sex-Zirkel um Theo Sander und Marie Schacht eben jenes Symbol, wie auch andere rituelle Zeichen, als Illustration für ihre Sitzungen oder Praktiken verwenden. Das Symbol der Schwarzen Sonne wurde ja im Übrigen auch für okkulte Handlungen genutzt, die sich mit einem verbrämten Geheimwissen über paranormale, mystische oder übersinnliche Vorgänge beschäftigen …«

»Du meinst also, dass es doch zwischen allem eine Verbindung geben könnte?«, fragte die Kommissarin.

»Hm …Mich stört daran«, antwortete Hammami, »dass wir es hier offensichtlich mit Auftragsmorden zu tun haben. Das will für mich nicht passen.«

»Es gibt also jemanden, der aus dem Dunkel heraus operiert«, fügte die Kommissarin an. »Und wieder haben wir nicht die Möglichkeit, einen Beteiligten auszuquetschen. Erst stirbt Keller von eigener Hand, jetzt sein Halbbruder. Und beide waren in die Polizistenmorde verwickelt. Die Frage, die sich mir stellt, ist, ob Tessa Rubinstein und Marie Schacht uns schon alles erzählt haben, was sie wissen. Schließlich campierte Altmann auf dem Grundstück der Lehrerin. Das dürfte er nicht ohne ihr Mitwissen getan haben …«

»Vielleicht hatte er sie aus uns unbekannten Gründen in der Hand?«, unterbrach Aziza die Kommissarin. »Vielleicht hatten sie sogar ein Verhältnis?« Wieder schwieg sie über eine mögliche Verwicklung eines AfD-Abgeordneten in die Mordserie.

»Glaube ich nicht«, sagte die Kommissarin. »Die Lehrerin hat es eher mit Frauen. Nein, nein, ich denke, wir müssen die

Gute mal ein bisschen härter anfassen, als ich es bisher getan habe. Ihre Geschichte von Magie, geheimen Zirkeln und Satanismus ist ja recht unterhaltsam, aber sie führt für mich in die Irre. Hier gibt es handfeste politische Motive. Und wie ich sie kenne, wird sie es hassen, schon wieder in U-Haft zu schmoren. Wir sollten sie jetzt vor Ort noch einmal richtig in die Zange nehmen.«

»Guter Plan«, sagte Aziza. »Allerdings frage ich mich, was unser Täter als Nächstes plant? Wenn die Lehrerin etwas weiß, ist sie in Gefahr.«

»Und schließlich haben wir einen Teil seines Plans schon durchkreuzt, indem wir ihn von Informationen aus dem Präsidium abgeschnitten haben«, spann die Kommissarin den Faden Azizas weiter. »Seine Wanzen haben wir enttarnt. Die interne Revision schließt aber hundertprozentig aus, dass es einen Maulwurf aus den eigenen Reihen gibt.«

»Und wenn es jemand ist, der früher in der Inspektion arbeitete? Ein ehemaliger Polizist oder Kommissar? Ein Mensch, der aus Rache handelt, weil er vielleicht seinen Job als Beamter verlor? Oder der gemobbt wurde und nun glaubt, auf brutale Weise abrechnen zu müssen?«

»Verdammt«, entfuhr es Eva Lindenthal. Ihr fiel sofort Toni Kielmann ein, der seinen Job eher unfreiwillig als Kommissar aufgab, weil man ihn – und auch sie selbst – für die Entwicklung Sanders zu einem Kindermörder mitverantwortlich gemacht hatte. Aber Kielmann ein zweifacher Polizistenmörder? Ein Mann, der dafür einen Nazi anheuerte? Hatte sich Laura eigentlich schon mit Informationen darüber gemeldet, welche Jobs Kielmann als Gutachter machte? Sollte er etwa …? »Ich muss sofort telefonieren«, sagte sie hastig. »Sofort!«

Sie tippte eine Nummer in ihr Handy ein. Sie lauschte. Um sie herum bogen sich die Maispflanzen im Wind.

»Laura? Hat die Staatsanwaltschaft geliefert, worum wir sie gebeten haben? Oder die Stabsstelle des Landgerichts?« Sie lauschte angestrengt in den Hörer.

»Ja, genau, Kielmanns Aktivitäten als Gutachter.« Sie lauschte weiter. »Ja, okay, ich bleibe in der Leitung …« Sie blickte angespannt auf ihre Begleiterin. Sie waren vom Hof Tessa Rubinsteins nur noch wenige Meter entfernt. Der Geruch von verbranntem Holz lag in der Luft. Die Feuerwehrleute rollten ihre Schläuche bereits zusammen. »Nein, ist nicht wahr!«, rief die Kommissarin ungestüm und lautstark aus. Sie hielt eine Hand vor den Hörer und wandte sich Aziza zu. »Kielmann war einer der Gutachter Altmanns für dessen Entlassungswunsch.«

»Oha«, entfuhr es Aziza.

»Danke, Laura! Ja, sende mir alles auf meine E-Mail. Die Kollegin Hammami hat ihren Laptop dabei.« Sie beendete das Gespräch.

»Wenn es stimmt, was du denkst, dann braucht Kielmann keine Wanzen mehr«, sagte Aziza unheilvoll. »Wo du wohnst, weiß er ganz sicher. Ihr habt ja nicht nur den Fall Sander gemeinsam aufgeklärt und kennt euch seit Jahren.«

Die Kommissarin rief sogleich alarmiert: »Paul! Er wohnt zurzeit bei mir und weiß von dem Fall so gut wie nichts!«

»Dann solltest du ihn vorwarnen. Und zwar sofort. Unser Täter scheint es mit Hinrichtungen eilig zu haben.«

Der Anruf der Kommissarin bei ihrem Lebensgefährten ging ins Leere, eine Mailbox war nicht eingeschaltet. Aziza übernahm die Führung. »Ich lasse die Lehrerin in die U-Haft bringen, alarmiere einen zusätzlichen Streifenwagen, und wir fahren unverzüglich in deine Wohnung.«

Sie eilten die restlichen Meter des Maisfelds zum Dienstwagen der Kommissarin. Eva Lindenthal klebte eine blaue, mit Magneten versehene Rundumleuchte auf das Dach ihres Autos und gab Gas. Tönend und weithin leuchtend stürmte ihr Auto von Poel zurück nach Schwerin.

Dass ihr Tag heute so früh begonnen hatte, zeigte bei ihr, trotz aller Geschehnisse, keinerlei Wirkung. Sie war so wach wie ein unter Amphetaminen agierender Tanzjunkie eines brüllend lauten Technoklubs.

10

Fünfzig Minuten später

Mit einer Vorhut von zwei Streifenpolizisten, die ihre Waffen gezogen hatten, erklomm die Kommissarin hastig die beiden Hausflurtreppen zu ihrer Wohnung in der ersten Etage. Aziza folgte ihr dicht auf dem Fuß. Die Tür war nur angelehnt, aber das Türschloss schien unversehrt. Eva Lindenthal rief nach ihrem Freund, erst fragend, dann wild und ängstlich. Sie warf rasche Blicke in die Zimmer, doch von Paul keine Spur. Stattdessen war der Teppich verrutscht, eine Tischdecke lag, samt Blumenvase und Salzstreuer, auf dem Boden des Esszimmers. Eine Gardine war heruntergerissen, eine Handvoll Bücher lag verstreut auf dem Boden.

»Es scheint einen Kampf gegeben zu haben«, sagte Aziza und wedelte dabei nervös mit beiden Armen.

»Paul kann sich gar nicht wehren«, antwortete die Kommissarin, »er spielt Geige!«

»Dennoch sieht alles nach einer gewalttätigen Verschleppung aus.« Aziza sah sich prüfend um. »Fehlt etwas auf den ersten Blick?«, fragte sie die Kommissarin.

»Verdammt, ja, Paul fehlt! Was machen wir denn jetzt?«

»Eine Fahndung nach ihm rausgeben. Mehr können wir gerade nicht tun.«

Die Streifenpolizisten standen steif wie Wächterstatuen am Eingang zur Wohnung. »Sie bleiben noch einen Moment hier«, sagte die Kommissarin zu ihnen. »Ich löse eine Fahndung aus.« Die Polizisten blickten angespannt in den Flur der Wohnung. Ihre Waffen hatten sie wieder gesichert.

Die beiden Frauen stürmten hinunter in ihr Auto. Die Kommissarin benutzte die direkte Sprechfunkverbindung in das Kommissariat. Sie gab kurze und knappe Anweisungen und beschrieb ihren Freund.

Dann startete sie den Wagen und drückte das Gaspedal durch.

Aziza hatte einen fragenden Blick.

»Erst mal in die Inspektion«, teilte ihr Eva mit, »da kann ich am besten denken.«

11

Währenddessen

Pauls Augen waren wie Sterne in seinem Gesicht. Lebendige Augen, voller Feuer. Vor allem wenn er Violine spielte. Doch jetzt schien jede Hitze aus ihnen erloschen. Sie changierten normalerweise in den Farben Blau, Grün und dunkles Ocker. Doch das Leuchten der Farben war verschwunden und einer unheimlichen Angst gewichen. Der Mann, dem er gefesselt auf einem Stuhl inmitten eines unglaublich schmutzigen Raumes gegenübersaß, schwang eine Art Reitgerte über seinem Kopf, mit der er Paul bereits zweimal Hiebe versetzt hatte. Der Mann übertrieb es dabei nicht; schließlich wollte er sein Opfer zwar demütigen, aber nicht übermäßig verletzen. Er brauchte den Freund Eva Lindenthals noch. Und doch war Paul vor Schmerzen bereits in sich zusammengesackt.

»So, und nun rufe brav bei deiner Freundin an und sage ihr, dass ich sie sofort zu sprechen wünsche!«, forderte er ihn auf. Er war großgewachsen, wirkte wie Anfang bis Mitte vierzig und hatte eine sportliche Statur. Seine Haare standen ihm widerborstig vom Kopf ab. Er richtete Paul rüde auf, drückte ihm ein Handy in die Hand und knurrte: »Wähl!«

Paul tippte wegen der Fesseln um seine Hände nur unter Mühen die Nummer seiner Freundin ein. Der Mann nahm das Handy wieder an sich, drückte den Lautsprecherknopf und wartete. Das Klingeln zerriss die Stille des unsäglich schmutzigen Raumes auf eine durchdringende Weise.

»Hallo?«, fragte die Stimme der Kommissarin. Sie hallte im Raum wider.

Der Mann hielt Paul jetzt das Handy vor den Mund.

»Eva? Hier bin ich … Ich bin entführt worden …« Er hörte, wie sie kurz aufschrie und dann einen Schluchzer.

»Du musst nicht … Mir geht es gut …«

»Was hat er mit dir gemacht?«

»Er … Es ist …« Weiter kam er nicht. Eine tiefe Trauer stieg in ihm hoch. Sein Hals war jetzt wie zugeschnürt.

»Wo bist du?«

»Ich weiß es nicht. Irgendein schrecklicher Raum, voller Müll.«

Der Entführer Pauls lauschte interessiert auf den Fortgang des Gesprächs. Er machte allerdings nicht den Eindruck, als würde er nicht auf Nummer sicher gehen.

»Zerbrochene Scheiben?« Paul spürte, dass seine Freundin ihm etwas sagen wollte. Ihre Stimme war wieder fest.

»Ja. Wie eine Ruine.« Auch er bemerkte, dass er wieder sicherer war.

»Ich weiß, wo du bist … Halte durch, ich komme dich holen.«

»Aber dieser Mann …«

»Sag ihm, dass er jetzt schon bis ans Ende seines Lebens in einem Knast vermodern wird.«

Der Entführer lachte lauthals auf.

Er entriss Paul das Handy.

Er drückte auf einen Knopf. Das Gespräch erlosch.

»Und nun«, wandte er sich Paul wieder zu, »erzählen Sie mir doch mal, wie Sie Eva kennengelernt und dann gefickt haben. Ich liebe solche Geschichten.«

12

Die Kommissarin hatte ihr Auto gestoppt, kauerte eingesunken hinter dem Lenkrad, den Blick starr geradeaus gerichtet.

»Ich … ich«, dann versagte ihre Stimme. Eine lähmende Müdigkeit hatte sie jetzt ergriffen. Aziza griff in eine ihrer Westentaschen und reichte ihr ein winziges Fläschchen. »Hochdosiertes Koffein«, sagte sie. »Wir werden es brauchen. Der Tag ist noch längst nicht zu Ende.«

Die Kommissarin nahm den unverhofften Energieschub an.

»Ich übernehme das Steuer«, befahl ihr Aziza. »Du brauchst jetzt einen klaren Kopf.«

Rasch wechselten die Frauen die Sitze. Nachfolgende Fahrzeuge begannen, ungeduldig zu hupen.

Wieder im fließenden Verkehr, sagte die Kommissarin: »Ich dirigiere sechs Männer in ihren Streifenwagen nach Mueß. Ich kenne die Bruchbude, in der dieses Schwein meinen Freund als Geisel hält.«

»Ist das eine gute Entscheidung?«, fragte Aziza. »Vielleicht wartet er nur darauf, einen Auftritt vor großem Publikum zu haben. Und wenn er dann durchdreht wie der Joker bei Batman, dann überlebt das vielleicht dein Freund nicht.«

»Was soll ich denn sonst tun? Mich ihm alleine stellen? Mit ihm reden? Er ist offenbar ein Psychopath.«

»Das war der Joker auch«, murmelte Aziza und fügte dann an: »Was auch immer er ist und weiter im Schilde führt, du erfährst es nur direkt von ihm. Von Angesicht zu Angesicht. Er weiß ja nicht, dass wir zu zweit unterwegs sind. Stoppen wir die Streifenwagen und gehen dort gemeinsam rein. Ich bin deine Lebensversicherung, glaub mir.«

Die Kommissarin hatte bei den letzten Worten Azizas aufgemerkt. »Was meinst du damit?«

»Ich kann mich und andere gut selbst verteidigen«, sagte sie lächelnd. »Meine Muskeln habe ich nicht vom Bierglasheben. Manchmal ist mir der Job als Beraterin zu langweilig, und ich gehe dann mit den Männern vom BKA trainieren.«

Die Kommissarin tippte sich an die Stirn. »Ich verlasse mich mehr *darauf*.«

»Dann vereinen wir jetzt mal Kopf und Kraft«, sagte Aziza. »In welche Richtung muss ich eigentlich fahren?«

Die Kommissarin gab über das Navigationssystem ihres Autos den Weg vor. Sie würden in etwa zwölf Minuten ihr Ziel erreichen.

Verstohlen tippte sie eine Nachricht an die Polizeiinspektion in ihr Handy ein. Sie wollte auf Nummer sicher gehen.

Währenddessen hatte Kielmann seinem Gefangenen nochmals die Fesseln festgezogen, ihn samt Stuhl an eine der Wände gezogen und eine Pistole durchgezogen. Er lehnte jetzt an einem zerborstenen Fensterrahmen, in dem eine von Rissen durchzogene Scheibe lose im trockenen Kitt saß. Er lugte vorsichtig hinaus und blickte angestrengt in alle möglichen Richtungen.

»Deine Freundin scheint es nicht eilig zu haben, dich hier rauszuholen«, grollte er.

Paul schwieg. Ihn überforderte diese Situation wie einen Menschen, der vor etwas Unfassbarem kapitulierte. Seine Augen waren geschlossen. Er rüttelte schon längst nicht mehr an den Fesseln, die seine Hände, Arme, Beine und Füße schmerzhaft einschnürten. An den Stellen, auf denen ihn die Lederpeitsche getroffen hatte, war Blut in den Kleidungsstoff eingesickert.

»Wenn Frau Lindenthal hier mit einem Tross Polizisten auftaucht, dann wird's für dich ungemütlich, Freundchen.«

Paul schwieg weiter.

13

Das Gelände um die Alte Fähre war so zugewuchert wie ein sich selbst überlassener Wald. Sträucher, Farne, Büsche und Bäume standen dicht an dicht, boten Schutz vor ungebetenen Blicken, bargen aber auch die Gefahr, dass man selbst wenig sah. Doch die Kommissarin kannte sich gut aus. Auf ihr Geheiß hin parkte Aziza den Dienstwagen ein wenig abseits. Schnell streiften sich die beiden Frauen Schutzwesten über. Aziza hatte wie immer ihren kleinen Rucksack dabei. Es war kurz vor achtzehn Uhr. Noch war der Abend hell.

»Bleib dicht an mir dran«, flüsterte die Kommissarin Aziza zu. »Ich weiß genau, wie wir hier unbemerkt hineinkommen. Hier haben wir den zweiten toten Polizisten gefunden.«

Vorsichtig schlugen sie sich durch das Gestrüpp. Sie machte kurz halt, nahm ihr Handy und wählte Pauls Nummer. Es klingelte einmal, dann verebbte der Ton.

»Er will uns foppen«, sagte sie leise. »Das Handy ist abgestellt. Wenn er die SIM-Karte nicht herausgenommen und zerstört hat, werden ihn unsere Techniker dennoch finden. Ich habe eine Ortung für das Telefon angeordnet, falls er mit Paul flüchten will.«

»Gute Idee«, sagte Aziza anerkennend. »Wie gehen wir denn jetzt vor?«

Leise erörterte die Kommissarin ihre Taktik, die auch die Zustimmung von Aziza fand. Die Frauen arbeiteten sich langsam und Deckung in dem dichten Wuchs suchend weiter an das verfallene Ausflugslokal heran.

»Wir bekommen sicher gleich Besuch«, sagte der Geiselnehmer zu seinem Opfer. »Es ist so verdächtig ruhig da draußen.«

Er näherte sich Paul, der urplötzlich mit aller Kraft anfing, »Hilfe« zu brüllen. Noch bevor der Mann sein Opfer erreicht hatte, war es Paul gelungen, seinen Stuhl umzukippen. Obwohl er mit seinem Sitz wegen seiner Fesseln so eng verbunden war wie ein Astronaut mit seinem Raumanzug, bekam er nun seine Beine frei, um sie nach vorn zu schwingen. Er traf seinen Peiniger mit beiden Füßen im Unterleib. Der Mann jaulte auf und kippte nach hinten weg. Paul robbte mit aller Kraft in Richtung der Tür. Doch der Mann war wieder auf den Beinen und stürzte sich auf sein Opfer. Paul hatte keine Chance. Eine Faust traf ihn mitten ins Gesicht.

Die Hilferufe und der Lärm aus dem Raum waren bis zu den beiden Frauen gedrungen. Die Kommissarin trieb sich und Aziza schnell vorwärts. »Das müssen wir ausnutzen. Paul verwickelt den Kerl in eine Auseinandersetzung. Sehr klug von ihm.«

»Okay«, flüsterte Aziza, »ich bleibe dicht hinter dir.«

Sie drangen in das Haus vor, verteilten sich auf der Eingangsebene, wobei sich Aziza bei ihrem Vorwärtsgang sehr viel enger an die Wände presste als die Kommissarin. Die stöhnenden Geräusche miteinander ringender Menschen hallten durch die Stille.

»Paul!«, rief Eva. »Halte durch! Ich komme und hole dich!« Plötzlich: Totenstille. Sie drehte sich nach Aziza um. Sie war verschwunden.

»Verdammt«, murmelte sie.

Vorsichtig setzte sie weiter einen Schritt vor den anderen. Es musste der letzte Raum sein, dachte sie, von dort kamen die Kampfgeräusche. Sie hörte ein merkwürdiges Schurren, so, als schleiften Sohlen über trockenen Sand. Jetzt presste sie sich auch schützend an die Wand. Sie bereute plötzlich, nicht bewaffnet zu sein.

»Wo sind Sie denn, Frau Kollegin?!« Die männlich tiefe, eher jung klingende Stimme hatte einen bösen Unterton.

Sie kannte ihren Klang. Sie zuckte zusammen, als habe sie ein offenes Stromkabel gestreift. Der Schock löste ein plötzliches Schwindelgefühl aus, ihre Beine drohten, einzuknicken. Die

Kommissarin befahl sich selbst, die Ruhe zu bewahren. Sie atmete ein paar Mal tief, aber beinahe lautlos durch.

»Toni?«, rief sie. »Warum tust du das? Lass uns reden! Und gib Paul frei!«

»Ich tue das, weil du es zuerst getan hast«, rief er zu ihr herüber. »Du hast mich erst gedemütigt und dann mein Leben zerstört. Und wenn du das nicht begreifst, dann zerstöre ich das Leben deines Freundes.«

Die Kommissarin stand noch immer dicht gepresst an der schmutzigen Wand. Sie spürte ein schmerzhaftes Stechen in ihrer Hüfte. Außerdem fühlte sie sich immer noch sehr schwach und schutzlos. Wo blieb Aziza?, dachte sie. Was hatte sie vor?

»Gib Paul frei!«, rief sie erneut. »Er hat mit alldem nichts zu tun. Wenn du etwas abzumachen hast, dann mit mir!« Ihre Stimme hallte durch die leeren Räume und brach sich an den Wänden als schwaches Echo. Sie lauschte, doch sie hörte nur ihr eigenes Atmen. Sie schob sich an der Wand entlang, dorthin, wo sie Toni und Paul vermutete. Sie spürte jetzt heftige Stresssymptome. Ihr Herz pochte hart gegen das Rippenfell, sie sehnte sich nach Ruhe, sie hatte Hunger, und ihrem Freund ging es schlecht. Es war bereits ein langer Tag gewesen.

Plötzlich ein Krachen, als sei eine Wand eingestürzt. Dann hörte sie polternde Geräusche und die Stimme Azizas, laut und überkippend: »Ich mache Sie fertig!« Ein Schuss hallte schmerzhaft dröhnend durch das Gepolter. Die Kommissarin stürzte vorwärts, rannte an zwei leeren Räumen vorbei und sah sich der Szenerie zwei miteinander ringender Menschen gegenüber. Aziza hielt Toni im Würgegriff, der sich aber wieder befreien konnte. Er hieb der BKA-Beraterin eine Faust ins Gesicht. Aziza kippte kurz in sich zusammen, rappelte sich aber blitzschnell wieder auf und schlug Toni erst ihren rechten Fuß in den Unterleib, dann den Ellenbogen ins Gesicht. Toni ging zu Boden, umfasste dabei aber blitzschnell die Beine Azizas, die ihrerseits das Gleichgewicht verlor und gegen eine lose im Rahmen hängende Fensterscheibe krachte. Das Glas zersplitterte mit einem schmerzhaften Klirren. Kielmann kam Aziza erneut entgegengeflogen und riss sie wieder zu Boden. Doch mit einem kräftigen Ruck schleuderte die im Nahkampf trainierte Beraterin ihren Angreifer herum. Beide prallten gegen eine Wand, aus der sich jetzt Mörtelstückchen lösten und auf den Boden regneten. Aziza schlang ihre Arme um Kielmanns Brustkorb und presste ihn zusammen. Doch Toni befreite sich, indem er sich mit den Beinen gegen die Wand stützte und kräftig abdrückte. Wieder stürzten beide zu Boden. Aziza packte ihrem Angreifer an den Hals, doch der drehte sich geschickt herum und trat ihr mit dem rechten Fuß in den Unterleib. Aziza stöhnte schmerzerfüllt auf. Kielmann schlug ihr mit der Faust hart unter das Kinn. Azizas Kopf prallte an die Wand, die sich an der Aufschlagstelle ihres Hinterkopfes von Blut rot färbte.

Erfüllt von Wut über die Brutalität ihres Gegners, mobilisierte Aziza ihre letzten Kräfte, sprang nach einer halben Rolle auf die Füße und rammte ihrem Gegner mit Wucht den rechten Ellenbogen in die Rippen. Kielmann japste nach Luft, beugte sich zu weit vor, und Aziza nutzte die Gelegenheit für einen gezielten Schlag unters Kinn. Der abtrünnige Polizist schwankte rückwärts, fing sich aber schnell wieder und stürzte sich erneut auf die Beraterin. Doch die hatte aufgepasst. Mit mehreren schnellen Handkantenschlägen wehrte sie den Angriff ab, ging augenblicklich in die Hocke, packte den Angreifer am Steiß, hob ihn hoch und ließ seinen Körper gegen eine Wand prallen. Aziza hechtete hinterher, packte ihren Gegner am Hals und drückte ihm die Luft ab. Kielmann wand sich wie ein gefangener Aal, doch Azizas Kampftechnik war effizienter. Tonis Gesicht verfärbte sich von blassrot zu dunkelrot. Seine Luft wurde knapp, doch Aziza hielt ihn erbarmungslos im Würgegriff.

Die Kommissarin befreite Paul jetzt hastig von seinen Fesseln, zog ihn vom Stuhl und stützte ihn auf seinem Gang aus dem

Raum hinaus ins Freie. Sie würdigte dem Kampf keinen weiteren Blick.

»Warte hier auf mich«, sagte sie mit vor Erregung heiserer Stimme, »ich muss zu meiner Kollegin zurück. Hier müssten in Kürze Einsatzwagen auftauchen. Sag den Kollegen, wo wir sind.« Paul fasste nach ihrer rechten Hand. Tränen standen in seinen Augen.

»Ich liebe dich«, sagte er leise. »Fahren wir Boot, wenn das alles hier vorbei ist?«

»Ich liebe dich auch«, antwortete sie ihm, strich über seine nasse Stirn und seine Haare. »Und ja, das machen wir. Du warst ein Held, Paul. Tapfer und stark. Aber jetzt muss ich zu Aziza«, drängte sie, wandte sich schnell von ihm ab und stürmte zurück in das verfallene Gebäude.

14

Wieder in der Ruine angelangt, stoppte sie jäh. Sie lauschte. Es war viel zu still. Sie hielt sich selbst nicht für zögerlich. Aber sie war auch keine Draufgängerin. Aber wenn das Gefühl in ihr erwachte, dass etwas nicht stimmte, dann schenkte sie diesen Empfindungen Glauben. Und hier stimmte etwas nicht. Sie hatte keine Wahl, sie musste es herausfinden. So leise es nur ging, tastete sie sich mit ihren Schuhen über Scherben, Papierfetzen, verschimmelten Essensresten und kleinen Steinchen zu jenem Raum, in dem vor wenigen Minuten noch der Kampf zwischen Aziza und Toni stattgefunden hatte. Doch der Raum war leer. Sie bemerkte frische Blutflecken auf dem schmutzigen Boden, sah eine leere Patronenhülse, abgerissene Knöpfe und eine Menge Schleifspuren, die sich als wilde Zickzackmuster durch den Staub zogen. Der Stuhl, auf dem Paul gefesselt gewesen war, lag in seinen Einzelteilen verstreut im Raum. Die Kommissarin überkam Panik. Ihre Gedanken rasten zwischen Entsetzen und kühler Logik hin und her. Was war geschehen? Hatte Kielmann am Ende Aziza doch überwältigen können und sie sogar getötet? Hatte er sie aus der Ruine geschleift, irgendwo draußen auf den Boden geworfen und war geflohen?

Die Kommissarin griff nach einem der Stuhlbeine, das an einem Ende wie ein trockenes Holzscheit nach einem stumpfen Axtschlag aufgesplittert war. Mit der scharfen Spitze voraus schlich sie wie eine Katze in Richtung des Hintereingangs des verfallenen Gebäudes. Sie durchquerte den Flur, spähte in die benachbarten Räume und sog dabei den schweren Geruch von Moder, Müll und feuchten Wänden ein. Keine Spur von Aziza und Kielmann. Ihr blieb wahrscheinlich nicht viel Zeit, das wusste sie. Sie mahnte sich selbst, kurz innezuhalten. Sie durfte sich keinen Fehler leisten. Eine überhastete Entscheidung könnte nicht nur für sie lebensgefährliche Konsequenzen haben. Sie lauschte erneut. Wie aus dem Nichts drangen die Signaltöne heraneilender Polizeiwagen in ihre Stille. Sie reagierte wie ein Hundertmeterläufer auf einen Startschuss. Mit der Sicherheit einer Mannschaft im Rücken stürmte sie die restlichen Meter vorwärts hinaus ins Freie. Dämmerung empfing sie.

Sie trampelte den Wildwuchs, der sich rund um die Ruine zu einem beinahe undurchdringlichen Dickicht verwoben hatte, nieder, blickte nach links, nach rechts, nach vorn und hinter sich: Doch Aziza und Toni Kielmann waren nirgends zu entdecken. Dafür schlugen sich mehrere Polizisten durch das dichte Gestrüpp und kamen direkt auf die Kommissarin zu.

»Suchen Sie das Gelände nach einer männlichen und einer weiblichen Person ab!«, rief sie ihnen zu. »Und Vorsicht! Der Mann ist bewaffnet! Aber könnte verletzt sein! Die Frau ist eine Polizeikollegin!«

»Geht klar!«, erhielt sie als Antwort von einer Polizistin. Der Trupp verteilte sich auf dem Gelände. Das scharfe Licht von mehreren LED-Lampen blitzte auf und tauchte das wilde Gestrüpp in ein gespenstisches Licht.

Eva Lindenthal durcheilte erneut die Ruine und kehrte auf die Straße vor dem zerfallenen Gebäude zurück. Sie stoppte jäh.

»Verdammt«, zischte sie. »Wo ist mein Auto?« Paul winkte zu ihr herüber. Ein Polizist war bei ihm und fragte nach dessen Personalien.

»Er gehört zu mir«, schnarrte die Kommissarin ihn an.

»Ist aber Dienstvorschrift«, sagte der Polizist und fragte Paul nach dessen Ausweis.

»Hauen Sie ab!«, schnappte die Kommissarin ihn böse an. »Unterstützen Sie Ihre Kollegin bei der Suche nach einer BKA-Beamtin und einem mutmaßlichen Mörder. Und Taschenlampe nicht vergessen!«

Der Polizist zeigte einen devoten Blick und trollte sich schnell.

»Mein Entführer und eine Frau sind mit deinem Auto abgefahren«, sagte Paul. Er saß auf einem Begrenzungsstein an der Straße und rieb sich seinen rechten Oberarm. Er war von dem Schlag mit der Reitgerte angeschwollen und blutunterlaufen.

»Er hatte Handschellen um, sie hielt eine Pistole in der Hand.«

»Ich fasse es nicht«, murmelte die Kommissarin. »Moment, Paul, darüber muss ich mit meinem Vorgesetzten sprechen. Dieser Fall nimmt ja immer groteskere Formen an.«

»Eva?«

Sie wandte sich mit ihrem Handy kurz Paul zu.

»Es wird alles gut, oder?«

»Ja, wird es«, sagte sie, und es klang fahrig. »Wurde es bisher doch immer.«

»Das ist gut«, sagte Paul. Er zitterte leicht. Er stand noch immer unter Schock. Die Ereignisse der letzten Stunden klangen in dem Violinisten des Schweriner Staatsorchesters dissonant nach. Die Kommissarin bekam davon nichts mit.

»Uli?«, fragte sie in ihr Telefon. »Ich habe ein Problem.«

»Ich auch«, sagte er. »Ich hatte Sie schon vor einiger Zeit versucht, zu erreichen.«

»Mein Handy war aus. Aziza und ich haben den mutmaßlichen Polizistenmörder aufgespürt und dabei …«

»Das weiß ich alles schon«, unterbrach sie Timmermann. »Und Ihr Auto ist weg, und Aziza und Kielmann sind spurlos verschwunden.«

»Woher wissen Sie …?«

»Vom Verfassungsschutz. Kielmann war ein V-Mann, der allerdings aus dem Ruder gelaufen ist. Ich erkläre Ihnen das, wenn Sie …«

»Moment!«, fuhr die Kommissarin dazwischen. Sie warf einen kurzen Blick auf ihren Freund. Der blätterte in seinem Mobiltelefon.

Sie entfernte sich jetzt ein paar Schritte von ihm.

»Wollen Sie damit sagen, dass wir einen Verbindungsmann vom Verfassungsschutz gejagt haben, der auf *eigene Rechnung* gehandelt hat? War unser verehrter Exkollege *ein Spion*?«

»So kann man es sagen«, erhielt sie zur Antwort. »Kommen Sie in die Inspektion. Hier erkläre ich Ihnen die Zusammenhänge.«

»Und Aziza? Welches Spiel spielte sie?«

»Erkläre ich Ihnen später. Kommen Sie zurück!« Sein letzter Satz klang wie ein Befehl.

»Verabreden wir uns für morgen«, erwiderte sie ebenso streng. »Ich habe meinen Freund zu versorgen. Kielmann hatte ihn entführt und misshandelt, um an mich heranzukommen. Ich bin so müde wie lange nicht, mein Tag war über die Maßen stressig und begann mit Ihrem Anruf heute Morgen um fünf.« Sie lauschte in den Hörer.

»Okay, schlafen Sie sich aus.«

»Nicht vor zehn!«, beharrte sie.

»Gut«, dann trennte Timmermann die Verbindung.

Die Kommissarin wandte sich Paul zu. »Komm«, sagte sie, »wir lassen uns von einem Streifenwagen nach Hause fahren. Hier ist nichts mehr zu tun. Ich ziehe die Polizisten ab.«

Etwa fünfzehn Minuten später verließen die Beamten, die Kommissarin und ihr Freund den Tatort. Die Ruine, in der ein Mensch seinen Tod fand, würde ab sofort wieder still vor sich hindämmern, wie sie es die Jahre zuvor auch schon getan hatte.

15

Am nächsten Morgen, zehn Uhr

»Sehen Sie die Rabenkrähen dort draußen?« Timmermann stand am Fenster und wies mit seiner rechten Hand auf einen mächtigen Baum, auf dem sich Hunderte der schwarzen Vögel versammelt hatten und einen Mordsradau machten. Die Kommissarin starrte mit müden Augen hinaus, sagte aber nichts.

»Sie kamen, um gemeinsam zu schlafen, und jetzt brechen sie für ihre Beutezüge auf. Und am Abend kehren sie vielleicht wieder zurück. Faszinierend.« Lindenthals Vorgesetzter wies auf einen der schweren Sessel. »Ich weiß, dass Sie nicht gern sitzen, aber es wird Ihnen guttun. Meine Informationen hauen Sie sonst vielleicht um.«

Ganz gegen ihre Gewohnheit ließ sich die Kommissarin in den Sessel fallen. Sie schlug die Beine übereinander und wippte mit ihrem rechten Fuß. Sie gähnte kurz und herzhaft.

»Reden Sie schon«, sagte sie mit einer leicht belegten Stimme. »Ich hatte eine kurze Nacht. Mein Freund steht noch immer unter Schock. Er brauchte meine Zuwendung, wir schliefen also wenig.«

»Ich verstehe das sehr gut«, gab Timmermann seiner Stimme einen sanften Klang. »Kielmann ist ein gut ausgebildeter Polizist, der es dominant mag, sich nicht nur zu wehren weiß, sondern auch rabiat zu anderen werden kann.«

»Er ist ein Mörder«, sagte die Kommissarin schlicht.

»Er ist vor allem ein von sich selbst Getriebener, der offenbar mehrfach die Seiten wechselte.« Timmermann glitt jetzt auch in das schwere Ledergestühl, zog ein Etui aus der Innenseite seines Jacketts, fingerte eine Brille auf seine Nase und griff dann zu einem Blatt Papier in der gleichen Tasche. »Das ist der Ausdruck einer E-Mail über unser NADIS-Netzwerk. Sie hat mich gestern Nachmittag erreicht. Just zu jenem Zeitpunkt, als Sie Kielmann mit Hammami hochnehmen wollten. Ihr Handy war aus, sonst hätte ich Sie gestoppt.«

»Aber warum?«, fragte die Kommissarin.

»Weil Kielmann dem Verfassungsschutz gehört. Er ist als V-Mann in die rechtsradikale Szene geschleust worden, nachdem er den Behörden dadurch auffiel, dass er nach seinem Abtritt aus dem Polizeidienst psychische Probleme bekam. Dass seine Ehe scheiterte, wissen Sie ja schon. Aber Kielmann begann zu trinken, trieb sich in zwielichtigen Lokalitäten zwischen Hamburg, Berlin, Köln und München herum und wurde so als Sicherheitsrisiko eingestuft. Immerhin hatte der Mann die zweithöchste Sicherheitsfreigabe als leitender Kommissar in Wismar …«

»Jaja«, unterbrach die Kommissarin den Redeschwall Timmermanns, »und hat eine Reihe Verbrechen erfolgreich aufgeklärt.«

»Aber nicht nur das«, knüpfte er an. »Kielmann war anscheinend so labil, vielleicht auch eine tickende Zeitbombe, dass ihm der Verfassungsschutz in Abstimmung mit dem BKA einen Job als V-Mann anbot mit der Tarnung, Gutachten für Neonazis zu schreiben, die vorzeitig wegen guter Führung aus dem Knast wollten. Die Hoffnung der Schlapphüte war, so an Informationen zu kommen, die die Staatsanwaltschaften zuvor aus den Nazis nicht herausbekommen haben.«

»Aber mal ganz ehrlich«, sagte sie und beugte sich aus dem Sessel Timmermann entgegen. »Wie passt das mit zwei Polizistenmorden zusammen, die er mutmaßlich als Auftraggeber angeordnet hat?«

»Und da liegt der Hase gründlich im Pfeffer. Vielleicht verbergen sich doch noch andere Personen dahinter …« Timmermann blickte düster. »Kaffee?«, fragte er.

»Nein, Tee. Kräuter, bitte.«

Timmermann erhob sich und schlenderte an seinen wuchtigen Schreibtisch. Er wählte von seinem Tischtelefon aus eine Nummer und lauschte. »Bringst du uns Kaffee, Kräutertee, Milch und Zucker? Und Wasser. Ich verdurste.« Er legte wieder auf. Noch während der Rückkehr zu seinem Sessel sagte er: »Die Freunde vom Geheimdienst sagen mir auch nicht alles. Fakt ist aber, dass Kielmann ab irgendeinem Zeitpunkt sein eigenes Ding machte, seinen Führungsoffizieren entglitt und Altmann aus dem Knast holte. Übrigens auf spektakuläre Weise, wie wir alle mitbekommen durften. Dass Polizisten zu Opfern wurden, kann auch der Verfassungsschutz nicht gewollt haben.«

»Aber warum lief es aus dem Ruder?«, fragte sie. »Wo ist der Kerl jetzt überhaupt und Aziza?«

»Soviel ich weiß, hat ihn Aziza kaltgestellt und beim Verfassungsschutz abgeliefert. Ich habe keine Ahnung, was mit ihm geschehen ist. Aziza ist sicher wieder beim BKA zu erreichen. Ihre Mission hat sie erfüllt.«

»Mission?«, fragte Lindenthal erstaunt.

»Ja, sie war und ist ein weiblicher V-Mann. Das habe ich aber auch erst gestern erfahren. Sie war von Anfang an bei uns, um Kielmann daran zu hindern, weitere Verbrechen zu begehen und Sie, verehrte Kollegin, zu schützen.«

»Noch eine Spionin … na, besten Dank«, sagte Eva Lindenthal. »Da freue ich mich aber, in einem Kindergarten zu arbeiten, in dem Betreuer auf mich achten.« Sie lächelte jetzt böse.

»Mal langsam, Eva«, schnarrte Timmermann. »Kielmann wollte nicht nur die Anerkennung und den Thrill eines V-Mannes. Er wollte auch Rache für seinen angeblich von uns inszenierten Rausschmiss aus dem Polizeidienst. Seien Sie froh, dass er Sie nicht auch erwischt hat. Dass alles aus dem Ruder lief, konnte der Verfassungsschutz offenbar nicht verhindern.«

»Das Szenario kommt mir bekannt vor«, sagte sie höhnisch. »So ein Desaster gab es schon einmal, bei dem eine Polizistin und eine Gruppe Türken rechtsextremen Terroristen zum Opfer fielen und V-Männer in deren Dunstkreis agierten.«

»Das ist richtig«, sagte Timmermann mit dünner Stimme. »Und hier wie auch damals haben wir Kriminalen in die Röhre geschaut und wurden von den Ermittlungen de facto abgeschnitten oder bekamen Informationen nicht, die vielleicht Leben gerettet hätten. Scheiß Föderalismus.»

Timmermanns Bürotür öffnete sich und eine schlanke, junge Blondine trat ein. Sie stellte das Tablett mit der Kanne Kaffee, zwei Tassen, Milch, Zucker und Gebäck auf einen gläsernen Beistelltisch ab, der dicht an den Sessel der Kommissarin gerückt stand. Sie sagte kein einziges Wort. Still goss sie den Kaffee ein und verschwand wieder.

»Ist sie neu?«, fragte die Kommissarin.

»Ja«, sagte Timmermann. »Versetzt aus einer anderen Abteilung. Angebliche Illoyalität. Ich habe das nicht erforscht. Sie ist noch jung, da macht man Fehler. Als Sekretärin machte sie bisher einen guten Job.«

Sie tranken.

»Das ist wirklich ein Hammer«, entfuhr es Eva Lindenthal dann. »Ein ehemals erfolgreicher, etwas schießwütiger, aber honoriger leitender Oberkommissar bringt zwei seiner Exkollegen um, während er am Ende des Monats die Hand für eine Art Blutsalär aufhält. Was mich am meisten wurmt«, sagte sie mit Hitze in der Stimme, »ist, dass ich mehreren toten Spuren aufgesessen bin.«

»Was meinen Sie genau?«, fragte Timmermann.

»Dieser ganze Schrott mit der Sexualmagie, den Satanisten, den Séancen, der Schwarzen Sonne in Tessa Rubinsteins Garten. All dies führte mich anfangs völlig in die Irre.«

»Das kann man so oder so sehen«, antwortete Timmermann. »Aus dem Verhör von Rubinstein wissen wir, dass sie Altmann nicht nur beherbergte, weil sie ein böser Mensch ist. Sie war auch fasziniert von Theo Sanders Kompensation, aus seiner Kleinwüchsigkeit das Beste zu machen und einen Zirkel für Sexualmagie und allem, was dazu gehört, zu gründen. Rubinstein selbst hat einen Hang zur Esoterik, wie Sie selbst wissen. Und Altmann lieferte mit seiner rechtsnationalen Gesinnung das Unterfutter für Sanders krudes Hobby. Später kamen dann Marie Schacht und andere dazu. Selbst Leon Schacht, unser erstes Opfer, war anfangs mit der Duldung seiner Mutter mit an ausschweifenden Abenden mit Sexorgien und Blutschwüren beteiligt.«

»Deshalb sein Poster von Aleister Crowley«, murmelte sie.

»Wie meinen?«, fragte Timmermann altbacken.

»Nichts, nichts«, sagte die Kommissarin. »Ich habe mich gerade an meine eigene Jugend zurückerinnert.«

Beide schwiegen einen Moment, tranken Kaffee und Tee.

»Und wie stieß Toni Kielmann dazu?«, fragte die Kommissarin.

»Unseres Wissens gar nicht«, antwortete Timmermann. »Ich schließe nicht aus, dass er zu Tessa Rubinstein Kontakt aufnahm, um Altmann irgendwo sicher unterzubringen …«

»… und hat uns alle damit abgelenkt, dass er sein Auto am Strand stehen ließ und inszenierte, dass ihm womöglich etwas passiert sei.«

»Ja, ein Fuchs ist er schon«, sagte Timmermann keinesfalls anerkennend, eher in bitterem Ton.

»Hat mich lange beschäftigt«, sagte die Kommissarin.

»Sollte es wohl auch«, ergänzte ihr Vorgesetzter.

»Können wir mit ihm reden?«

Timmermann hob theatralisch abwehrend seine Arme.

»Überlassen Sie den Mann dem Verfassungsschutz. Unsere Arbeit ist getan.«

»Und wenn ich es will?«

»Dann werde ich Sie daran hindern.«

Die Kommissarin schob sich aus dem Sessel, ging einen Schritt auf Timmermann zu, sah ihm direkt in die Augen und sagte: »Sie können mich mal, Sie und die Bagage vom Verfassungsschutz. Ich will die Motive aus Kielmanns Mund hören. Er war mal so etwas wie ein Freund. Und das bin ich auch seiner Frau schuldig.« Sie wartete eine Antwort ihres Vorgesetzten gar nicht erst ab. Stattdessen verließ sie ohne Abschied hastig sein Büro, würdigte die Dame in Timmermanns Vorzimmer keines Blickes und eilte über den Gang des Kommissariats in ihr Dienstzimmer, in dem Laura schon auf sie wartete.

Für sie nicht mehr sichtbar, hangelte Timmermann hastig nach seinem Handy, wählte eine Nummer und redete dann verschwörerisch leise hinein.

16

Eva Lindenthal fasste für ihre Assistentin in ihrem Büro das Gespräch mit Timmermann kurz zusammen und sagte dann grimmig: »Wir sind alle nur Marionetten anderer Behörden gewesen. Packe mir bitte alle Dossiers, Ermittlungsunterlagen und frühere Fälle von Toni Kielmann zusammen. Ich fahre heute Abend mit Paul in mein Apartment auf Poel und suche nach Motiven von Kielmanns Handeln. Ich werde nicht hinnehmen, dass …«

Laura unterbrach sie vorsichtig, aber beherzt. »Ist das wirklich gut? Wer weiß, was wirklich hinter dieser V-Mann-Sache steckt, wer noch an den Fäden zog und welche Interessen sowohl der Verfassungsschutz als auch das BKA hatten oder immer noch haben? Und ehe du zwischen die Fronten gerätst …?«

»Ich sitze schon zwischen allen Stühlen«, antwortete die Kommissarin. »Ich möchte diese ungeheuerlichen Vorgänge sauber bis zum Schluss aufklären und dann die Akten schließen. Dafür bin ich Ermittlerin geworden.«

»Vielleicht berührt der Fall aber auch Aspekte der nationalen Sicherheit«, wandte Laura ein. »Rechtsextreme Netzwerke, die terroristisch agieren, fallen nun mal nicht in unseren Ermittlungsbereich.«

Die Kommissarin blickte erstaunt auf ihre Assistentin. So hatte sie sie noch nie reden gehört. »Wo hast du denn diese Weisheiten her?«, fragte sie.

»Eva«, sagte Laura und legte dabei Schmelz in ihre Stimme, »ich kenne dich jetzt ziemlich lange. Du bist eine gute Kommissarin. Aber die Sache könnte vielleicht für dich nicht gut ausgehen. Wenn Geheimdienstbehörden glauben, dass ihnen jemand ins Handwerk pfuscht, werden die schnell ungemütlich. Und vielleicht gab und gibt es für das Vorgehen der Nachrichtendienste sogar politische Rückendeckung aus dem Parlament und der Landesregierung? Wer weiß das schon? Wie lange mussten wir darum kämpfen, als polizeiliche Ermittler an den Trog von Informationen zu kommen, die kein Verfassungsschutzamt mit uns teilen wollte? Ewig. Das sollten wir nicht aufs Spiel setzen.«

Die Kommissarin blickte sinnierend aus dem Fenster ihres Büros. Auf dem Fußgängerweg vor dem Gebäude pickten Tauben irgendetwas weg. Wind verwirbelte eine gelbe Plastiktüte, ein Autofahrer bedrängte einen anderen.

»Vielleicht hast du recht«, sagte Eva Lindenthal und wandte sich wieder ihrer Assistentin zu. »Verpacke mir trotzdem den ganzen Kram. Ich will alles noch einmal lesen.«

»Wie du meinst«, sagte Laura und verschwand im Nebenzimmer.

Die Kommissarin griff nach ihrem Telefon und wählte ihren eigenen Festnetzanschluss in ihrer Wohnung in Schwerin. Sie unterrichtete Paul von ihrem Plan, demnächst für ein paar Tage nach Poel zu fahren. »Und du kommst mit«, sagte sie fest.

»Ich glaube, mir täte es gut, mit dem Orchester zu proben«, antwortete Paul. »So überwinde ich vielleicht schneller meinen emotionalen Stress. Ich komme aber gern nach.«

»Gut«, sagte sie. »Wir sehen uns am Abend. Entspann dich.« Sie beendete das Gespräch mit einem Gesichtsausdruck einer neuen Idee.

»Laura?«, rief sie und hielt noch den Telefonhörer in der Hand. »Hast du vielleicht Lust, mich nach Poel zu begleiten?«

Ihre Assistentin erschien im Türrahmen und sah interessiert aus.

»Wir könnten es uns gemütlich machen, ans Meer spazieren gehen, gemeinsam kochen, die Unterlagen gemeinsam auswerten. Paul kommt erst später nach.«

»Ich bin begeistert«, antwortete Laura. »Wann geht's los?«

17

Insel Poel, zwei Tage später, gegen zwei Uhr am Morgen

Trotz des sternenklaren Himmels und eines Sichelmondes am Firmament war die Nacht noch so dunkel wie ein schwarz gefärbtes Laken. Von Westen wehten sanfte Brisen über das Meer auf die Insel, die für eine angenehme Kühle sorgten. In der schmalen Straße vor ihrem Apartmenthaus herrschte die Ruhe eines Küstenorts, der den Ferienansturm noch vor sich hatte. Die Kommissarin und ihre Assistentin schliefen bei offenem Fenster. Eva Lindenthal in ihrem Bett im Schlafzimmer, Laura im Wohnzimmer auf der Gästecouch. Der Kühlschrank der in den Raum hineinragenden Küche surrte leise. Von irgendwoher drangen Geräusche eines entfernt auf dem Wasser dahintuckernden Fischerkahns in die Stille des Apartments. Die beiden Frauen hatten seit dem Mittag des Tages alle Ermittlungsunterlagen zu den dramatischen Vorgängen der letzten beiden Wochen gesichtet, geordnet und kategorisiert. Eva Lindenthal war entschlossen, auf eine Spur zu stoßen, die ihr sagte, an welchem Punkt Toni Kielmann seinen Auftraggebern entglitten und zu einem Polizistenmörder geworden war. Ab dem frühen Abend waren sie allerdings nicht mehr in der Stimmung gewesen, sich bis in die kleinsten Details vorzuarbeiten. Stattdessen waren sie nach Kirchdorf an den Hafen gefahren und hatten in einem der beiden Fischrestaurants zu Abend gegessen und ein paar Gläser Weißwein getrunken. Gegen dreiundzwanzig Uhr waren sie in das Apartment der Kommissarin zurückgekehrt, hatten noch etwas getrunken und waren müde und erschöpft schlafen gegangen. Der Plan war, am darauffolgenden Tag das Mosaik aus Spuren, Erkenntnissen, Vorgängen und falschen Fährten weiter zu vervollständigen.

Es war kurz nach zwei Uhr am Morgen.

Zwei dicht aufeinanderfolgende, dunkel lackierte Fahrzeuge schoben sich langsam, aus Richtung Kirchdorf kommend, über die schmale Straße zum Ortsteil Schwarzer Busch. Sie stoppten an ihrem Ende, das einen Wendehammer beschrieb. Von hier aus führte nur noch ein schmaler Strandweg direkt ans Wasser. Die beiden Limousinen parkten vor einem Schild, das die gesamte Zone ausschließlich für behinderte Menschen frei hielt. Die zwei Seitentüren des ersten Fahrzeugs klappten leise auf. Ihm entstiegen ein jüngerer Mann von Anfang dreißig und eine etwas ältere Frau um die vierzig. Beide trugen schwarze Laufschuhe mit Gummisohlen und taktische Westen mit einer Vielzahl an Taschen, die mit Klettverschlüssen gesichert waren. An ihren Hüften klebten eine Art Kollegtaschen, die aus einem sehr biegsamen Material zu sein schienen. Der Mann hatte seine Haare kurzgeschoren und trug einen kurzgeschnittenen Vollbart. Die Frau hatte ihre schwarzen Haare zu einem strengen Zopf gebunden, den ein ebenso schwarzes Gummi zusammenhielt. Sie spazierten gemächlich auf die Eingangstür zum Haus Nummer 11 zu. Dort beriet sich das Duo kurz und ohne viele Worte. Sie trugen winzige kabellose Mini-Kopfhörer in jeweils einem Ohr, zwei fragil wirkende Mikrofone unter ihren Revers und zwei Minisender am Gürtel. Die Fahrer der beiden Autos waren hinter ihren Lenkrädern verblieben. Jetzt flammten aus beiden Fahrerkabinen fahle Lichter wie von Mobiltelefonen kurz auf, erloschen aber sogleich wieder.

»Empfang gut«, sagte der Mann mit dem Vollbart.

»Bestätigt«, bekam er zur Antwort.

»Empfang gut«, sagte die Frau mit dem Zopf. Sie erhielt die gleiche Antwort. Beide lösten sehr vorsichtig und langsam drei der sechs Klettverschlüsse ihrer Taschen an ihren Westen.

Wie auf Kommando erschien aus dem Dunkel ein älterer Herr an der Tür. Er hielt ein Schlüsselbund in der Hand. Es klirrte leise.

»Danke, dass Sie das für uns machen«, sagte die Frau freundlich. »Und zu niemandem ein Wort.«

»Nein, nein«, antwortete ihr der ältere Herr, »unsere Hausverwaltung ist für ihre Verschwiegenheit bekannt. Sonst würden uns nicht so viele Wohnungseigentümer vertrauen.«

»Schon gut, wir haben das verstanden. Und nun machen Sie die Tür auf«, knurrte der Vollbart.

»Sehr wohl«, sagte der Hausverwalter unterwürfig. Leise glitt der Schlüssel ins Schloss.

»Sind im Objekt«, flüsterte die Frau in ihr Mikrofon. Leise schritten die drei die Steintreppe in den ersten Stock empor. Sie stoppten vor der Tür des Apartments mit dem Namensschild *Lindenthal*.

»Her mit dem Schlüssel«, zischte der kurzgeschorene Mann. Der Verwalter parierte sofort.

Mit geübter Hand schob er dessen metallenen Bart beinahe unhörbar in das Schloss. Vorsichtig öffnete er die Tür, aber nur einen Spaltbreit.

»Gehen Sie!«, flüsterte die Frau dem Judas scharf zu. »Ihre Schlüssel und den Lohn bekommen Sie später.« Der Mann verschwand leise über die Treppe des Hausflurs hinunter auf die Straße.

»Sind im Nest«, raunte die Frau. Sie erhielt als Antwort ein kurzes »Verstanden«.

Das dunkel gekleidete Duo huschte auf leisen Gummisohlen beinahe geräuschlos in den kleinen Vorflur des Apartments. Der Mann gab der Frau Handzeichen. Beide bedienten sich jetzt einer schwach leuchtenden Taschenlampe, die die Dunkelheit des Apartments zwar nur wenig, aber ausreichend erhellte. Während der Bärtige sich vorsichtig in Richtung des Wohnzimmers bewegte, glitt die Frau durch die geöffnete Schlafzimmertür der Kommissarin. Im Wohnzimmer verharrte der Mann auf der Stelle und leuchtete auf einen niedrigen Couchtisch, auf dem eine Menge polizeilich gekennzeichneter Dokumente lagen und zwei Weingläser und eine Schale mit Pistazienkernen standen.

Auf dem Boden unter dem Tisch entdeckte er drei weitere Dokumentenmappen mit Ermittlungsakten. Er klopfte zweimal mit einem Finger auf sein Mikrofon. Er wartete auf die Reaktion. Kurz darauf gaben ihm seine Mikro-Kopfhörer ein zweimaliges Klopfen zurück. Seine Begleitung hatte verstanden, dass er fündig geworden war.

Durch das geöffnete Fenster des Wohnzimmers war das leise Rauschen des nahen Meeres zu hören. Die Luft war erfrischend und kühl.

18

Laura atmete tief und gleichmäßig. Für die Assistentin der Kommissarin interessierte sich der Mann offenbar nicht; er schien sie zu übersehen, gar nicht zu beachten. Stattdessen beleuchtete er mit dem schwachen Glimmen seiner Taschenlampe die Papiere und die Akten unter dem Couchtisch mehrere Male. Leise wie eine Katze schlich er, so dicht es ging, an den Tisch heran. Er schob die Taschenlampe in eine seiner Westentaschen zurück und langte nach einer kleinen schmalen Dose, die er sich in die Hosentasche steckte. Wie in Zeitlupe löste er die beiden Riemen an seiner Kollegtasche, deren Einwurf oben offen war. Er griff zunächst vorsichtig nach dem etwa ein Zentimeter dicken Stapel Papier auf dem Couchtisch und ließ ihn in seine Tasche gleiten. Dann bückte er sich geschmeidig und fasste nach der ersten von drei Dokumentenmappen, die zu einem Stapel aufgeschichtet lagen. Er hatte zwei der Akten bereits in seiner Kollegtasche verstaut, als Laura sich bewegte und dabei leise stöhnte. Der bärtige Mann zog sich vorsichtig ins Dunkel des Zimmers zurück. Laura machte jetzt weitere Geräusche. Der Mann griff in seine Hosentasche und umfasste die schmale Dose fest mit der rechten Hand. Jetzt wechselte Laura ihre Seite. Dabei knarrte das Schlafsofa laut und vernehmlich.

Der Mann hatte seine Atmung von normal auf sehr flach umgestellt. Schweiß trat ihm auf die Stirn, unter die Achseln. Er spürte, wie der selbst produzierte Sauerstoffmangel seinen Körper stresste.

Laura schien ihre neue Schlafmitte gefunden zu haben. Sie gab keine weiteren Laute mehr von sich.

Der Mann atmete vorsichtig tief ein und aus. Er kehrte leise an den Couchtisch zurück und verstaute die letzte Dokumentenmappe und zog sich dann genauso leise wieder zurück, wie er auch den Raum betreten hatte. Er schlich am Schlafzimmer der Kommissarin vorbei zurück in den Hausflur. Dort erwartete ihn bereits seine Begleitung.

Er nickte ihr tonlos, aber mit erleichtertem Gesichtsausdruck zu. Sie gab eine Nachricht über ihr Kragenmikrofon durch: »Fracht an Bord.«

Vorsichtig und bedacht stiegen sie die Steintreppen hinunter zum Ausgang, der sie ins Freie und zu ihren Autos führen würde.

Sie glitten lautlos durch die Hauseingangstür ins Freie – und erstarrten. Die beiden Eindringlinge sahen sich einer Person gegenüber, die die Mündung einer Handfeuerwaffe auf sie gerichtet hielt. Das Gesicht, das die beiden nächtlichen Besucher fixierte, war im Schatten der Nacht kaum zu erkennen.

»Her mit den Mappen«, sagte die eindeutig weibliche Stimme dieses Gesichts grimmig. »Und dann schert euch dorthin, wo ihr hergekommen seid.« Die Person verlieh ihrer Forderung jetzt Nachdruck. Sie entsicherte ihre Waffe mit einem vernehmbaren, metallischen Klicken.

»Verdammt«, sagte der Mann mit dem Bart. »Wer sind Sie?«

»Und was glauben Sie, wer *wir* sind?«, fügte seine Begleitung an.

»Sie sind ganz sicher nicht auf der Seite der Kommissarin«, knurrte es ihnen entgegen, »sonst wären Sie nicht in ihre Privatwohnung eingedrungen. Meine Behörde sagt, dass eure Behörde gern im Dunkeln arbeitet. Aber Sie sind nur kleine Lichter, fühlen sich aber als große Agenten. Und jetzt her mit den Papieren! Einfach auf den Boden fallen lassen. Und die Hausschlüssel ebenfalls. Und dann Abmarsch!«

»Und wenn nicht?«, fragte der Bartmann hochmütig. Die Frau mit der Waffe trat jetzt dichter an die beiden heran. Sie blickten in ein Gesicht mit dunkler Hautfarbe, aus dem weiße Zähne wie ein helles Licht leuchteten.

»Es wäre nicht das erste Mal, dass ich jemandem das Knie zerschieße«, sagte sie und zielte direkt auf die Beine des Mannes. Der ließ die Kollegtasche fallen und trat dabei ein wenig zur Seite. »Und nun zurück zu Ihren Autos. Die beiden Fahrer brauchen sicher Ihre Hilfe.«

Die zweite Agentin wechselte ihren Gesichtsausdruck auf verzerrt. »Was haben Sie mit ihnen gemacht?«, schnarrte sie.

»Handschellen um die Lenkräder. Das erschien mir für diese besondere Situation angemessen. Und den Hausverwalter hat das gleiche Schicksal ereilt.«

Ein Klirren ertönte, als hätte jemand Kleingeld auf die Straße geworfen.

»Das sind die Schlüssel für die Handschellen Ihrer Fahrer. Los, fahren Sie jetzt!«

Die beiden Agenten trollten sich zurück zu ihren beiden Autos, die bewaffnete Frau in ihrem Rücken. Kurze Zeit später rollten die dunkel lackierten Limousinen über die schmale Straße zurück in Richtung Kirchdorf.

Die Frau stürmte zum Haus zurück, ergriff die Kollegtasche und hastete die Treppen zur Wohnung der Kommissarin empor.

Sie öffnete mit den Schlüsseln des Hausverwalters die Tür. Sie bemühte sich gar nicht erst, keine Geräusche zu machen. Sie legte die Tasche mit den Papieren vor der Tür zum Schlafzimmer der Kommissarin ab, legte die Ersatzschlüssel daneben und hielt kurz inne. Laura machte Geräusche. Die Kommissarin bewegte sich in ihrem Bett. Die Frau mit der Waffe lächelte fein.

Sie verließ die Wohnung wieder und zog die Wohnungstür hinter sich zu. Unten vor der Haustür schrieb sie eine Nachricht in ihr Handy und verschwand im Dunkel der sternenklaren Nacht.

In der Wohnung der Kommissarin surrte für einen kurzen Moment ein Handy. Ein winziges Licht blinkte auf und erlosch.

Dann herrschte wieder Stille.

Danksagung

Mein Dank gilt *AGH*, der so manch turbulenten Tag souverän mit ertrug und mich bei meinen Recherchen und Korrekturen unterstützte. Dank auch an *JAB* für ihre kritischen und fundierten Anmerkungen.

BILD
UND
HEIMAT

Marc Kayser
Die Rache des Petermännchens
Ein Schwerin-Krimi

208 Seiten · Broschur · 12 × 19 cm

9,99 €

ISBN 978-3-95958-087-8

Die Macht der Erinnerung

Im Park des Schweriner Schlosses verschwindet ein Vierjähriger vor den Augen seiner Erzieherinnen. Die Polizei findet seine Leiche am nächsten Tag verscharrt am Ufer des Schweriner Sees. Auf seinem Kopf trägt das Kind eine fratzenhafte Maske. Kurze Zeit später wird ein Elfjähriger in Wismar als vermisst gemeldet. Auch für ihn kommt jede Hilfe zu spät …

In *Die Rache des Petermännchens* setzt Marc Kayser subtil das Tabuthema Kindsmord in Szene und schafft einen abgründigen Krimi von großer emotionaler Wucht!

www.bild-und-heimat.de